수업. 너 나하고 결혼해

수업. 너 나하고 결혼해

초판 1쇄 발행일 2018년 9월 10일

지은이 김 영 호
펴낸이 손 형 국
펴낸곳 (주)북랩
편집인 선일영 편집 오경진, 권혁신, 최승헌, 최예은, 김경무
디자인 이현수, 김민하, 한수희, 김윤주, 허지혜 제작 박기성, 황동현, 구성우, 정성배
마케팅 김회란, 박진관
출판등록 2004. 12. 1(제2012-000051호)
주소 서울시 금천구 가산디지털 1로 168, 우림라이온스밸리 B동 B113, 114호
홈페이지 www.book.co.kr
전화번호 (02)2026-5777 팩스 (02)2026-5747

ISBN 979-11-6299-315-6 03810(종이책) 979-11-6299-316-3 05810(전자책)

이 도서의 국립중앙도서관 출판예정도서목록(CIP)은 서지정보유통지원시스템 홈페이지(http://seoji.nl.go.kr)와 국가자료공동목록시스템(http://www.nl.go.kr/kolisnet)에서 이용하실 수 있습니다.
(CIP제어번호: CIP2018028402)

김영호의 수업 이야기 3

수업, 너 나하고 결혼해

김영호 지음

역사용 역량

수업철학 역량

수업행복 역량

수업문 역량

북랩 book Lab

여는 글

"아들, 결혼 언제 할 건데."

"마흔 전에는 할게요."

"마흔 전에……."

"예."

"……."

아들이 외국에 나가기 전에 식구들이 모인 자리에서 아내와 아들이 나눈 이야기입니다. 필자는 듣고만 있었습니다.

'김영호의 수업 이야기 3'인 『수업. 너 나하고 결혼해』가 세상 나들이를 합니다. 졸저 『수업? 너를 기다리는 동안』, 『수업, 너를 만나 행복해』에 이은 것입니다. 졸저 두 권을 발간하고, 과분한 칭찬과 격려를 받았습니다. 그분들이 마지막에 하시는 말씀이 다음 책은 언제 나오느냐는 것이었습니다. 졸저에 있는 것으로 답변을 대신하곤 했습니다.

> 제목은 『수업? 너를 기다리는 동안』입니다. 수업 다음에 물음표(?)를 넣었습니다. 아직 수업에 대해서 잘 알지 못하고 어렵다는 자기 고백이기도 합니다. 시리즈로 수업과 관련되는 책을 발간한다면 수업 다음에 쉼표(,), 마침표(.), 느낌표(!)를 넣을 예정입니다. 배움이 부족하면 계속 물음표(?)를 달 수도 있을 것입니다. 가능하면 교직 생활을 마무리하기 전에 느낌표(!)가 들어가는 책을 발간하는 작은 소망을

가지고 있습니다. 수업 다음에 나오는 제목은 조금씩 바꿀 생각입니다.[1)]

이번에는 수업 다음에 마침표(.)를 넣었습니다. 첫 졸저의 여는 글에서 밝힌 그대로입니다. 수업 다음의 제목은 연속성을 고려해서 '너 나하고 결혼해'로 했습니다. 처음 제목이 『수업? 너를 기다리는 동안』입니다. 그 기다림의 세월을 보내고 만났습니다. 만나니 행복했습니다. 그래서 『수업, 너를 만나 행복해』가 되었습니다. 만나고 행복해서 『수업. 너 나하고 결혼해』가 되었습니다.

『수업. 너 나하고 결혼해』는 저 혼자 쓴 것이 아닙니다. 저보다 앞서 수업에 대한 고민과 열정으로 좋은 책을 내신 분들의 생각을 많이 가져왔습니다. 또, 저와 함께 수업 나눔을 한 많은 분들과 수업친구가 직접 쓴 글과 생각이 담겨 있습니다. 저는 이런 분들의 글과 생각을 엮고, 제 짧은 식견을 조금 더했습니다. 그분들께 감사와 존경의 마음을 담아 드립니다.

앞서 출간한 졸저 2권은 전체적인 주제가 산만하다는 느낌이 들었습니다. 여러 가지가 뒤섞이고 필자의 역량이 부족한 탓이었습니다. 그래서 이번 책은 수업과 관련이 있는 주제로 통일되도록 했습니다. 졸저 2권의 내용과 그 뒤에 쓴 글을 주제와 맥락이 이어지도록 엮었습니다. 그래도 많은 허점이 있습니다. 역량이 부족한 탓입니다. 그 부족한 역량을 조금

1) 김영호(2014), 『수업? 너를 기다리는 동안』, 서울: 북랩, p.4.

씩 채워나가도록 더욱 절차탁마하겠습니다.

이 책은 모두 네 가지 이야기, 즉 역량으로 되어 있습니다. 사람과 사람이 결혼을 하거나, 사람이 수업과 결혼을 하는 데는 여러 가지 역량이 필요합니다. 선생님들은 수업을 만나는 시점부터 수업과 결혼을 한 것이라는 생각을 합니다. 역사용 역량은 사람이면 누구나 가져야 할 역량입니다. 가르치는 것을 업으로 하는 선생님에게는 누구보다도 필요한 역량입니다. 수업철학 역량은 역사용 역량의 바탕 위에서 수업에 대한 근본을 생각해 보자는 것입니다. 그런 다음 수업에서 행복을 찾자는 수업행복 역량입니다. 이 세 가지 역량이 있으면 수업문 역량은 저절로 따라온다는 생각입니다. 하지만 각각의 이야기를 따로 읽어도 별 무리가 없습니다.

첫 번째 이야기는 '역사용 역량'입니다. 역지사지, 사랑, 용기의 첫 글자를 따왔습니다. 역지사지는 상대방의 입장이 되어 보는 것입니다. 사랑은 아끼거나 좋아하는 것입니다. 용기는 씩씩한 기운입니다. 역사용은 인간이면 누구나 가져야 할 역량입니다. 역사용은 우리 선생님의 가장 기본적인 역량입니다.

두 번째 이야기는 '수업철학 역량'입니다. 수업철학은 수업에 대한 근본적인 물음입니다. 나는 왜 수업을 하는가? 수업철학은 선생님의 삶의 철학입니다. 나는 왜 사는가? 수업철학은 선생님의 인생입니다. 나는 왜 수업을 하고 왜 사는가?

세 번째 이야기는 '수업행복 역량'입니다. 수업행복은 수업에서 행복을 찾자는 것입니다. 행복의 시작은 몸과 마음입니다. 선생님의 몸과 마음의 건강이 수업행복의 디딤돌입니다. 수업은 선생님과 아이들이 함께 만들어 갑니다. 수업행복은 선생님과 아이들의 상호작용입니다. 수업행복은 선생님과 아이들의 그네 타기입니다.

네 번째 이야기는 '수업문 역량'입니다. 수업문은 교실을 열자는 것입니다. 교실을 열자는 것은 선생님의 수업을 열자는 것입니다. 선생님의 마음을 여는 것이 수업문을 여는 디딤돌입니다. 수업문이 굳게 닫힌 교실왕국을 버립시다. 수업문이 활짝 열린 교실천국을 소망합니다. 활짝 열린 수업문은 우리 모두의 행복문입니다.

뱀발을 붙였습니다. 흔히 말하는 사족입니다. 이 책이 있기까지 디딤돌이 된 것입니다. 졸저인 『수업? 너를 기다리는 동안』, 『수업, 너를 만나 행복해』의 차례가 있습니다. 대구광역시교육과학연구원으로 근무할 때 공유한 '어느 겨울의 시정'이 있습니다. 대구태현초등학교 교감으로 근무할 때 공유한 '태현, 행복수업 만들기' 40회의 목록이 있습니다. 대구교육대학교대구부설초등학교 교감으로 근무할 때 공유한 '교대부초 절차탁마' 74회의 목록이 있습니다. 대구광역시남부교육지원청 초등교육지원과장으로 근무하면서 초등학교 교육가족과 공유한 '대구남부교육' 43회의 목록이 있습니다. 참고한 내용에 표시를 하였습니다.

끝으로, 이 책이 나오기까지 도움을 주신 많은 분들께 감사를 드립니다. 필자에게 직간접적인 도움과 살아가는 데 활력을 주는 고마운 분들입니다.

언제나 든든한 지원군인 가족입니다. 경북 구미시 오태초등학교 교사로 근무하는 아내 이영숙입니다. 지난해 어려운 수술을 잘 이겨내고 아이들과 열심히 생활하고 있습니다. 이런저런 많은 세상 경험을 하고 다시 대학 4학년에 재입학, 졸업, 취업, 다시 공부한다고 멀리 나간 아들 김광섭입니다. 다음 책이 나오기 전에 결혼을 했으면 좋겠습니다. 사대 영어과를 졸업하고 새로운 도전으로 패션 디자인과에 학사 편입해서 공부하고 취업, 퇴사, 재취업을 한 딸 김유정입니다. 이번 책의 표지 디자인을 했습니다. 우리 가족은 언제나 서로를 믿고 지지해 주고 있습니다. 역사용 역량이 충만한 가족 모두에게 늘 좋은 일만 있기를 기원합니다.

돌아가신 부모님(故 김달수, 임외분)께서 계셨으면 참 좋아하셨을 것입니다. 늘 아들을 믿고 지원하고 격려해 주셨습니다. 교장이 되는 것을 보고 싶어 하셨는데, 조금만 기다려주시면 될 것 같습니다. 부모님들이 착하고 열심히 사신 것 배워서 이렇게 되었습니다. 주말이면 시골집에 모여서 가족애를 나누는 누님들(김임숙, 김남순, 김홍숙)에게 고마움을 전합니다. 일 년 내내 온갖 먹거리를 재배하고 푸근하게 나누는 인정 많은 동생 김영규에게도 고마움을 전합니다.

교육 삼형제인 도용환(경남 거창 거주) 형님과 천민필(대구해안초 교장) 동생에게도 감사를 드립니다. 좋은 일과 힘든 일을 서로 나누며 힘이 되어 주는 민우회 회원(송애환-박향숙, 김진오-김정옥, 이상훈-임정숙, 박경흠-이진경, 정명환-임미광, 김영호-이영숙)에게도 고마움을 전합니다. 꿈·희망·행복을 가꾸는 대구남부교육을 위해 노심초사하는 대구광역시남부교육지원청의 모든 분들께도 감사를 드립니다.

제 수업 나눔에 적극 동참해 주신 모든 분들께 감사를 드립니다. 사진이나 글을 싣도록 허락해 주신 분들께도 감사를 드립니다. 지금까지 제게 좋은 가르침을 주신 선생님들께 머리 숙여 감사를 드립니다. 저와 함께 수업한 많은 제자들에게도 고마움을 전합니다. 앞서 수업에 대한 좋은 책을 발간하신 분들께도 지면을 빌어 고마움을 전합니다. 아울러 지금까지 소중한 인연을 함께한 분들과 이 책으로 만나서 소중한 인연을 이어갈 분들께도 감사를 드립니다.

모든 선생님들이 수업과 결혼해서 역사용 역량, 수업철학 역량, 수업행복 역량, 수업문 역량이 충만하시길 소망합니다. 수업에 느낌표를 붙이는

‘김영호의 수업 이야기 4’ 『수업! (제목 미정)』에서 다시 만날 것을 약속드립니다.

“아들, 결혼 언제 할 건데.”
“준비 다 되었어요. 언제든지 할게요!”
“그래!”

수업에 느낌표(!)가 들어가는 책이 나오기 전에 아들과 이런 대화를 할 날을 소망합니다.

2018년 9월
김영호

차례

두 번째 이야기

수업철학 역량이란 무엇인가?

세 번째 이야기

수업행복 역량이란 무엇인가?

네 번째 이야기

수업문 역량이란 무엇인가?

첫 번째 이야기

역사용 역량이란 무엇인가?

역사용은 역지사지, 사랑, 용기입니다.

역지사지는 상대방의 입장이 되어 보는 것입니다.

사랑은 아끼거나 좋아하는 것입니다.

용기는 씩씩한 기운입니다.

역사용은 인간이면 누구나 가져야 할 역량입니다.

역사용은 우리 선생님의 가장 기본적인 역량입니다.

역사용 역량은 사람이 먼저다

'천상천하유아독존'이라는 말이 있습니다. 하늘로부터 땅 아래 모든 세상에 내가 가장 존귀하다는 뜻입니다. 곡해를 하면 결국 '내가 최고다'라는 착각을 할 수도 있습니다. 하지만 원래의 뜻에 충실하면 문제는 해결될 것 같습니다. 세상에 내가 존귀하면 또 다른 나인 너도 존귀합니다. 결국 모든 사람은 저마다 귀한 존재로 귀결됩니다.

세상에서 모든 사람들이 저마다 귀하다는 것은 가치 중심이 사람이라는 뜻입니다. 즉, '사람이 먼저다'라는 것입니다. 문화와 문명이 발달하면서 사람이 물질보다 우선순위에서 밀리는 경우도 있습니다. 하지만 근본은 변하지 않습니다. 세상에서 가장 귀한 존재는 사람입니다. 사람은 그 무엇보다 먼저인 존재입니다. 사람이 존재하지 않는 세상에 다른 그 무엇도 존재 가치를 찾기가 어렵지 않을까요.

대통령의 역사용을 보았습니다. 필자가 근무했던 교대부초에서 역사용을 찾아보았습니다. 역사용은 어디 멀리 있는 것도, 특정한 사람에게만 있는 것도 아닙니다. 모든 사람들의 가슴 어디엔가 자리 잡고 있습니다. 특히, 우리 선생님들은 가슴속의 역사용을 행동으로 실천하고 있습니다.

그 무엇보다도 사람이 먼저다

영호는 집 현관문을 잠그고 열쇠줄을 목에 걸었습니다. 주머니에 넣는 것보다 편하고 잃어버릴 염려도 적었습니다. 도복이라 주머니도 없었습니다. 스승의 날입니다. 어쩌면 좋은 일이 생길 것 같은 느낌에 등교를 서둘렀습니다. 영호는 서울은정초등학교[2]에 다닙니다.

스승의 날이지만 특별한 행사는 하지를 않았습니다. 담임 선생님과 함께 평소와 같은 공부를 했습니다. 점심을 먹고 나니 학교가 조금 시끄러웠습니다. 평소에 보지 못한 사람들이 학교에 와 있었습니다. 무슨 일일까 궁금했지만 서둘러 가방을 챙겼습니다. 수업을 마치면 태권도 연습을 해야 합니다.

1층 현관문을 나서는데 많은 사람들이 몰려 있었습니다. 텔레비전에서 본 것 같았던 사람을 둘러싸고 아이들이 "저요, 저요"를 외치고 있었습니다. 교장 선생님도 계셨습니다. 같이 현관문을 나서던 신표에게 물어보았습니다.

"신표야, 저 사람 누구니?"

"너, 정말 몰라서 묻는 거야?"

"그래, 난 누군지 모르겠는데. 너는 누군지 아니?"

---

2) 2017년 5월 15일 스승의 날에 문재인 대통령이 방문하여 미세먼지 대책을 발표한 장소. 서울메트로 신정차량기기 근처에 있어 환경이 다소 열악하고, 전교생 320여 명 중 50여 명이 탈북가정의 자녀라고 함.

"그래, 알지. 대통령이잖아."

2017년 스승의 날에 대통령이 서울은정초등학교에 방문했습니다. 필자는 그때 찍힌 한 사진에서 아이의 역사용과 대통령의 역사용을 보았습니다. 우선 대통령은 아이와 눈높이를 같게 했습니다. 물리적인 눈높이를 같게 하는 역지사지입니다. 쉬운 일이지만 행동으로 옮기기는 쉽지 않은 일입니다. 사소한 것 같지만 진심이 느껴지는 행동입니다. 수업을 할 때 선생님들의 눈높이도 이랬으면 좋겠습니다. 선생님의 눈높이와 아이들의 눈높이가 같을 때 상호작용은 더 자연스럽게 이루어집니다.

또 하나의 사진에서는 아이가 공책을 꺼내기 쉽게 도와주는 대통령을 봤습니다. 아이의 입장에서 기다려주는 마음의 역지사지입니다. '사람이 먼저다'라는 사인과 같이 사랑하는 마음 또한 함께하고 있습니다. 선생님이 아이들이 힘들어하는 것은 도와주고 함께하는 장면과 다르지 않습니다.

마지막 사진에서는 대통령의 사인을 받은 아이가 수줍은 미소를 짓습니다. 너무나 기분이 좋아 초승달 같은 실눈입니다. 아이에게 이날은 아름답게 기억될 것입니다. 함께한 대통령이 있어서 평생의 추억이 될 것입니다.

이 사진에서 아이는 대통령의 입장이 되었을까요? 그렇지는 않은 것 같습니다. 아이에게 대통령이 얼마나 바쁜지는 중요한 것이 아닙니다. 그 순간 가장 중요한 것은 대통령의 사인을 받는 것입니다. 덤으로 악수도 하고 사진도 찍을 기대를 했을 수도 있겠지요. 역사용 중에서 용기는 있었을 것 같습니다. 대통령을 붙잡고 사인을 받는 게 그리 쉬운 일은 아닙니다.

우리는 살아가면서 역지사지의 순간을 많이 경험합니다. 내가 상대방의 입장이 되는 순간이 있습니다. 상대가 내 입장이 되는 순간도 있습니다. 여하튼 기분 좋은 일입니다. 교직원 간에도 학부모와의 관계에서도 역지사지의 입장이면 좋겠습니다. 무엇보다도 우리 아이들의 입장이 되는 역지사지가 일상이면 좋겠습니다. 그런 역자사지의 입장이면 용기와 사랑은 언제나 동행할 것입니다.

차보다는 사람이 먼저다

⋮

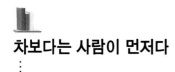

대구교육대학교대구부설초등학교 교감으로 근무할 때의 일입니다. 아침이면 늘 빗자루를 들고 교문 앞 인도를 쓸었습니다. 낙엽이 떨어지는 늦가을에는 엄청난 노동이기도 합니다. 호루라기는 출근하는 순간부터 퇴근해서 옷을 벗을 때까지 목에 걸려 있었습니다. 교문 앞에 횡단보도가 있습니다. 모든 차들이 다 신호를 잘 지키는 것은 아닙니다. 비질을 하는 도중에 아이들을 맞으면서 신호가 바뀔 때마다 호루라기를 불었습니다.

등교 시간에 교문 앞에서는 절대로 주정차를 하지 못하게 했습니다. 인근 주민이 교문 앞에 주차한 차를 일찍 빼지 않으면 전화나 문자를 하는 일도 가끔 있었습니다. 학부모님들은 대부분 협조를 잘해 주십니다. 학원 차량이나 처음 오시는 분들은 교문 앞에 차를 정차합니다. '참 별나게 구네.'라는 표정을 짓기도 합니다. 일일이 설명을 합니다. 간혹 언성이 높아지기도 합니다.

그래서 비옷의 앞뒤로 주정차가 안 된다는 문구를 붙였습니다. 비가 오지 않는 날에도 비옷을 입고 비질을 하고 아이들을 맞았습니다. 처음 보는 광경에 신기해하고 의아해하기도 합니다. 엄지척을 하는 분도 있었습니다. 겨울에는 보온까지 일석이조의 효과가 있습니다. 부끄럽다고 생각하지는 않았지만, 매일 아침 이런 옷을 입는 데는 용기가 필요했습니다. 다시 그 비옷을 입을 날을 생각하면서 잘 보관하고 있습니다.

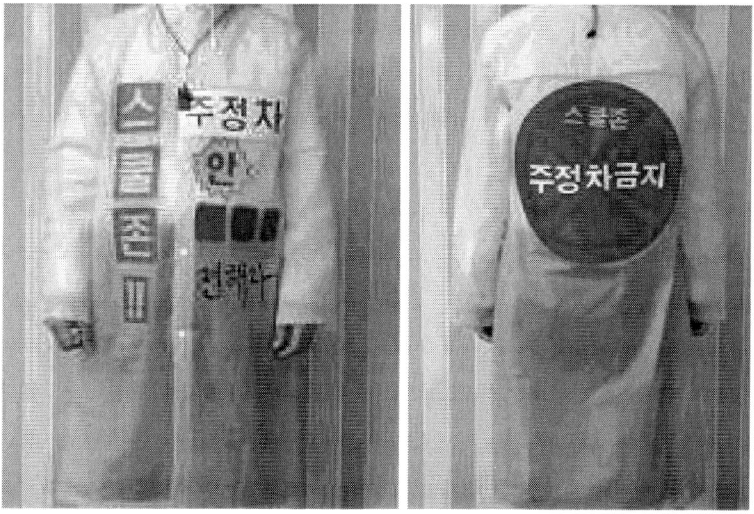

학부모 개인의 입장에서는 교문 앞에 잠깐 차를 세우고 아이를 내려주면 아주 편합니다. 학부모의 입장도 충분히 이해가 됩니다. 하지만 학부모들도 학교 입장을 생각해 주면 좋겠습니다. 승용차로 등하교를 하는 학생이 적으면 생각해 볼 수 있는 문제입니다. 하지만 교대부초에는 승용차나 학원차로 등교를 하는 학생이 100명이 넘습니다. 등교 시간은 30분 정도로 한정되어 있습니다. 출근 시간이라 차도 교통량도 많습니다. 혼란스럽기도 하고 교통사고의 위험도 있습니다. 간혹, 접촉 사고가 일어나기도 합니다. 결국 피해는 학생들에게 돌아갑니다. 차보다는 사람이 먼저입니다. 그 무엇도 학생들의 안전보다 우선일 수는 없습니다.

언젠가는 이런 일도 있었습니다. 2016년 4월의 하교 시간 교문에서 있었던 일입니다. 그날은 평소보다 20여 분 일찍 교문으로 나갔습니다. 어머니 한 분이 아이를 기다리고 있었습니다. 이런 이야기를 나누었습니다.

"어머니, 어디 사세요?"

"교감 선생님, 월성동에 살아요."

"아이가 몇 학년 몇 반이에요?"

"1학년 1반입니다."

"왜 이리 일찍 오셨어요?"

"이렇게 오지 않으면 교통이 너무 복잡해요."

"아이 등하교는 어떻게 하나요?"

"제가 승용차로 등하교를 시키고 있어요."

"아이 학교생활은 어때요?"

"예, 아주 만족하고 있어요. 아이가 학교 가는 것을 너무 좋아해요. 주변에서도 부러워하는 사람들이 많아요."

"아이가 학교 수업을 마친 뒤에는 무엇을 하나요?"

"학교에서 음악 방과 후 수업을 하고 다른 과외는 시키지 않아요. 집에서는 아이하고 놀거나 책을 읽어주고 있어요. 저학년 때는 학원에 보낼 생각이 없어요."

"좋은 생각이네요. 다른 아이들이 학원에 가는 것 보면 내 아이가 걱정되지 않으세요?"

"그런 걱정이 없는 것은 아니지만 학교를 믿어요. 학교생활을 잘하는 것만으로도 충분하다고 생각해요."

"우리 학교가 좋은 점은 무엇인가요?"

"담임 선생님과 제 교육철학이 일치해서 너무 좋아요. 담임 선생님이 수업을 너무 잘하셔서 좋아요. 어느 선생님이나 다 그렇다고 들었어요. 그리고 예체능 중심의 방과 후 학교도 만족하고요."

"학교에 건의하실 것은 없는가요?"

"교감 선생님, 학교 우산도 있었으면 좋겠어요."

이런 대화를 나누고 며칠 뒤에 동창회에서 우산을 기증하기로 약속을 했습니다. 그 어머니의 바람이 현실로 이루어지게 되었습니다. 1학년 아이의 동생까지 동행한 어느 날 우산 이야기를 드렸습니다. 기쁨을 감추지 못하는 표정으로 이런 말씀을 하셨습니다.

"교감 선생님, 혹시 우산에 우리 학교 교표나 학교 이름 새겼나요?"

"글쎄요. 그렇게 하지는 않은 것 같은데요. 우산에 학생들 이름을 쓰면 되지 않을까요?"

어머니의 말을 듣고 보니 이왕 우산 기증해 준다고 할 때 어머니의 말씀과 같이 교표나 학교 이름을 새겨서 달라고 할걸 하는 생각이 들었습니다.

그 어머니는 학교 부근에는 차를 세우지 않습니다. 어디 멀리 세웠는지 교문에서 아이를 만나면 손을 잡고 차가 있는 곳까지 함께 걸어갑니다. 가끔은 함께 횡단보도를 건너기도 합니다. 다른 학부모보다 일찍 학교에 도착하니 학교 부근(스쿨존)에 차를 세울 수도 있을 것입니다. 하지만 그렇게 하지 않습니다. 진정한 교대부초 학부모의 모습이라는 생각을 해 봅니다. 학부모님이 이렇게 하는 것은 선생님들을 믿고 학교를 신뢰하기 때문입니다. 다 선생님들 덕분입니다.

학교에서는 학생이 먼저다

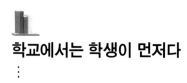

교대부초 교감으로 근무할 때 아이들에게 편지를 받고 답장을 한 내용입니다. 위에는 답글을 썼습니다. 아래 왼쪽에는 받은 편지를 피디에프 파일로 바꾸어서 넣었습니다. 아래 오른쪽에는 교문에서 '주정차 금지'가 새겨진 비옷을 입고 빗자루를 든 사진을 넣었습니다. 답장을 받은 아이들이 매우 좋아했습니다.

교대부초에서는 아침마다 아이들을 만났습니다. 누가 먼저랄 것도 없이 서로 인사를 합니다. 간혹 교문 들어서기가 힘든 아이는 손을 잡고 교실까지 같이 갑니다. 공부 시간에도 자주 만납니다. 일상이 된 일이라 선생님들이나 아이들이나 신경을 쓰지 않습니다. 점심시간에는 자율 배식대에서 만납니다. 점심시간에 가끔 아이들과 축구를 하기도 합니다.

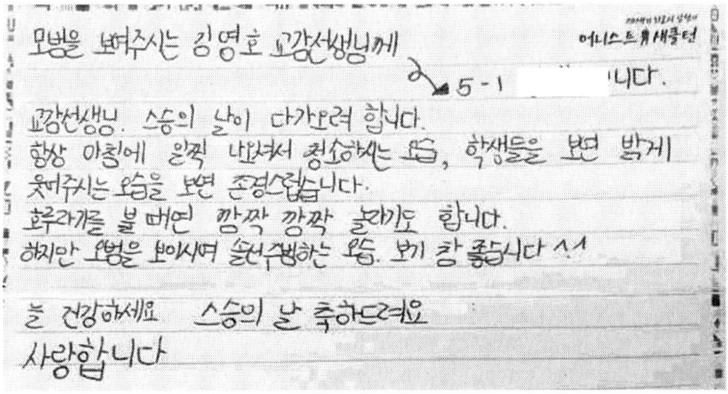
모범을 보여주시는 김영호 교강선생님께

5-1 니다.

교강선생님. 스승의 날이 다가오려 합니다.
항상 아침에 일찍 나오셔서 청소하시는 모습, 학생들을 보면 밝게 웃어주시는 모습을 보면 존경스럽습니다.
호루라기를 불 때면 깜짝 깜짝 놀라기도 합니다.
하지만 모범을 보이시며 솔선수범하는 모습. 보기 참 좋습니다 ^^
늘 건강하세요 스승의 날 축하드려요
사랑합니다

아이들의 편지를 받고 '교대부초 절차탁마 74. 교대부초 교육가족에게(2016.8.26.금.)'에 전체 아이들에게 답장을 했습니다. 다음은 아이들에게 보낸 글의 일부입니다.

> ○○이의 편지를 받고 오랜 시간이 지나서 답장을 했습니다. ○○이에게 보내는 답장이지만, 모든 꽃사슴들에게 보내는 내용이라고 생각해도 좋습니다. 모든 세상의 일은 하는 사람의 마음가짐에서 시작됩니다. 교대부초 꽃사슴들도 무슨 일이나 자신 있게 시작하는 용기를 가질 것이라 생각합니다. 때로는 힘들고 어려운 일도 있겠지만, 두려움을 떨치고 용기를 낼 것으로 믿습니다.
>
> 지난 2년 동안 이런 고맙고 즐겁고 행복한 일들이 있었습니다.
>
> 추운 겨울 비질을 하고 있는데, 따뜻한 캔커피 한 통을 건네준 친구가 있었습니다. 비질을 하느라고 인사를 받아주지 못하니 제 코앞까지 와서 인사를 한 친구가 있습니다. 등굣길, 하굣길에 매일같이

저하고 악수를 한 친구도 있습니다. 보결 수업에 들어가서 알려준 "용기와 두려움은 한 이불을 덮고 잔다."라는 말을 되풀이했습니다. 교감 선생님 멋지다고 엄지손가락을 들어준 친구도 있습니다. 과자 몇 개를 함께 나누어 먹은 친구도 있습니다. 교실에 들어가기 힘들어하는 친구의 손을 잡고 교실까지 같이 가기도 했습니다. 6학년 제주도 수학여행, 팔공산 야영의 아름다운 추억도 있습니다. 이것 말고도 하루하루 새롭고 색다른 일들이 있었습니다. 살아가면서 두고두고 힘이 될 일들입니다.

아는 만큼 보이고, 사랑 받은 만큼 사랑한다는 말도 있습니다. 아이들 보고 남에게 배려하고 공감하라는 말을 많이 합니다. 말로써 모든 것이 시작되지만, 말만으로 다 되는 것도 아닙니다. 아이들에게는 누군가의 언행일치의 모범이 필요합니다. 내가 상대방을 이해하는데 상대방이 나를 이해하지 못한다고 서운해할 일도 아닙니다. 특히, 그 상대방이 아이들일 때는 더 그렇습니다. 좀 더 가진 이가 상대방의 입장을 헤아리는 것은 진정한 용기이자 사랑입니다. 선생님이 먼저 아이들의 입장에서 생각하고 실천하는 것이 진정한 역사용일 것입니다.

조금만 더 남아주세요

교대부초 교감으로 근무할 때 이름 모를 학부모님께 받은 편지입니다.

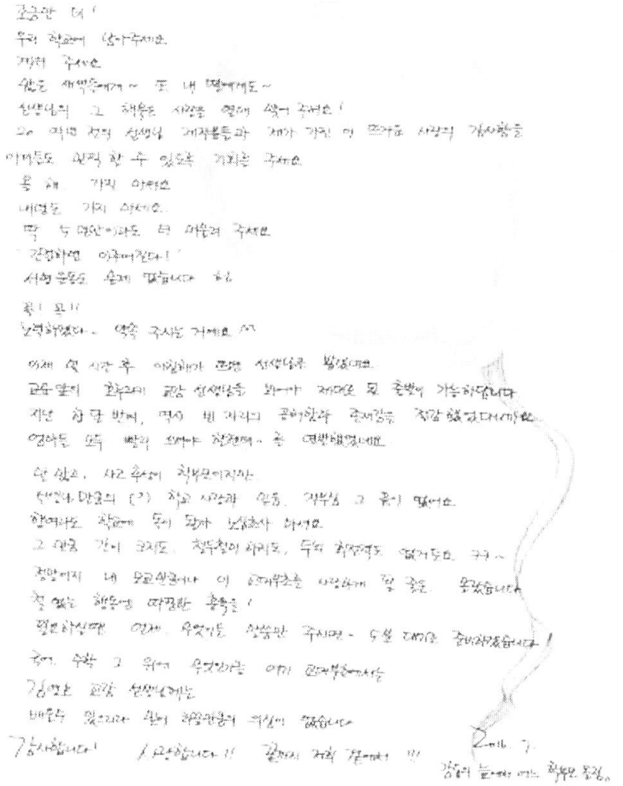
조금만 더!
우리 학교에 남아주세요.
지켜 주세요.
...
감사합니다! 사랑합니다!!

학부모님의 편지를 받고 '교대부초 절차탁마 74. 교대부초 교육가족에게

(2016.8.26.금)'에 전체 학부모님들께 답장을 했습니다. 다음은 학부모님께 보낸 글의 일부입니다.

2016년 7월 초에 우리 학교 1학년 학부모님이 주신 편지의 일부입니다. 학부모님, 부족한 교감 잘봐주시고 오래오래 우리 학교에 있어 달라고 해서 고맙습니다. 학부모님, 누군가 오면 가야 하고, 또 새로운 누군가 오고 가고를 되풀이합니다. 학부모님들의 과분한 성원과 사랑은 두고두고 간직하겠습니다. 새 임지에 가서도 그런 학부모님들의 성원과 사랑으로 더 열심히 절차탁마하하겠습니다.

이런 기억이 있어서 교대부초에서 2년 동안 교감으로 근무하면서 행복했습니다.

만날 때마다 수고하신다는 말씀에 힘이 났습니다. 교감 선생님 최고이고 멋지다는 말에 비질을 더 열심히 했습니다. 더운 여름 오후 하굣길에 시원한 음료수 하나 받아들고 행복했습니다. 조금만 더 있어 달라는 말씀에 콧등이 시큰했습니다. 매일 아침 아이와 함께 차렷 자세로 인사를 해 주셔서 고맙습니다. 더운 여름, 따가운 햇살의 교문에서 기다려 주셔서 고맙습니다.

그리고 교원능력개발평가에서 다음과 같은 말씀 주셔서 더 절차탁마하게 되었습니다.

○ 전 처음에 잘생긴 청소부 할아버지가 새로 오신 줄 알았습니다. 교감 샘이 늘 커다란 빗자루로 바닥을 청소하시는 덕분에 교대부초 앞은 늘 깨끗해요…….^^
○ 팔방미남이신 교감 선생님 항상 궂은일은 도맡아 하시는 카리스마 교감 선생님 그 열정에 박수를 보냅니다! 짝짝짝! 아이들의 안전을 위해서라면 그 무엇도 용납이 안 되시는 그래서 믿고 우리아이들을 보낼 수 있지요.^^ 항상 감사드리고 앞으로도 화이팅입니다!
○ 교문 앞에서 매일같이 남편보다 더 자주 뵙는 분으로서 아주 성실

한 분이십니다. 아이들이 등하교 시 그 모습을 보며 돈으로도 배울 수 없는 것을 분명히 배울 것입니다. 한 부분만 보아도 그분의 성품과 학식은 훌륭할 것입니다.

○ 너무나 부지런하신 우리 교감 선생님! 동에 번쩍 서에 번쩍 항상 학교 곳곳에서 교감 선생님의 흔적을 찾을 수 있습니다. 하루도 빠지지 않고 학교 교문의 문지기 역할을 해주시는 우리 교감 선생님. 부지런한 일꾼의 모습이다가도 카리스마 넘치는 우리 교감 선생님께서는 시간 외 근무를 너무 넘치게 하시는 분이십니다. 애사심이랄까 학교와 학생을 사랑하는 마음을 몸으로 실천해 주십니다.

○ 늘 아침마다 교문을 지키시는 모습에서 감동을 받습니다. 사람이 한결 같다는 것은 이런 것이구나. 한결 같은 성실함을 가지신 분은 교사로서의 신념도 곧을 것이다라고 믿어 의심치 않습니다. 토요일에도 학교에 나오셔서 둘러보시는 모습에서도 책임감이 강하신 분이시라는 것을 다시 느낄 수 있었습니다. 그런 모습이 다른 교사들에게 충분히 귀감이 될 것이라 생각됩니다. 교감 선생님의 한결같음에 깊은 신뢰를 보냅니다.

○ 등교할 때마다 하교할 때마다 아이들과 인사 나누시는 모습에서 교육의 참모습을 봤습니다. 탁상공론이 아니라 매일 학교를 돌면서 아이들과 소통하시는 모습은 최고였습니다.

○ 교감 선생님께서는 한 번도 빠짐없이 학생들의 등굣길에서 만나는 선생님이십니다. 언제나 밝게 웃으시면서 학생들을 맞아 주시고 깨끗한 환경에서 학생들이 편안하고 안전하게 생활할 수 있도록 열성적으로 모범을 보이시는 멋진 교감 선생님 우리 학교의 자랑입니다.

○ 학교규정을 지키지 않는 학부모들에겐 너무 무섭게 얘기하시지만 등 뒤의 학생들에게 웃으시면 인자한 미소를 띠며 얘기하시는 모습이 너무 좋았습니다. 역시 아이들을 사랑하시는 선생님이시구나 생각들었습니다.

○ 『창가의 토토』에 나오시는 교장 선생님 같습니다. 학교 아이들 이

름을 모두 외우신다고 들었습니다. 등굣길 빗자루를 드시고 한결 같이 청소하시는 교감 선생님의 모습은 아이들에게 부지런함을 가르치십니다. 부드러운 미소로 아이들 이름을 부르시고 안부를 물으시고~ 항상 감사합니다.

ㅇ 선생님께서는 늘 일찍 오셔서 빗자루로 교문 앞을 깨끗이 쓸면서 교통지도와 더불어 안전지킴이 역할을 하고 계십니다. 마음이 따뜻하고 인정이 많으시며 학생들의 학업과 안전에 대해서도 살펴 주시고 학부모의 의견에도 귀를 기울여 주시는 분입니다.

학부모님, 우리 학교는 참 좋은 학교입니다. 항상 긍지와 자부심을 가지시고 학교에 적극 협조해 주심에 감사를 드립니다. 떠나면서 몇 가지만 부탁을 드립니다. 지금도 잘해주시지만 혹시나 해서 부탁의 말씀을 드립니다.

항상 선생님들과 학교를 믿어주십시오. 선생님들도 학생들을 위해 최선을 다하고 있습니다. 교문 주변 교통질서를 잘 지켜주십시오. 학부모님들의 협조는 안전하고 행복한 등하교의 시작입니다. 학교 출입을 하실 때는 반드시 정해진 규칙을 지켜주십시오. 처음에는 조금 불편하시더라도 익숙해지면 당연한 것이 됩니다. 한 분 한 분이 정해진 규칙을 지킬 때 우리 학생들의 안전한 학교생활이 보장됩니다.

학부모는 학교교육의 중요한 주체입니다. 학부모에게 일방적인 안내나 강요로 학교교육에 참여하게 하던 시대는 지났습니다. 학교는 학부모의 입장을 이해하고, 학부모는 학교의 입장을 이해하는 상호 역지사지의 마음이면 좋겠습니다.

역사용 역량은 김홍도의 마음이다

훈장님 앞에서 훌쩍이는 학동이 안쓰럽습니다. 난감한 표정의 훈장님은 더 안쓰럽습니다. 응원하는 친구와 고소해하는 친구들이 뒤섞여 있습니다. 씨름꾼을 응원하는 사람들의 모습에서 삶의 행복이 묻어납니다. 씨름판에 심판은 보이질 않습니다. 새참을 즐기는 서민들의 모습에서 삶의 여유를 찾습니다. 같이 자리하고 싶은 장면입니다. 단원 김홍도의 그림에 나오는 장면입니다.

단원 김홍도는 조선의 문예부흥기인 영조와 정조 시대에 활약한 인물입니다. 영조와 정조는 조선 후기에 왕권을 바탕으로 문예 부흥뿐만 아니라 자주국방에 심혈을 기울인 시기입니다. 당파 싸움은 여전했지만, 백성들의 생활은 풍요로웠던 시기입니다. 김홍도는 모든 그림을 잘 그렸지만, 특히 서민들의 생활상을 잘 그렸습니다.

김홍도의 그림에서 역지사지, 사랑, 용기를 보았습니다. 어진을 그리다가 서민들의 생활상을 그리는 데는 용기가 필요합니다. 서민들의 삶 속으로 들어가는 따뜻한 사랑이 필요합니다. 그들의 입장에 서 보는 역지사지의 마음입니다. 김홍도의 그림에다 영호의 경험도 넣었습니다. 약간의 상상력도 더했습니다.

〈서당〉의 훈장님은 영호의 마음을 아실까?

"영호(2)야, 앞에 나와서 천자문 ○○쪽 암송해 보거라."

"예……."

기습적인 훈장님(1)의 질문에 영호는 당황했습니다. 영호는 훈장님이 주신 문제를 우물쭈물 하면서 제대로 외우지 못했습니다. 천자문 책은 훈장님 앞에 놓고 돌아앉아서 친구들의 얼굴을 보니 하나도 생각이 나지를 않았습니다.

단원 김홍도의 〈서당〉이라는 그림입니다.

[3]

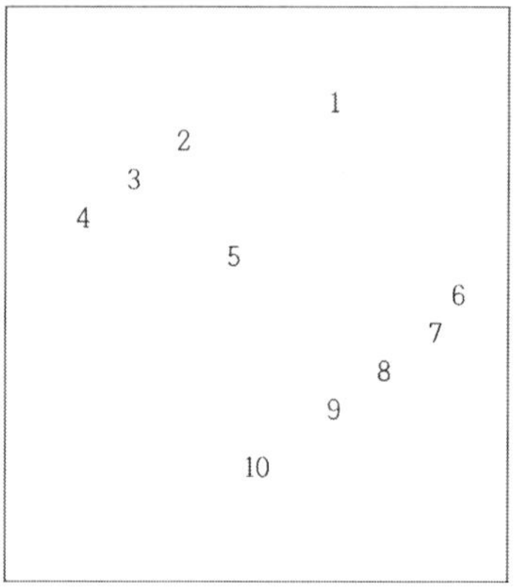

3) 출처: 국립중앙박물관

전날 훈장님이 암송하는 숙제를 내 주셨지만, 친구들과 노느라 제대로 외우지를 못했습니다. 영호는 천자문을 외우는 것보다 집안일을 돕는 게 우선이었습니다. 설사 집안일이 없더라도 친구들과 노는 게 훨씬 더 재미있는 일이었습니다. 설마 나를 시키겠느냐 하는 마음도 있었습니다. 그리고 설령 제대로 외우지 못하더라도 마음씨 좋은 훈장님은 좋은 말로 타이르실 거란 믿음도 있었습니다. 실제 어릴 적 영호도 초등학교 다닐 때 이런 경험이 있었습니다. 사람마다 다르겠지만, 좋은 시나 문장, 노랫말을 암송할 수 있는 것은 행복한 인생을 살아가는 데 필요한 조건이기도 합니다.

"영호야, 바지 올려라."

여느 때와 달리 훈장님 표정이 단호했습니다. 영호는 깜짝 놀랐습니다. 다른 학동들도 놀라기는 마찬가지입니다. 마음씨 좋은 훈장님은 좋은 말로 타이르기만 하니, 천자문 진도가 잘 나가지 않아서 고민하던 때였습니다. 계속 이러다가 이번 계절에 천자문 강독을 다 떼지 못하겠다는 조바심도 있었습니다. 강독이 되지 않고는 제술이나 습자를 하기도 어렵기 때문에 이번 계절에는 강독에 중점을 두고 있었습니다. 그래서 이참에 본보기로 따끔하게 혼을 내야겠다는 생각이 들었습니다. 회초리는 늘 준비되어 있었지만, 호통을 치면서 앉은뱅이책상을 내리치는 데 사용하는 게 전부였습니다. 하지만 몇 대를 때려야겠다는 말은 하지를 않았습니다. 미리 말을 하는 것보다는 영호의 표정이나 다른 학동들의 반응을 보고 결정을 할 심산이었습니다.

"영호야, 왜 천자문을 외우지 못하느냐? 무슨 일이 있었느냐?"

"……."

훈장님은 영호에게 천자문을 외우지 못하는 이유를 물었습니다. 영호는 집안일을 돕느라 천자문을 외우지 못했다고 거짓말을 할까 하다가 그냥 고개만 떨구고 있었습니다. 한편으로는 어제 정작 집안일은 돕지 않고, 친구들과 노느라 숙제를 하나도 하지 못한 게 후회가 되었습니다. 어제 서당에서는 몇 번이나 읽었지만, 친구들과 노느라 복습을 하지 않아서 시작 부분도 입안에 맴돌기만 할 뿐 소리가 나지를 않습니다. 영호는 『마지막 수업』에 나오는 프란츠의 심정이었습니다. 이럴 줄 알았으면 어제 조금만 놀고 암송을 할 것을 하는 마음이었습니다. 어제 친구들과 신나게 놀던 기분은 싹 가시고, 이 순간을 어떻게 벗어날까를 생각했지만 뾰족한 수가 없었습니다.

"영호야. 마음을 가라앉히고 잘 생각해서 외워 보거라."

훈장님은 영호에게 다시 한 번 기회를 주었습니다. 영호의 오른쪽에 있는 학동 셋(3, 4, 5)은 영호와 친합니다. 어제 숙제를 하는 대신 함께 논 친구들입니다. 사실 이 세 명의 학동들도 암송을 하지 못하기는 영호와 다를 바가 없었습니다. 한 친구(5)는 천자문 책을 영호 가까이 밀어 넣습니다. '영호야 여기야. 슬쩍 보고 외워봐'라는 이심전심의 마음을 보냅니다. 영호는 천자문이 눈에 들어오지 않습니다. 또 한 친구(2)는 오른손으로 입을 가리면서 기어들어가는 목소리로 정답을 알려 줍니다. 이 또한 영호의 귀에는 들어오지 않습니다. 영호의 왼쪽에 있는 학동들(6, 7, 8, 9,

10)은 불만입니다. 왜 다시 기회를 주느냐는 생각입니다. 바로 바지를 걷게 해서 영호의 종아리와 회초리가 만나는 짜릿한 소리를 듣고 싶습니다. 영호에게 괴롭힘을 당했거나 불만이 많은 친구들입니다. 학동들의 이런저런 바람과 시샘이 교차하는 순간에도 영호의 입에서는 천자문의 시작인 '하늘'도 나오지를 않았습니다.

"안 되겠구나. 영호야 바지 올려라."

더 이상 기다리는 것은 서로에게 별 의미가 없다고 생각한 훈장님이 처음보다 큰 소리로 말했습니다. 훈장님은 단호한 말투와는 달리 고민하는 표정이 역력합니다. 훈장님의 머릿속은 복잡했습니다. '영호 이놈을 본보기로 몇 대 때릴까, 아니면 호통만 치고 말까' 하는 생각이 들어 어떤 결정을 할지 고민에 빠졌습니다. 훈장님의 고민과는 상관없이 학동들은 두 부류로 나뉘었습니다. 영호의 오른쪽에 앉은 학동들은 안달이 났습니다. 책을 내밀어도 나지막하게 알려주어도 영호에게는 아무 의미가 없습니다. 반대로 영호의 왼쪽에 앉은 학동들은 신이 났습니다. '너 오늘 제대로 혼나 봐라. 고소하다, 고소해.' 대놓고 말은 못하지만 신이 났습니다. 소리 없는 웃음을 멈출 수가 없습니다. 등을 보이고 있는 학동(10)의 왼쪽 어깨선이 심하게 흔들리고 있습니다. 웃음을 참느라 애쓰는 몸짓입니다. 제일 신이 났습니다.

영호의 오른쪽이나 왼쪽의 학동들 모두 훈장님과는 눈 맞춤을 하지 않는 자리입니다. 조금만 고개를 돌리면 서로 마주보게 됩니다. 영호도 더 이상 어쩔 수 없게 되었습니다. 오른손으로 왼쪽 발목의 대님을 풉니다. 바쁘게 서당에 오느라 아무렇게나 묶은 대님이 잘 풀리지 않습니다.

어깨선이 심하게 흔들립니다. 영호는 떨고 있습니다. 왼손으로는 눈물을 훔칩니다. 돌이킬 수 없는 현실입니다.

여기까지입니다. 김홍도의 서당을 보고, 혼이 나는 학동에게 영호라는 이름을 붙여 보았습니다. 그리고 서당 그림과 그 전에 있었을 일을 상상해 보았습니다. 뒤에 일어날 일을 생각해 보는 것도 좋은 일입니다. 서당을 앞에 놓고 이런저런 생각에 잠기다 보면 내가 받은 수업과 내가 한 수업과 서당 속의 수업이 오버랩이 되기도 합니다. 단원 김홍도의 서당에는 공부거리가 많습니다.

먼저, 영호와 훈장님을 살펴보겠습니다. 어쩌면 영호는 학습부진아일 수도 있습니다. 당시 서당은 개별학습과 학생의 능력에 따라 학습 진도를 결정하는 것이 가능했습니다. 훈장님을 도와주는 접장도 있었습니다. 영호는 어제 복습을 하지 않아서 오늘만 학습부진아일 수도 있습니다. 어쩌면 처음부터 학습부진아이었을 수도 있습니다. 훈장님은 영호의 학습 상태를 잘 알고 있습니다. 실제 영호의 초등학교 1, 2학년 통지표에는 '양'이 몇 마리 무리지어 있습니다. 만약, 서당에 나오는 벌 받는 영호가 학습부진아라면 훈장님의 회초리가 필요한 것일까요? 만약 선생님들이 서당 속의 훈장님이라면 회초리를 어찌 하시겠습니까? 회초리 대신에 무엇이 필요하겠습니까?

훈장님이 영호에게 자꾸 기회를 주는 것은 역지사지입니다. 기다림의 미학을 아는 사랑입니다. 때릴 것인지 말로 타이를 것인지 결정하는 것은 용기입니다. 서당의 우리 훈장님은 역사용 역량이 충만한 분입니다.

다음으로 학생들의 자리 배치를 살펴보겠습니다. 훈장님을 중심으로 양쪽으로 앉아 있습니다. 사극에 나오는 궁중의 자리 배치도 이와 비슷합니다. 임금은 앉고 신하들은 도열하는 형태입니다. 서당의 그림에서 어쩌면 훈장님 앞쪽에도 학동들이 있을 수도 있습니다. 단원 김홍도가 그림 구도를 위해서 훈장님 앞쪽의 학동들은 그리지 않았을 수도 있습니다. 학생들은 마주보고 강독을 하고 제술을 하고 습자를 했을 것입니다. 옆에 앉은 친구들이나 마주 보고 앉은 친구들과 이야기를 나누기도 좋습니다. 지금 초등학교 교실의 자리 배치에 시사하는 점이 많습니다. 서당의 그림에서는 친구들의 뒷머리만 보는 학동은 없습니다.

자리는 고정 불변한 것이 아닙니다. 일자형이 필요할 때도, 원형이 필요할 때도, 모둠형이 필요할 때도, 디귿자형이 필요할 때도 있습니다. 자리 배치에서 제일 먼저 생각할 것은 학생들의 배움이 잘 일어나는가에 있습니다.

즉, 학생들이 서로 배움을 주고받는 데 적합한가와 교사와 학생과의 상호작용이 활발하게 일어나는가의 문제입니다. 협력학습에서 자리만 바뀌어도 수업이 달라질 수 있습니다. 물론 자리 배치라는 형식보다는 수업의 본질적인 내용이 중요합니다. 하지만 간혹 형식이 내용의 질을 결정하는 중요한 요인이 되기도 합니다. 자리배치라는 형식과 수업의 본질적인 내용의 조화는 금상첨화입니다.

"김영호, 지금 뭐 하노."

"……."

공부시간에 숫자놀이판에 열중하고 있던 영호에게 담임 선생님이 하신 말씀입니다. 영호는 아무 대답도 하지를 못했습니다. 1970년대 김천시 아포읍 대신초등학교 6학년 1반의 일입니다. 다음 그림은 당시 교실 좌석 배치도와 숫자놀이판의 평면도입니다.

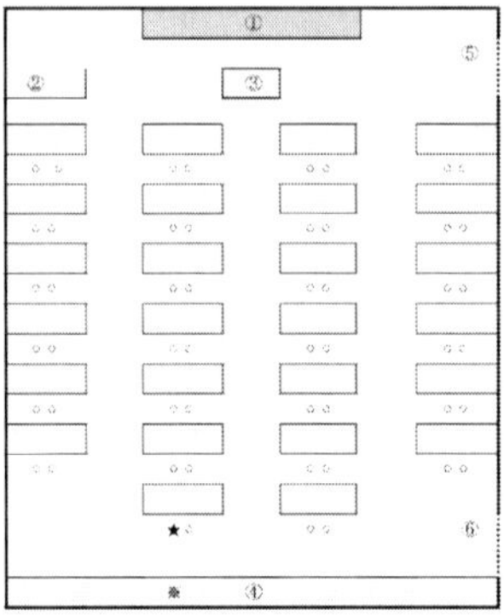

1	5	3	4
2	6	7	8
9	10	11	12
14	13	15	

ㅇ대신초등학교 6학년 1반 교실에 있었던 유일한 놀이기구
ㅇ정사각형인 숫자판을 1에서 15까지의 차례대로 배치하는 기구
ㅇ숫자판을 이동할 수 있도록 1칸이 비어 있음

①은 칠판입니다. 흔히 흑판이라고도 불렀습니다. 매시간 칠판 한가득 판서가 이루어지고 쉬는 시간에는 당번이 지우개로 닦기를 반복하는 학습장입니다. ②는 담임 선생님의 사무용 책상입니다. 그 당시에는 대부분 앞쪽에 있었습니다. 1990년대 후반에 열린교육이 한창 유행할 때는 뒤쪽에 많이 배치를 하기도 했습니다. 창문 너머에는 커다란 은행나무가 있었습니다. 은행나무는 폐교가 된 지금도 그 자리를 지키고 있습니다. ③은 수업 시간에 선생님의 자료를 놓는 곳입니다. 책이나 참고용 자료를 놓거나 출석부와 회초리가 놓여 있을 때도 있습니다. ④는 지금의 사물함 위와 같은 역할을 합니다. 지금과 같은 나무나 철제는 아니었습니다. ⑤는 앞쪽 출입문이고, ⑥은 뒤쪽 출입문입니다. ★은 영호가 앉은 자리입니다. ※는 숫자놀이판이 있었던 자리입니다.

영호는 늘 제일 뒷자리에 앉았습니다. 선생님 말씀이 잘 들리지 않을 때도 있지만, 딴짓을 하기에는 좋은 자리이기도 합니다. 영호가 초등학교에 다닐 때만 해도 대부분 선생님의 수업은 강의식이었습니다. 책상 속에 숫자놀이판을 숨기고 고개를 숙이면 50명이 넘는 학생이지만 쉽게 눈에 띌 수밖에 없었습니다. 숫자놀이판은 압수당해서 다시 제자리로 돌아갔습니다.

"영호야, 공부는 하지 않고 뭐 하는 거야."

"저……."

"저가 어쨌다는 거야."

"쉬는 시간에는 친구들이 숫자놀이판을 가지고 놀기 때문에 제가 할 시간이 없어서 그랬습니다."

"그렇다고 공부시간에 그걸 해서 되겠느냐?"

"잘못했습니다. 다시는 그러지 않겠습니다."

"알았다. 다음부터는 그러지 말아라."

6학년 영호의 담임 선생님도 서당의 훈장님과 같은 고민을 하셨을 것입니다. 본보기로 영호를 혼을 내면 얼마 동안은 공부시간에 아이들이 딴짓을 하지 않는 효과도 있을 수 있습니다. 하지만 영호의 담임 선생님은 바로 혼을 내기보다는 자초지종을 물었습니다. 그리고 다음부터 그러지 않겠다는 약속을 받는 것으로 마무리를 했습니다.

실제 영호의 담임 선생님은 굉장히 엄격하셨지만, 속정이 많으신 분이었습니다. 체육시간에는 아이들과 함께 축구와 핸드볼을 하며 솔선수범하는 선생님이셨습니다. 언젠가 영호는 잉크를 교실 바닥에 쏟았습니다. 만년필이 아니라 펜글씨를 위한 잉크 때문에 교실 바닥이 흉하게 되기도 한 때였습니다. 영호는 선생님께 미리 잉크를 쏟았다고 말씀을 드렸습니다. 선생님은 잘못을 솔직하게 인정하면 크게 나무라지 않았습니다. 지금의 영호가 생각해 보면 김명진 선생님은 정직을 몸소 실천해 보이신 것 같습니다.

김홍도의 〈서당〉을 보면서 영호의 6학년 담임 선생님을 떠올려 보았습니다. 〈서당〉에 나오는 영호가 훈장님의 물음에 솔직하게 대답을 했으면 어땠을까 하는 생각이 듭니다. 누구나 잘못도 하고 실수도 할 수 있습니다. 하지만 누구나 솔직해지는 것은 쉽지가 않은가 봅니다.

단원 김홍도의 〈서당〉에서는 이런 문제 외에도 여러 가지를 공부해 볼 수 있습니다. 학생들에게 단원 김홍도의 〈서당〉 그림으로 배움이 일어나게 해 보시지요. 어제 그린 김홍도의 서당은 오늘과 내일의 우리에게 많은 배움을 주고 있습니다. 서당이나 우리 교실에서 이런 사랑과 칭찬이 넘쳐나길 소망합니다.

"다음부터는 그러지 말거라."

"○○야, 참 잘했다."

"친구야, 오늘 최고다."

〈씨름〉과 씨름을 하면 어떻게 될까?

〈씨름〉입니다. 〈서당〉만큼이나 유명한 단원 김홍도의 〈씨름〉입니다. 서민들의 일상을 잘 표현한 명화입니다. 단원 김홍도의 〈씨름〉과 씨름을 해 보겠습니다.

우리는 씨름을 삼국시대부터 즐겼다고 합니다. 고구려의 씨름 무덤과 장천 1호의 무덤 그림에도 씨름이 나옵니다. 백제와 신라도 자세한 기록은 없으나 씨름을 즐겼을 것으로 추정합니다. 고려 충혜왕은 씨름을 너무 좋아해서 내시들과 더불어 씨름을 벌여서 위아래 예절이 없었다고 합니다. 조선의 세종도 씨름을 좋아했다고 합니다. 고려와 조선에서는 씨름꾼을 용사라 불렀고, 조선시대에는 왕을 지키는 갑사도 씨름꾼 중에서 뽑았다고 합니다.[4]

다음은 단원 김홍도의 그림과 그 그림에 등장하는 인물을 표시한 것입니다. 그림이나 글을 분석하는 방법은 여러 가지가 있습니다. 일반적으로 객관적인 사실을 알아보는 것입니다. 객관적인 사실은 차치하고 개인의 객관적인 주관으로 분석하는 방법도 있습니다. 객관적인 사실을 바탕으로 주관적인 해석을 하는 방법도 있습니다. 그 외에도 여러 가지가 있을 수 있습니다. 어느 방법이나 일장일단이 있습니다. 세상사 무엇이나 완벽한 것은 없습니다. 완벽을 추구하는 과정이겠지요.

4) 출처: 네이버 지식백과

[6]

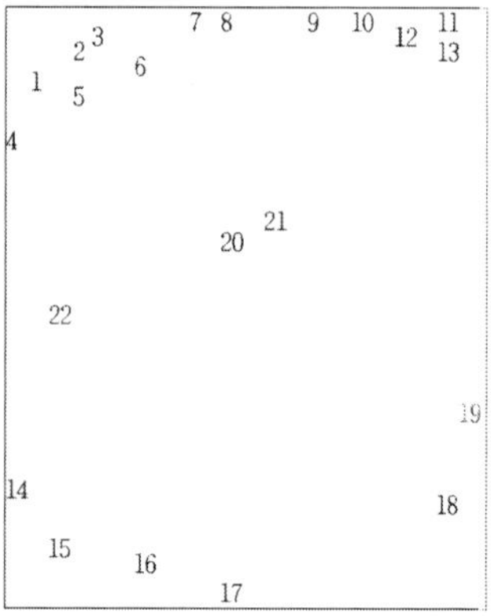

그림에 나오는 객관적인 사실부터 알아보겠습니다. 등장 인물은 모두 22명입니다. 좌상에 8명(1-8), 우상에 5명(9-13), 좌하에 4명(14-17), 우하에 2명(18-19)입니다. 씨름을 하는 2명(20-21), 엿장수 1명(23)입니다. 그림 상으로는 전부 남자입니다. 갓을 쓰거나 벗은 어른과 남자 아이들이 있습니다. 3명이 부채를 들고 있습니다. 씨름꾼(20, 21)은 신발을 벗었습니다. 왼쪽 씨름꾼(21)이 들배지기를 하고 있습니다. 모든 구경꾼의 시선은 씨름꾼을 보고 있습니다. 단 한 사람 엿장수(22)만 씨름꾼을 등지고 있습니다.

그림에 나타난 객관적인 사실을 바탕으로 다양한 해석을 할 수 있습니다. 엿장수에 한정해서 해석을 하겠습니다. 앞에서도 언급했듯이 엿장수만 씨름 장면을 등지고 있습니다. 본업인 엿장수의 본분에 충실한 태도라고 생각합니다. 엿장수의 목표는 엿을 많이 파는 것입니다. 그러자면 씨름판을 보는 것보다는 관중을 보아야 합니다. 유능한 엿장수라면 어른을 따라 나온 어린아이가 엿을 사달라고 조르는 장면을 놓칠 수는 없습니다. 또한 씨름판의 승패가 결정되면 어느 한 쪽으로 달려가야 합니

5) 출처: 국립중앙박물관

다. 당연히 이긴 쪽을 택해야겠지요. 가끔은 수업을 하시는 선생님들도 엿장수 같은 관점은 필요한 것이 아닌지 생각해 봅니다. 심판은 보이지 않습니다. 왜 그럴까요?

그 외의 객관적인 사실을 바탕으로 어떤 해석을 하실 수 있겠습니까? 천재 화가 김홍도의 〈씨름〉으로 어떤 씨름을 하시겠습니까? 〈씨름〉이라는 그림 한 장으로 어떤 수업을 하시겠습니까?

김홍도의 〈씨름〉과 씨름을 하다 보면 우리 교실에서 아이들과 씨름을 하는 선생님이 연상됩니다. 선생님과 아이들의 씨름이 누구의 승패 없이 모두가 행복한 씨름이면 좋겠습니다. 선생님들과 아이들의 씨름은 협력학습이라는 상호작용입니다.

〈새참〉의 역사용은 무엇인가?

김홍도의 〈새참〉입니다.

7)

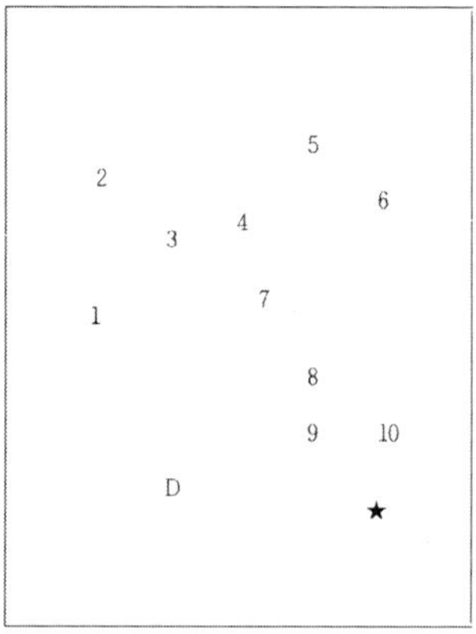

새참은 '사이참'을 줄인 말입니다. 사이참은 '사이'와 '참'이 합쳐진 말입니다. 여기서 '사이'는 여러 가지 뜻 중에서 '한 때로부터 다른 때까지의 동안'이라는 의미입니다. '참은 일을 하다가 일정하게 잠시 쉬는 동안이나 끼니 때가 되었을 때에 먹는 음식'의 뜻입니다. 새참은 '일을 하다가 잠깐 쉬면서 먹는 음식'이라는 뜻입니다.

농경사회에서는 새참이 필수입니다. 삼시 세끼만으로는 고된 육체노동을 감당하기에는 어려웠던 시절입니다. 물론 삼시 세끼도 제대로 먹질 못

6) 출처: 국립중앙박물관

할 정도로 흉년이 들거나 형편이 어려우면 새참은 그림의 떡이겠지요. 농경사회에서 새참은 휴식과 체력 보충의 일거양득의 시간이었습니다.

지금도 마찬가지입니다. 어쩌면 삼시 세끼보다 새참의 빈도가 훨씬 큰 비중을 차지할 수도 있습니다. 학생들이 1교시나 2교시를 마치고 우유를 마시는 것도 새참의 의미입니다. 선생님들이 드시는 것도 마찬가지 의미이겠지요. 새참은 꼭 음식을 먹는 것뿐만은 아닐 것이라는 생각도 합니다. 우리 초등학교의 40분의 수업도 어느 지점에서는 새참 같은 여유가 필요할 수도 있습니다.

살아가면서 새참의 여유가 있었으면 좋겠다는 생각이 듭니다. 음식을 먹는 것도 좋습니다. 육체적인 기력의 보충입니다. 시간적인 새참의 여유도 좋습니다. 지금까지 살아온 인생을 되돌아보는 새참의 의미라고 이름하겠습니다. 그런 새참의 의미가 인생을 좀 더 여유롭게 할 수 있지 않을까 하는 생각도 듭니다. 오늘은 어떤 새참의 여유를 즐기시겠습니까?

그림에 나오는 객관적인 사실과 그 사실에서 유추할 수 있는 것을 알아보겠습니다.

왼쪽 페이지의 오른쪽 표를 보시면 됩니다. 등장 인물은 모두 10명입니다. 1, 2, 3, 4, 5, 7은 남자 어른입니다. 3번을 제외하고는 웃옷을 벗었습니다. 날씨가 더운 여름이라는 것을 짐작할 수 있습니다. 6은 총각입니다. 7, 8, 9, 10은 한 가족으로 보입니다. D는 검둥이(개)입니다. 별표(★)는 새참바구니입니다.

어른 남자들은 3번을 제외하고는 전부 웃옷을 벗고 있습니다. 여름이라는 계절의 짐작과 새참을 먹기 전까지 열심히 일을 한 증표이기도 합니다. 남자들에게 등을 보이고 돌아앉은 아낙네(8)는 갓난아이(9)에게 젖을 먹이고 있습니다. 갓난아이의 형인 듯한 어린아이(10)도 새참을 먹고 있습니다. 동생이 젖을 먹는 모습과 그릇에 시선이 오가는 중입니다.

1번은 왼손으로 밥그릇을 들고 오른손으로는 젓가락으로 반찬을 집고 있습니다. 여유가 있는 새참입니다. 2번은 왼손에는 부채를 들고 부치면서 오른손으로 새참을 먹는 데 수저를 사용하고 있습니다. 웃옷을 벗었지만 부채가 필요할 정도로 더운 날씨입니다. 3번은 왼손으로 음식이 든 그릇을 기울이고 오른손에 쥔 숟가락은 입에 들어갔다가 나오는 순간입니다. 밥그릇을 기울인 것으로 봐서 다른 사람들보다 먹는 속도가 빠른 것 같습니다. 4번은 술잔을 기울이고 있습니다. 왼손을 바닥에 짚고 오른손으로 술잔을 기울이고 있습니다. 오른손이나 술잔의 기울기를 볼 때 반 정도 마신 장면 같습니다. 5번은 왼쪽 무릎을 세우고 양손으로 그릇을 받친 상태로 새참을 마무리하고 있습니다. 밥상이 없는 들판의 새참에서 어울리는 자세이기도 합니다. 7번은 왼손으로 그릇을 잡고 오른손에 잡은 숟가락은 막 입으로 들어가려는 순간입니다. 8번은 7번의 부인입니다. 어린아이에게 젖을 물리고 있습니다. 진한 모성애를 느낄 수 있는 장면입니다. 8번이 새참을 먹는 장면을 볼 수 없습니다. 어쩌면 등장하는 모든 이들이 새참이 끝나야 새참을 시작하는 것은 아닌지 모르겠습니다. 우리 어머니들이 그러했듯이 말입니다.

10번도 새참에서 빠질 수 없습니다. 별표(★)를 봐서는 새참이 남아 있는 것 같기도 합니다. 6번은 머리를 볼 때 총각입니다. 양손으로 술병을 고이 잡고 술병 속을 들여다보고 있습니다. 왼손과 왼팔의 그림의 선으로 볼 때 술병 속에는 제법 술이 남아 있는 것 같습니다. 4번이 들고 있는 술잔으로 어른들의 한 잔씩의 술새참이 끝나면 총각 차례가 될 것 같습니다. 우리 조상들은 어른 앞에서 술을 배워야 한다고 했습니다. 술병은 총각이 들고 왔을 수도 있습니다.

D는 검둥이(개)입니다. 8, 9, 10과 함께 새참길에 동행했을 것입니다. 길을 앞장서면서 장애물이나 위험을 미리 알려주는 역할도 했을 것입니다. 어른들의 새참이 끝나고 남은 음식이 검둥이의 새참이 될 것 같습니다. 6번과 D에서 기다리는 이의 간절함을 읽을 수 있습니다.

김홍도의 〈새참〉은 나눔과 기다림, 기다림과 남김의 미학이 만나는 새참입니다. 나눔은 배려입니다. 새참은 끼니 사이의 참이기 때문에 아주 배불리 먹을 수 있는 양은 아닙니다. 약간의 허기를 달래고 다음의 끼니까지 일을 할 수 있는 양이면 충분합니다. 한두 명이 욕심을 내면 다른 사람은 그릇이나 술병의 밑바닥만 만납니다. 하지만 김홍도의 〈새참〉은 모두가 허기를 달래고 쉬는 나눔과 기다림의 미학이 있습니다.

기다림은 희망입니다. 누구를 무엇인가를 기다린다는 것은 참으로 행복한 일입니다. 김홍도의 〈새참〉은 배려와 희망입니다. 우리 초등학교에서도 나눔과 기다림, 배려와 희망이 만나는 새참 같은 수업이 넘쳐나기를 소망합니다.

역사용 역량은 오래 보고 자세히 보는 것이다

사람은 살아가면서 10만 명의 사람과 만난다고 합니다. 즉, 10만 번의 만남입니다. 10만 번의 만남의 시작도 누구나 처음 만나는 것입니다. 그 처음의 만남은 낯섦입니다. 첫 만남으로 끝나는 관계도 있습니다. 낯섦이 되풀이되면 익숙함이 됩니다. 가족이 되고 이웃이 되고 친구가 됩니다.

매년 3월이면 선생님들은 많은 아이들을 처음 만납니다. 그 처음의 낯섦에서 바로 익숙함이 생기지는 않습니다. 혹 낯섦이 3월을 넘기는 경우도 있습니다. 흔히 정이 가지 않는다고 합니다. 하지만 누구나 자세히 보고 오래 보면 다 정이 갑니다. 낯섦이 익숙함으로 변합니다.

초임학교 제자 이야기, 농사 이야기에서 기다림을 배웁니다. 다가올 미래도 준비하고 기다리면 두렵지 않습니다. 국민적인 열풍을 몰고 온 영미도 기다림의 미학입니다. 태국 동굴에서 13일 만에 구조된 아이들도 참고 기다린 결과입니다. 이순신 전공의 큰 부분은 부하들을 믿고 기다려준 덕분입니다. 이런 모든 것은 사랑이자 용기입니다. 용기와 두려움은 한 이불을 덮고 잔다고 합니다.

조금만 더 기다려 주세요

필자는 1984년 3월 1일자로 대구매천초등학교에 초임 발령을 받았습니다. 대구교대를 졸업하고 6개월은 시골에서 농사일을 돕고, 6개월은 김천모암초등학교에서 과학실 실험 조교로 근무를 한 뒤입니다. 경상북도 칠곡군에 있었던 매천초등학교는 1981년 7월 1일자로 대구직할시 승격과 함께 대구로 편입이 되었습니다.

당시 매천초 인근은 기존의 주민과 시골에서 대구로 전입한 주민들이 혼재해 있었습니다. 기존의 주민들은 농사(주로 비닐하우스)로 생활 형편은 그리 어렵지 않았습니다. 시골에서 상경한 주민들은 방 하나에 부엌이 달린 주택(그 당시 아이들은 아파트라고 불렀음)에 한 식구가 거주하고 있었습니다. 국도에서 학교까지 가는 길 양편에는 매연과 악취를 풍기는 공장이 많았습니다. 학교 앞을 흐르는 팔거천은 늘 연탄재를 풀어 놓은 듯했습니다.

아이들의 학력도 매우 낮은 편이었습니다. 그 당시는 시험 감독을 학교별로 바꾸어서 평가를 하고 학교 순위를 매겼습니다. 시험이 끝날 때마다 교장 선생님께 인비로 전달되는 학교의 등수는 늘 뒤에서 한 손 안에 들었습니다. 그럴 때마다 교장 선생님은 "선생님들, 아이들 안 가르치고 뭐 하세요?"라고 역정을 내곤 했습니다.

초임지인 매천초등학교에서 5학년을 맡았습니다. 5학년은 필자와 교대 동기 2명과 선배 2분으로 5반입니다. 공부를 잘하는 아이도 있고, 아주

못 하는 아이도 있고, 학력은 천차만별이었습니다. 가정환경도 매우 어려운 아이들이 많았습니다. 50명이 넘는 아이들 중에 지금도 기억에 남는 김○○이라는 아이가 있었습니다. 키도 작고 공부도 힘들어 했지만, 성격이 쾌활하고 노래를 잘 불렀습니다. 다음은 그 아이가 보내온 이메일을 수정하지 않은 그대로 옮겨본 것입니다.

제목 선생님 건강하시죠~?
보낸 날짜 2004년 06월 09일 수요일, 저녁 7시 15분 31초

눈물이 납니다. 선생님을 생각하면 눈물이 나네요~! 안녕하신지요. 김영호 선생님. 선생님께서 교단을 밟은 첫 학교 그리고 첫 담임으로 부임하시던 그 옛날 1984년 2월……. 키 크고 잘생기시고 늘 웃음 잃지 않는 미남 선생님 그리고 총각 선생님……. 제 한평생에 지침돌로 남아 힘이 들고 괴로울 때 늘 되새기며 용기를 주시는 그 이름……. 지금도 또 다른 젊은이들에게 깊은 인생에 지표를 만들고 계실 고마우신 그 이름……. 김영호 선생님…….

건강하시죠~? 선생님! 강변가요제에서 이선희가 'J에게'로 대상 타고 난 뒤 친구들과 그 노랠 부르는 걸 보시고 선생님께서 음악시간엔 가 절 나오게 하셔서 그 노랠 부르게 하신 기억들……. 또 많은 반 친구 앞에서 음악시간이든 국어시간이든 노래할 기회가 있으면 언제든 나오게 해서 동요든 가요든 부르게 하신 기억들……. 절 기억하실까? 선생님! 저의 어린 시절 중 제일 기억에 남는 국민학교 5~6학년 담임 선생님이셨습니다. 매천국민학교 32회 졸업생 김○○입니다. 항상 까불고 장난 많이 치고 산만하고 공부 안 하는 땅콩……. ○○이입니다. 키 작고 공부 못 하는 꼬맹이입니다. 처음 뵙게 된 때부터 20년이 흘렀습니다. 많이 변하셨겠죠? 연세도 쉰이란 단어에 가깝게 서 계실 거라고 생각이 듭니다. 죄송합니다. 그 많은 시간 동안 늘 선생님의 존명을 마음속에 두면서도 세월에 칼바람과 일진월보의 인생살이로 이렇게 한참이 지나서야 글로나마 인사 올립니다. 죄송합니다. 선생

님…….

국민학교 시절부터 공부에는 담을 쌓은 제가 그래도 늦게 후회가 되어 나름대로 노력해서 전문대학은 졸업을 하였고 기계계열로 취업하여 열심히 고군분투 중입니다. 지금은 마산에서 생활하고 있고 결혼도 5년 전쯤에 해서 큰아들과 둘째는 딸을 둔 가장이 되었습니다. 현재의 제 모습은 선생님에 깊은 교육 덕택으로 알고 고마운 마음으로 지내고 있습니다. 그 시절 아이들 앞에서 책도 제대로 못 읽은 저를 어여삐 여겨 그나마 노래 부르길 좋아하는 저의 장점을 아시고 일부러 아이들 앞에서 씩씩하게 노래도 부르게 해주시고 잘 부른다고 칭찬도 아끼질 않으신 그 모습으로 인해 훗날 제가 살아가는 데 긍정적인 바탕을 마음속에 만들어 주신 은혜 잊지 않겠습니다.

그리고 중학교 시절……. 선생님에게 편지를 보내면서 '3개월이 넘었습니다.'를 '3개월이 남았습니다.'로 잘못 보내어서 또 한 번 실망시켜 신중함을 일깨워 주신 기억들……. 그때에 ○○이가 이렇게 인사 올립니다. 국어 선생님이신 김영호 선생님……. 예전 기억들이 뇌리에서 많이 지워지고 퇴색되어 낱낱이 떠오르진 않으나, 선생님의 그 마음은 영원히 간직하며 살겠습니다.

- 하략 -

공부를 잘하는 아이들은 공부를 잘한다는 이유만으로 다른 잘못이 면책이 되는 경우가 많습니다. 공부를 힘들어하는 아이들은 그 이유만으로 다른 잘하는 것도 무시당하는 경우도 있습니다. 이 모든 것이 다 착시효과이자 선입관 때문입니다. 오래 보고 자세히 보지 않아서 생기는 문제입니다.

누구나 잘하는 것도 있고 부족한 것도 있습니다. 모든 것을 다 잘하는 것도 아니고, 모든 것이 다 부족한 것도 아닙니다. 자세히 보고 오래 보면 누구에게나 잘하는 것을 찾을 수 있습니다. 모든 것이 하루아침에 이루어지는 것이 아니니 참고 기다리는 지혜가 필요합니다.

김○○이는 오래 보고 자세히 관찰하지 않으면 장점을 찾을 수가 없었습니다. 우연한 기회에 노래를 잘하는 것을 발견했습니다. 노래를 잘하는 것도 여러 가지 공부 중의 하나를 잘하는 것입니다. 아이들 앞에서 노래 한 번 부르는 것으로 용기와 자신감을 가질 수도 있었을 것입니다. 그런 날이면 학교를 오가는 길이 매우 즐거웠을 것이란 상상도 해 봅니다.

풀꽃

나태주

자세히 보아야 예쁘다.
오래 보아야 사랑스럽다.
너도 그렇다

2018년 4월 7일은 토요일입니다. 여느 때와 마찬가지로 시골에 갔습니다. 큰 밭에 잠깐 들렀습니다. 대석자두꽃이 반발했습니다. 사진 몇 장을 찍고 다시 시골마을로 들어갔습니다. 동생이 살고 있는 시골집은 마을의 위입니다. 동네가 우리나라와 비슷하게 생겼습니다. 시골집의 위치는 우리나라로 치면 개마고원 부근입니다. 200여 미터의 길은 처음 길을 들어서는 운전자에게는 굉장히 곤혹스러운 좁고 구불구불한 길입니다.

시골집에 차를 주차하고 부모님 산소가 있는 밭으로 갔습니다. 시골집에서 200여 미터 거리입니다. 낮지도 높지도 않지만 저 멀리 들판과 감천, 배시네, 선산의 산까지 보이는 아주 전망 좋은 밭입니다. 우리 집안의 고추, 무, 배추, 참깨 등의 주산지입니다. 입구에서 절반은 농작물을 재배하고 중간에는 부모님 산소가 있고 뒤쪽에는 자두나무가 있습니다. 지난해 가을에 높이 약 2미터, 폭 약 3미터, 길이 10미터의 비닐하우스 하나를 설치를 했습니다.

겨우내 무와 배추를 보관했던 하우스는 3월에 자리를 옮겼습니다. 비닐은 전부 걷었습니다. 대신 하우스 골조 안에 대나무로 작은 하우스를 만들어서 해바라기, 맷돌호박, 노각오이 씨를 넣었습니다. 2018년 3월의 일입니다. 씨를 뿌리는 것은 모종을 사서 심는 것보다 시간이 걸리고 힘이 들기는 하지만 훨씬 경제적입니다. 들릴 때마다 물을 주고 봄기온도 높아서 싹이 잘 났습니다.

이 밭에도 대석자두꽃은 만발해 있었습니다. 긴 옷을 입고 일하기가 더울 정도로 더웠습니다. 해바라기, 호박, 오이의 씨앗도 고르게 잘 자랐습니다. 더 이상 꽃샘추위는 없을 것이라 믿고 비닐과 대나무 골조를 전부 걷었습니다. 온실에서 자라는 것보다 실제 상황에서 자랄 때가 되었다고 판단을 했습니다. 일주일 정도 지나서 옮겨심기만 하면 풍성한 수확을 할 수 있을 것이라 생각했습니다. 즐겁게 오전 일을 마치고 동생과 가까운 중국집에서 점심을 달게 먹었습니다.

밤부터 날씨가 이상하더니 일요일 아침에 일어나니 토요일 날씨와는 딴판이었습니다. 어제 작은 하우스의 비닐을 걷은 것이 걱정이 되었습니다. 설마 별일이야 있겠나 하는 생각을 하면서 밭으로 갔습니다. 각각 50여 포기가 넘었던 맷돌호박과 노각오이는 각각 1포기만 남고 다 죽는 참사가 발생했습니다. 큰 양동이 바닥에 조금 남아 있던 물에는 살얼음이 살짝 얼어 있었습니다. 다행히 해바라기는 멀쩡했습니다. 제비 한 마리 온다고 봄이 오는 것은 아닌가 봅니다. 참고 기다리지 않은 결과입니다.

그날 밤 추위로 김천 자두는 대대적인 냉해를 피해서 입었습니다. 노지에서 일어난 일이니 어쩔 수 없는 자연재해입니다. 하지만 하루만 참았더라면 그런 참사는 일어나지 않았을 것입니다. 느긋하게 기다리지 않고 조급하게 행동한 결과입니다. 여러 가지 상황을 면밀하게 관찰하지 않은 설레발의 결과입니다.

자세히 본다는 것은 관심입니다. 관심은 사랑입니다. 오래 본다는 것은 기다려 준다는 것입니다. 기다리는 것은 믿음입니다. 사랑하면 믿게 되고, 믿게 되면 사랑하게 됩니다. 우리 선생님들이 우리 아이들을 자세히 보고 오래 보면 좋겠습니다. 우리 교장, 교감 선생님들은 우리 선생님들을 자세히 보고 오래 보면 좋겠습니다. 사랑과 믿음은 결코 그 사랑과 믿음을 실망시키지 않습니다.

미래, 우리에게는 두려움은 없어요

이제 대구미래교육을 위해 세 가지에 역점을 두고자 합니다.

첫째, 아이들에게 미래역량을 길러주겠습니다.

미래사회는 우리가 예측할 수 없는 빠른 속도로 우리의 삶을 바꾸게 될 것입니다. 우리 아이들이 살아갈 미래 세상은 언제나 새로운 변화와 도전의 시간이 될 것입니다.

급격한 변화의 시대에서 더 이상 '배운 것'만을 가지고 살아가기는 어렵습니다. 미래를 살아갈 우리 아이들에게 필요한 것은 '무엇'을 배우고 '얼마나' 많이 아는가가 아니라 창의적으로 생각하고 비판적으로 판단하는 힘입니다. 문제 상황에 대한 판단과 분석, 필요한 지식과 정보를 찾아 해결할 수 있는 능력을 길러주어야 합니다.

또한 인공지능과 로봇이 인간의 일을 대체하는 미래사회에서는 무엇보다도 인간이 비교우위를 갖는 역량을 길러주는 것이 중요합니다. 그것은 바로 소통과 공감과 협업능력입니다. 인간에 대한 사랑과 세상과 삶에 대해 성찰하는 힘, 다른 사람과 소통하고 배려하는 따뜻한 마음을 길러주어야 합니다.

학교는 성공과 실패의 다양한 경험을 쌓아가며 미래를 배우는 곳입니다. 대구미래교육을 꽃피우기 위해 최선을 다하겠습니다.[7)]

1760~1840년경에 걸쳐 발생한 제1차 산업혁명은 철도 건설과 증기기관의 발명을 바탕으로 기계에 의한 생산을 이끌었다. 19세기 말에서 20세기 초까지 이어진 제2차 산업혁명은 전기와 생산 조립 라

7) 2018.7.2. 대구광역시교육감 강은희 취임사

인의 출현으로 대량생산을 가능하게 했다. 1960년대 시작된 제3차 산업혁명은 반도체와 메인프레임 컴퓨팅(1960년대), PC(1970년대와 1980년대), 인터넷(1990년대)이 발달을 주도했다. 그래서 우리는 이를 '컴퓨터 혁명' 혹은 '디지털 혁명'이라고도 말한다.

이 세 가지 산업혁명을 설명하는 다양한 정의와 학문적 논의를 살펴봤을 때, 오늘날 우리는 제4차 산업혁명의 시작점에 있다고 말할 수 있다. 디지털 혁명을 기반으로 한 제4차 산업혁명은 21세기의 시작과 동시에 출현했다. 유비쿼터스 모바일 인터넷, 더 저렴하면서 작고 강해진 센서, 인공지능과 기계학습이 제4차 산업혁명의 특징이다.[8)]

이 우주에서 우리에겐 두 가지 선물이 주어진다. 사랑하는 능력과 질문하는 능력, 그 두 가지 선물은 우리를 따뜻하게 해주는 불인 동시에 우리를 태우는 불이기도 하다.[9)]

4차 산업혁명 시대라고 합니다. 인공지능, 사물인터넷 등은 이미 우리 앞에 와 있습니다. 강은희 대구광역시교육감의 취임사에도 언급되었듯이 이런 기술적인 측면도 중요하지만, 협업(협력)이나 공유가 매우 중요합니다. 협업을 하자면 사랑하는 힘과 질문하는 능력이 빠질 수 없습니다. 나를 사랑하고 상대방을 사랑하는 힘은 누구나 가슴속에 간직하고 있습니다. 특히, 선생님들은 그 가슴속의 사랑을 실천하시는 게 중요합니다.

우리 선생님들의 사랑이 이런 사랑이면 좋겠습니다.

우리 교장, 교감 선생님들이 사랑이 이런 사랑이면 좋겠습니다.

모든 이들의 마음이 「스승의 기도」와 같은 사랑이면 좋겠습니다.

8) Klaus Schwad 지음(2016), 송경진 옮김, 『제4차 산업혁명』, 서울; 새로운 현재, p.25.
9) Mary Olive 지음(2016), 민승남 옮김, 『휘파람 부는 사람』, 서울; 마음산책, p.11.

스승의 기도

도종환

날려 보내기 위해 새들을 키웁니다.
아이들이 저희를 사랑하게 해주십시오.
당신께서 저희를 사랑하듯
저희가 아이들을 사랑하듯
아이들이 저희를 사랑하게 해주십시오.
저희가 당신께 그러하듯
아이들이 저희를 뜨거운 가슴으로 믿고 따르며
당신께서 저희에게 그러하듯
아이들을 아끼고 소중히 여기며
거짓없이 가르칠 수 있는 힘을 주십시오.
아이들이 있음으로 해서 저희가 있을 수 있듯
저희가 있음으로 해서
아이들이 용기와 희망을 잃지 않게 해주십시오.
힘차게 나는 날갯짓을 가르치고
세상을 올곧게 보는 눈을 갖게 하고
이윽고 그들이 하늘 너머 날아가고 난 뒤
오래도록 비어 있는 풍경을 바라보다
그 풍경을 지우고 다시 채우는 일로
평생을 살고 싶습니다.
아이들이 서로 사랑할 수 있는 나이가 될 때까지
저희를 사랑하게 해주십시오.
저희가 더더욱 아이들을 사랑할 수 있게 해주십시오.

영미야, 함께 가자

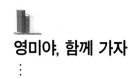

예전에 '영미'라는 이름은 참 흔했습니다. 최근에는 그리 많지는 않습니다. 간혹 개명을 하는 경우도 있었습니다. 하지만 평창 동계 올림픽 이후에는 달라졌습니다. 가히 '영미 열풍'입니다. 우리 여자 컬링 대표팀이 외친 영미는 다음과 같은 깊은 뜻이 있다고 합니다.

영미~: 스위핑을 시작하라.
영미야~: 스위핑을 멈추고 기다려라.
영이먀!!!: 스위핑을 더 빨리 하라.
영미 영미 영미~: 스위핑을 더 이상 할 필요가 없다.

컬링은 각각 4명으로 구성된 두 팀이 빙판에서 둥글고 납작한 돌(스톤[10])을 미끄러뜨려서 표적(하우스) 안에 넣어 득점을 겨루는 경기입니다. 스코틀랜드에서 유래되었으며, 1998년 제18회 동계올림픽에서 정식 종목으로 채택이 되었다고 합니다. 1명이 투구를 하고 2명이 스위핑(Sweeping)[11]을 합니다. 컬링은 전략적 사고가 필요하기 때문에 '빙판의 체스'라는 별칭도 있다고 합니다. 스위핑에 필요한 강인한 체력은 필수입니다.

컬링은 협력이 무엇보다도 중요한 종목입니다. 투구와 스위핑이 찰떡궁합이 되어야 합니다. 얼핏 보기에는 투구를 하는 게 좋아 보이기도 합

10) 국제컬링경기연맹에서 정한 규격은 무게 19.96㎏ 이하, 둘레 91.44㎝ 이하, 손잡이를 포함한 높이 11.43㎝ 이상.
11) 브룸(Broom)이라는 도구로 스톤의 방향이나 속도를 조절하기 위한 것.

니다. 스위핑을 하는 게 힘들어 보이기도 합니다. 하지만 투구와 스위핑은 따로 떼어서 생각할 것이 아닙니다. 각자의 역할에 충실해야 되는 것은 기본입니다. 그 기본에 보이지 않는 협력이 함께해야 합니다. 기본과 협력은 더불어 가는 동행이자 동반자입니다. 우리의 '영미'는 동상이몽이 아닌 이심전심이자 일심동체의 '더불어'[12]입니다.

대구협력학습도 마찬가지입니다. 대구협력학습은 개인의 기초, 기본 학습력이 기본이 되어야 합니다. 그 바탕 위에 협력학습이 이루어집니다. 바탕이 튼튼하지 못하면 사상누각에 지나지 않습니다. 대구협력학습의 내실화를 위해서는 개별학습 역량이 길러져야 합니다. 모든 교실에서 "영미, 영미, 영미"의 즐거운 비명이 울리는 행복한 교실을 소망합니다.

---

12) '더불어'의 동사형은 '더불다'이다. '더불다'는 '더불어' 꼴로만 쓰인다. 세 가지의 뜻이 있다. ① 둘 이상의 사람이 함께하다. ② 무엇과 같이하다. ③ 어떤 일이 동시에 일어나다.

13마리 멧돼지, 다시 태어나다

1970년대 초반 당시 대신초등학교 4학년이던 필자는 김천에 주산 급수 시험을 치러 갔습니다. 시험을 잘 마치고 김천역 대합실에서 기차를 기다리다가 일행을 놓쳤습니다. 김천을 갈 때는 주산 시험을 치는 아이들 10여 명과 인솔 선생님이 함께 기차를 탔습니다. 대합실에서 기다리는 동안 온갖 생각이 다 들었습니다. 놀란 가슴 그대로 다음 기차를 타고 대신역에 내려서 집까지 걸어갔습니다. 시골 아이였던 필자에게 '혼자'라는 두려움이 어떤 것인가를 두고두고 생각하게 한 일이었습니다.

초등학교는 1년 동안 선생님과 아이들이 동고동락을 하게 됩니다. 적게는 10명 미만에서 많게는 40여 명의 학생들과 생활합니다. 대부분은 학교에서 이루어지는 교육활동입니다. 그 대부분은 교실에서 이루어지는 수업입니다. 현장체험학습은 예전보다 많이 늘었습니다. 예기치 않은 안전사고는 교육활동을 위축시키기도 합니다. 선생님의 역할이 점점 확대되고 힘들어지는 것 같습니다. 어떤 일이 일어나지 않도록 예방하는 게 상책이지만, 일어난 일을 너무 두려워할 필요도 없습니다. 용기와 사랑으로 해결해 나가야 합니다. 짧은 시간에 해결이 되는 문제도 있습니다. 오랜 시간에 걸쳐서 해결해야 할 문제도 있습니다. 그런 과정에서 누군가는 많은 어려움을 겪기도 합니다. 그것 또한 선생님의 책무요, 소명일 것입니다.

영웅이 시대를 만들기도 하고, 시대가 영웅을 만든다고도 합니다. 그 영웅은 사람입니다. 최근에 이런 영웅담으로 세상 사람들이 행복해합니다.

지난 7월, 태국 치앙라이 탐루엉 동굴에 갇힌 13명의 유소년 축구팀 선수들과 코치가 생환했습니다. 축구팀은 동굴에서 실종된 지 10일 만에 생존이 확인되었고, 그 뒤 7일이 더 지난 17일 만에 극적으로 구조가 되었습니다. '한 아이를 키우려면 온 마을이 필요하다'는 아프리카 속담과 같이 '열세 명을 구하기 위해 온 지구가 힘을 모았다'는 생각입니다. 지성이면 감천인가 봅니다.

여기서 필자가 가장 주목하는 인물은 축구팀 코치인 엑까뽄 찬따웡 코치입니다. 코치는 문제를 일으킨 장본인이지만, 그 해결 과정의 지극정성과 리더십은 세계인을 감동시키기에 충분합니다. 암흑천지인 동굴에서 두려움에 떨 아이들에게 용기를 주고 헌신적인 사랑을 베풀었습니다. 엑까뽄 코치는 역사용 역량이 충만한 청년입니다.

수업에서 선생님 역할을 생각해 봅니다. 모든 아이들이 다 공부를 잘하면 좋겠지만 현실적으로 그렇지 않습니다. 공부를 어려워하고 힘들어하는 아이들이 있습니다. 그런 아이들에는 역지사지의 심정으로 아이들을 이해하는 게 우선입니다. 공부가 힘들다는 두려움을 떨치고, 공부도 재미있다는 용기를 주는 게 우선입니다. 이런 사랑이 충만한 교실을 소망합니다.

학교에서 교장, 교감 선생님의 역할을 생각해 봅니다. 선생님 중에는 수업을 잘하시거나 즐기는 선생님도 있고, 아주 힘들어하는 선생님도 있습니다. 힘들어하시는 선생님에게는 잘할 수 있다는 자신감과 용기를 주어야 합니다. 수업에 트라우마가 생기면 자신감을 회복하기까지 오랜 시간과 힘든 과정을 거쳐야 합니다. 선생님이 제일 많이 하는 수업에 자신감을 가질 수 있는 용기를 주시기 바랍니다. 그러자면 뒤에서 살펴볼 조벽 교수의 '교수의 교수자 유형에 따른 상담 전략'을 정확히 이해하는 게 우선입니다.

이순신, 용기와 두려움의 한 이불을 덮다

용기와 두려움이 극명하게 대비되는 영화가 <명량>입니다. 유료 관객 수가 17,613,682명으로 우리나라 영화사상 최고의 기록입니다. 기록이란 언젠가는 깨지기 위해 존재한다고 하지만, 당분간 이 기록을 넘기는 것은 쉬운 일이 아닐 것입니다. 영화 <명량>을 보면서 국난극복의 명장면과 용기와 두려움의 총량의 법칙을 깨닫는 덤도 얻는다면 일석이조이겠습니다.

필자는 영화 <명량>의 흥행을 이런 관점에서 생각해 보았습니다. 저는 사람들의 마음속에 자리 잡고 있는 두려움을 극복하자는 생각이 사람들을 불러 모았다고 봅니다. 바로 용기를 가져야겠다는 생각이겠지요. 누구나 마음 어딘가에 두려움이 있습니다. 공부 걱정, 취직 걱정, 집 마련 걱정, 건강 걱정 등 조금이라도 걱정 없는 사람 어디 있겠습니까? 지금 우리 주변에 작은 두려움이라도 없는 사람 어디 있겠습니까?

> 9월 15일 이순신은 명량해전[13]을 앞두고 그날 밤 부하들에게 "필사즉생 필사즉생"라 하며 결사적인 전투를 다짐하였다. 이튿날 13척으로 적선 133척과 격전을 벌여 31척을 격침시키는 전공을 세웠다. 겁을 먹고 후퇴하는 부하들에게 군법으로 경고하고, 사기를 진작시키며 전쟁에 임하도록 이끌었다. 그 결과 중과부적의 상황에서 부하들과 협력으로 능동적인 대처를 하여 인간의 한계를 뛰어넘는 불패

13) 1597년 9월 16일(음력)

> 의 신화를 이루었다. 이것이 최대 위기를 극복한 명량대첩이다. 모함으로 감옥에 갔다나와 백의종군하는 중에 모친상을 당하고 패전한 수군을 일으켜 북상하려는 왜군을 재건하기까지 그는 결코 좌절하지 않았다. 이러한 악순환의 상황에서도 국난극복을 위해 보여준 백전불굴의 정신은 이순신을 더욱 위대한 인물로 각광받게 하였다.[14)]

부하들이 겁을 먹는 것은 당연한 이치입니다. 전함의 수나 병사의 수가 비교가 되지 않을 정도로 열악하니 전쟁을 하기도 전에 도망칠 궁리부터 하는 게 장삼이사의 인지상정일 것입니다. 병사들의 겁은 두려움이고, 사기는 병사들의 용기입니다. 겁이 많으면 사기는 떨어집니다. 사기가 올라가면 겁은 적어집니다. 겁과 사기는 합이 100이라는 총량의 법칙이자 시소게임입니다. 병사들의 겁은 줄여주고, 사기는 올려주는 게 이순신 장군의 역할이었습니다.

"용기와 두려움은 한 이불을 덮고 잔다."는 말이 있습니다. 총량의 법칙과 시소게임의 연장선에서 보면 충분히 공감이 됩니다. 같이 소리 내어 읽어 보시겠습니다. 용기와 두려움은 한 이불을 덮고 잔다. 참 멋진 문장 아닙니까? 눈 감으시고 그 뜻을 생각해 보시지요. 어떤 생각이 드십니까?

그러면 용기와 두려움은 한 이불을 덮고 잔다는 말을 풀이해 보겠습니다. 자, 모두들 왼손을 보시지요. 손바닥이 용기라고 하겠습니다. 그러면 손등은 무엇이겠습니까? 두려움이겠지요. 예, 그렇습니다. 용기와 두려움은 멀리 떨어져 있지 않습니다. 아주 가까이에 있습니다.

선생님 반 아이들 중에 학교에 오는 것이 두려운 아이가 있다면 어떻게 하시겠습니까? 먼저 왜 학교에 오기 싫어하는지 정확하게 알아야겠지

---

14) 노승석(2014), 『이순신의 리더십』, 서울; 여해고전연구소, p.51.

요. 어머니와 떨어지는 것이 두려운 아이들이 있습니다. 교문을 들어서는 것은 더한 두려움일 수도 있습니다. 이런 아이들에게는 공부하라고 다그치기 전에 학교 오는 것에 대한 두려움을 떨치고 용기를 가지도록 도와 주셔야 하겠지요.

선생님 학교에 수업, 특히 공개 수업에 대한 두려움이 있는 선생님이 있다면 어떻게 하셔야 합니까? 이 역시 왜 두려움이 있는지 그 이유를 먼저 알아야 합니다. 그런 다음에 선생님이 공개 수업에 대한 두려움을 떨치고 용기를 가지고 수업을 할 수 있도록 도와주셔야 합니다. 그러면 누가 도와주어야 할까요? 그것은 동학년의 동료 선생님이 될 수도 있고, 선배 선생님이 될 수도 있습니다. 교장이나 교감 선생님도 당연히 하셔야 할 일이겠지요.

우리 선생님들의 가슴과 가슴에 용기 가득하시길 기원합니다. 그 용기가 아이들 가슴과 가슴에 전해지길 소망합니다. 그 소망의 결과로 시나브로 우리 아이들도 두려움보다는 가슴 가득 용기 충만한 행복한 생활이 될 것입니다.

하지만 누구나 약간의 두려움은 가지고 있는 게 좋은 것이라는 생각도 합니다. 약간의 두려움 때문에 좀 더 준비하고, 생각하고, 고민하고, 배려하는 삶을 살 수도 있기 때문입니다. 그런 과정과 과정이 행복이라는 생각도 합니다.

역사용 역량은 가슴 따뜻한 세상이다

대중가요 제목과 가사에 제일 많이 들어가는 낱말이 '사랑'이라고 합니다. 드라마의 주제도 마찬가지입니다. 몇 년 전에 우리나라를 방문한 교황이 제일 많이 한 말도 사랑입니다. 사랑이라는 말은 너무 많이 사용되어서 식상하고 진부할 것 같지만, 사랑만큼 들어서 기분 좋은 말도 없습니다.

사랑받은 만큼 사랑한다는 말도 있습니다. 나를 사랑하는 만큼 다른 사람을 사랑하는 이치도 같을 것입니다. 인간관계는 상호작용입니다. 사랑의 상호작용이 될 수도 있고, 증오와 미움의 상호작용이 될 수도 있습니다. 선생님들의 수업이 따뜻한 사랑의 상호작용이면 좋겠습니다. 교장, 교감 선생님들의 수업장학이 포근한 사랑의 상호작용이면 좋겠습니다.

「가장 받고 싶은 상」이라는 동시와 눈송이 소년에서 선생님의 사랑을 보았습니다. 프란체스코 교황의 손가락에서는 맞춤형 사랑의 전형을 보았습니다. 우리 선생님들이 교육과정을 사랑했으면 좋겠습니다. 그런 선생님의 사랑으로 우리 아이들을 생각해 보았습니다. 그런 교장, 교감 선생님의 사람으로 수업장학을 생각해 보았습니다. 사랑, 언제 어디서나 아무리 말해도 지나침이 없는 참 좋은 것입니다.

가장 받고 싶은 상은 무엇인가?

⋮

필자는 학교에 다닐 때 적지도 많지도 않을 만큼 상을 받았습니다. 초등학교 4학년부터 6학년까지는 우등상을 받았습니다. 우등상은 성적이 우수한 상위 10% 정도의 아이들이 받은 것으로 생각됩니다. 영호가 우등상을 받으면 누가 기분이 가장 좋았을까요? 영호일까요? 아닙니다. 영호의 부모님입니다. 고단한 농사일의 피곤함을 떨치는 상이었습니다.

부모님은 몇 해 전에 돌아가셨습니다. 평소에는 잘 모르다가도 어버이날이 되면 서운합니다. 주말마다 시골에 가면 시골집에서 가까운 밭에 갑니다. 그리 높지도 낮지도 않으면서 저 멀리 들판과 감천과 그 너머의 동네와 산들이 보이는 따뜻한 자리에 부모님이 계십니다. 거리상 20킬로미터 정도 시야가 확보됩니다. 밭에 들어서면서 "왔습니다."라고 큰소리로 신고를 합니다. 가까이 가서는 이런저런 혼잣말을 합니다. 이런 날은 부모님 얼굴이 그립습니다.

세상에 상 싫어할 사람은 많지 않을 것입니다. 상은 끼니를 말하는 밥상, 노고에 대한 칭찬과 격려인 상 등이 있습니다. 세상 사람들이 가장 많이 받는 상은 밥상이겠지요. 「가장 받고 싶은 상」이라는 동시는 2016년 전북교육청의 너도나도 글쓰기 공모전에서 최우수상을 받은 것입니다.

담임 선생님은 '상'을 고민하는 학생에게 상은 '밥상', '얼굴' 등 여러 가지 뜻이 있다는 한마디만 해주었다고 합니다. 동시의 내용에서 유추할 수 있듯이 아이의 엄마는 투병 끝에 돌아가셨습니다. 담임 선생님은 아이의 환경을 파악하고 가려운 부분을 정확하게 알고 도움을 준 것입니다.

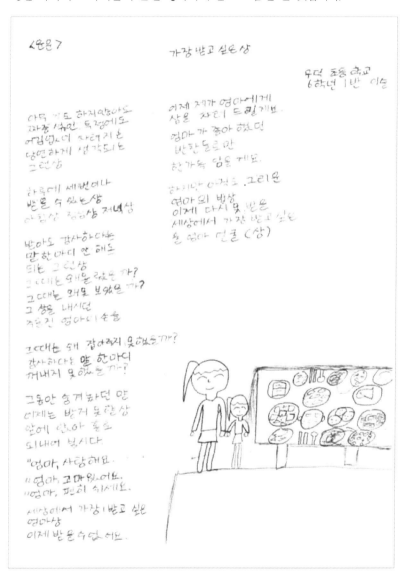

<운문>

가장 받고 싶은 상

우덕 초등학교
6학년 1반 이슬

아무 것도 하지 않아도
짜증 섞인 투정에도
어김없이 차려지는
당연하게 생각되는
그런 상

하루에 세 번이나
받을 수 있는 상
아침상 점심상 저녁상

받아도 감사하다는
말 한마디 안 해도
되는 그런 상
그때는 왜 몰랐을까?
그때는 왜 못 보았을까?
그 상을 내시던
거칠어진 엄마의 손을

그때는 왜 잡아주지 못했을까?
감사하다는 말 한마디
꺼내지 못했을까?

그동안 숨겨놨던 말
이제는 받지 못할 상
앞에 앉아 홀로
되내어 봅시다

"엄마, 사랑해요.
"엄마, 고마웠어요.
"엄마, 편히 쉬세요.

세상에서 가장 받고 싶은
엄마 상
이제 받을 수 없어요.

이제 제가 엄마에게
상을 차려 드릴게요.
엄마가 좋아했던
반찬들로만
한가득 담을게요.

하지만 아직도 그리운
엄마의 밥상
이제 다시 못 받을
세상에서 가장 받고 싶은
울 엄마 얼굴 (상)

수업도 이슬 학생의 담임 선생님의 말씀과 다르지 않습니다. 선생님이 모든 것을 다 가르쳐 주는 시대는 지났습니다. 그 예전부터 "물고기를 잡아 주지 말고 물고기 잡는 법을 가르쳐라."는 『탈무드』의 내용은 누구나 잘 아는 내용입니다. 필요한 멘트를 하기 위해서는 학생 한 명 한 명을 정확하게 알고 있어야 합니다. 가르치는 것의 절반은 학생들을 이해하는 것입니다.

교감이나 교장, 장학사의 수업장학도 마찬가지입니다. 수업장학 대상자를 정확하게 파악하는 것이 먼저입니다. 수업에 대해서 더 이상 멘트가 필요하지 않은 선생님도 있습니다. 잘한다는 한마디만 해도 수업이 일취월장할 선생님도 있습니다. 완전히 처음부터 새로 시작해야 할 선생님도 있습니다. 물론 수업에 대한 이론이나 실제 수업력을 갖추는 것은 기본입니다.

수업이나 장학의 대상자의 입장이 되어 보는 역지사지의 마음이 있었으면 좋겠습니다. 수업이나 장학에 따뜻한 사랑이 담기면 좋겠습니다. 칭찬은 고래도 춤추게 한다고 합니다. 따뜻한 사랑이 담긴 칭찬하는 용기가 필요합니다. 간혹 쓴소리를 할 수 있는 용기도 더하면 좋겠습니다. 어떤 대상자에게는 칭찬보다 쓴소리가 더 효과적일 때도 있습니다.

"오늘 참 잘했어요."

"그래, 요것 조금만 다듬으면 다음에는 더 잘할 거야."

눈송이 소년의 역사용은 무엇인가?

영호는 경북 김천시 아포읍 대신초등학교를 다녔습니다. 집에서 학교까지는 2킬로미터 정도 됩니다. 비포장 길을 활보하는 즐거운 등하교였습니다. 6학년 겨울에는 점심을 집에 와서 먹었습니다. 점심시간이 되면 같은 동네 일곱 명의 남자아이들은 달려서 집으로 향했습니다. 5분 이내에 점심을 먹고 다시 학교로 달려갔습니다. 남은 점심시간은 축구 몫입니다. 대신초등학교 6년 동안은 조금은 춥고 가끔은 배고팠지만, 지금 생각하면 한 번쯤 되돌아가고 싶은 추억의 시간입니다.

2018년 1월 11일 홍콩 《사우스차이나모닝포스트(SCMP)》 등에 한 사진이 올라왔습니다. 사진의 주인공은 윈난성 자오퉁시 주안산바오 마을에 사는 8살 소년 왕푸만(王福滿)으로, 사진 속 아이는 막 등교를 한 모습이었습니다. 얇은 옷차림을 한 채 머리와 눈썹은 온통 눈으로 뒤덮여 서리까지 맺혔고, 볼은 추위로 빨갛게 상기되어 있었습니다.

왕푸만은 학교에서 약 4.5㎞ 떨어진 마을에 살아서 매일 1시간 이상 걸어서 등교를 한다고 합니다. 사진이 찍힌 날은 영하 9도의 추위 속에서 목도리나 장갑 없이 등교를 했고, 담임교사가 찍은 사진이 어쩌다 소셜 미디어를 통해 전 세계에 전해진 것이죠. 그에게는 '눈송이 소년'이라는 별명까지 생겼다고 합니다. 소년은 농촌 출신으로 돈을 벌기 위해 도시로 나간 농민공의 자녀인 이른바 '류수아동'으로, 할머니, 누나와 함께 살고 있는데, 사진과 함께 전해진이 사실은 중국인들의 심금을 울렸다고 합니다. 중국의 류수아동은 무려 6,100만 명에 달한다고 합니다.

갑자기 부자가 되는 것은 어린아이에게 좋지 않다는 생각을 가진 중국 당국은 성금의 일부만 가족에게 전했다고 합니다. 다른 류수아동에게도 성금이 배분되었다고 합니다. 주변의 도움으로 왕푸만의 아버지는 직장을 구했고, 가족은 베이징 여행을 했다고 합니다.

알리바바, 프랑스의 A. 갈랑이 번역한 『아라비안 나이트』의 천일야화에 수록된 「알리바바와 사십 인의 도적」이기도 합니다, 또 하나는 중국의 세계적인 기업명이기도 합니다. 알리바바의 마윈 회장은 이러한 눈송이 소년들을 위해서 기숙학교를 세운다고 합니다. "농촌의 많은 학생들이 배를 타고 산을 넘어 등교를 한다. 가난한 농촌 학생들이 걸어서 등교하지 않도록 기숙학교를 만들어야 한다."

혹, 우리 학교에 왕푸만과 같은 아이들이 있습니까? 책상에만 앉아 있는 제 생각으로는 아마도 없을 것 같습니다. 하지만 모를 일입니다. 왕푸만과 똑같은 상황은 아니더라도 얼마든지 비슷한 상황의 아이들이 있을 수 있습니다. 교장, 교감 선생님, 여러 선생님, 우리 아이들 잘 살펴봐 주시길 부탁드립니다. 몸이 추우면 마음도 따라 춥고, 마음이 추우면 몸도 덩달아 얼어붙는 법입니다. 우리 아이들의 몸과 마음이 따뜻한 생활이기를 소망합니다.

교황님의 역사용은 무엇인가?

프란치스코 교황님은 2014년 8월 14일부터 8월 18일까지 우리나라를 다녀가셨습니다. 대통령을 비롯해서 흔히 말하는 높으신 분들 많이 만나셨습니다. 그에 못지않게 어렵고 힘든 분들도 많이 만나고 가셨습니다.

저는 당시 교황님께서 충청북도 음성군 꽃동네를 방문하셨을 때의 사진이 눈에 띄었습니다. 교황님은 손가락을 어린아이에게 빨리고 계셨습니다. 누가 시켜서 한 것이었을까요?

같은 상황을 다른 각도에서 찍은 사진을 봤습니다. 교황님이 아이 앞에 섰을 때, 그 아이는 자기의 손가락을 빨고 있었습니다. 아이는 교황님이 누구인지도 모릅니다. 오로지 손가락을 빠는 그 자체가 행복할 뿐입니다. 교황님이 잠시 당황했습니다. 잠시 고민을 하신 교황님은 아이의 손목을 잡고 살며시 당겼습니다. 아이의 입에서 손가락이 빠져나온 것입니다. 아이의 손가락을 빼고 그냥 두면 어떻게 되겠습니까? 당연히 아이가 울겠지요. 교황님은 아이의 손가락을 빼는 대신에 자신의 손가락을 아이의 입에 넣었습니다.

교황님의 손가락은 맞춤형 사랑의 전형입니다. 그 아이에게는 손가락이 필요했습니다. 내일 출근하셔서 이렇게 해 보시겠습니까? '자, 전부 손가락 하나를 입에 넣으세요. 빼세요.' 하고는 선생님의 손가락을 아이들 입에 넣으시겠습니까? 그렇게 하지 않으셔도 됩니다. 바로 교황님의 생각, 마음만 닮으시고 실천하시면 됩니다.

선생님의 반 아이들 중에서 선생님의 사랑을 필요로 하는 학생들이 많습니다. 어떤 아이는 선생님의 엄지손가락이 필요합니다. 어떤 아이는 새끼손가락이 필요합니다. 어떤 아이는 오른손 전체가 필요합니다. 선생님의 두 팔로 보듬어야 할 아이도 있습니다. 선생님들이 교황님 같은 사랑으로 충만하시기를 소망해 봅니다.

교육과정에도 역사용이 필요한가?

2018년 3월 8일 목요일에 대구·경북 지방에 철모르는 눈이 내렸습니다. 필자도 출근길에 애를 먹었습니다. 고속도로는 별문제 없었지만, 남대구 나들목 부근에서 발이 묶이고 말았습니다. 평소에는 5분 정도 걸렸던 남대구 나들목 부근에서 교육지원청까지 1시간이 걸렸습니다. 출근 도중에 대구남부초등교감회 밴드에 학생들의 안전한 등하교를 부탁하는 글을 올리기도 했습니다. 다행히 '봄눈 녹듯'이라는 말을 실감하도록 별다른 문제없이 봄눈은 해결이 되었습니다.

며칠 뒤에 엉뚱한 곳에서 봄눈의 문제가 발생을 했습니다. 눈 오는 날 학교에서 아이들과 눈 치우기 작업을 한 것이 아동학대가 아니냐는 민원이 접수되었습니다. 국민신문고에 정식으로 접수가 되었으니 자초지종을 파악해야 했습니다. 해당학교 지원 장학사가 상세하게 파악을 하고 답변을 하여 민원은 해결이 되었습니다. 순수한 마음으로 눈 치우기 작업을 한 선생님들에게 너무나 미안한 생각이 들었습니다. 다음은 눈 치우기 작업 때문에 민원 대상이 된 두 분의 선생님께 드린 내용입니다.

> 3월에 눈이 오셨습니다. 우리 대구에서는 좀처럼 보기 어려운 풍경입니다. 3월의 봄눈을 그냥 보내기에는 너무나 아까운 시간입니다. 이런 눈 오는 날 아이들과 함께 할 수 있는 교육활동을 생각해 봅니다. 눈놀이(눈싸움하기, 눈사람 만들기 등), 눈 치우기, 소감 발표 및 소감

문 쓰기 등이 있습니다.

그래서 교육과정 총론[15]을 찾아보았습니다.

추구하는 인간상

라. 공동체 의식을 가지고 세계와 소통하는 민주 시민으로서 배려와 나눔을 실천하는 더불어 사는 사람

핵심역량

마. 지역, 국가, 세계 공동체의 구성원에게 요구되는 가치와 태도를 가지고 공동체 발전에 적극적으로 참여하는 공동체 역량

그리고 교육과정 편성에 도움을 주는 5학년 자료[16]에서 교과별 성취기준을 찾아보았습니다.[17]

국어: 쓰기의 과정을 이해하고 (후략).

사회: 우리나라 사람들의 생활 모습을 통해 (후략).

도덕: 참된 아름다움을 올바르게 이해하고 (후략).
협동의 의미와 중요성을 알고, (후략).

수학: 분모가 다른 분수의 크기를 비교할 수 있다.

과학: 구름의 생성과정을 알고 비와 눈이 (후략).
날씨가 우리 생활에 많은 영향을 (후략).

15) 교육부(2016). 2015 개정 교육과정 총론 해설(초등학교). pp.145~146.

16) [알림]2018학년도 초등학교 교육과정 맵핑 자료 제공 및 활용 안내, 대구광역시교육청 교육과정과-1727(2018.2.19.)

17) 그래서 교육과정을 구성할 때 <※ 이 교육과정은 기상상황 등 교육환경의 변화에 따라 바뀔 수 있음>이란 표현을 마지막에 하면 좋겠습니다. 학부모설명회를 할 때도 이런 것은 꼭 필요하겠지요.

눈 오시는 날 눈놀이, 눈 치우기 등은 멋진 교육활동입니다.

그런 교육활동은 추구하는 인간상, 역량 성취기준을 망라하는 멋진 융합수업입니다. 흔히 교과서를 가르치지 말고 교육과정을 가르치라고 합니다.

교육과정은 고정불변한 것이 아닙니다. 1년의 계획을 미리 세웁니다. 기후나 다른 조건의 변화에 맞게 적용하시는 게 진정한 교육과정을 재구성이 아닐까요?

더하여 선생님들께서는 아이들에게 연탄 한 장 같은 따뜻한 마음씨도 심어주셨습니다. 빙판길에 이름 모를 그 누군가가 넘어지지 않게 하는 재가 된 연탄을 깔아주는 마음입니다. 남을 배려하는 따뜻한 마음씨 하나만 해도 족한 것 아니겠습니까?

대구○○초등학교 ○○○, ○○○ 선생님

우리 남부교육지원청은 ○○○, ○○○ 선생님을 믿습니다. 우리 남부교육지원청은 ○○○, ○○○ 선생님의 따뜻한 마음씨를 응원하겠습니다.

고맙습니다.

늘 좋은 날이시길 빕니다.

2018.3.13.(화)

대구광역시남부교육지원청 초등교육지원과장 김영호 드림

두 선생님은 대단한 용기와 사랑으로 눈 치우기를 했습니다. 누구도 하지 않은 일을 하는 것에는 용기가 필요합니다. 따뜻한 사랑도 동행했습니다. 뒤에 돌아온 결과는 아동학대라는 민원조사였습니다. 얼마나 속이 상했을까 짐작이 됩니다. 민원을 제기한 사람이 한 번만 선생님의 입장에서 역지사지했더라면 봄눈 녹듯 모든 문제는 해결이 되었을 것입니다.

교육과정을 어떤 관점으로 보느냐는 선생님마다 다를 수 있습니다. 원론적인 입장에서 교육과정을 구성할 수도 있습니다. 학교가 속한 지역의 특성을 고려한 교육과정을 구성할 수도 있습니다. 교육과정은 그 어떤 것보다도 우선하고 애착을 가져야 할 대상입니다. 좋은 수업은 교육과정을 얼마나 사랑하느냐에 달려 있다고 해도 과언이 아닙니다.

수업장학의 역사용은 무엇인가?

『손자병법』에 적을 알고 나를 알면 백전불태이라고 했습니다. 상대방을 이해하고 파악하는 것도 역량이고, 내 자신을 잘 아는 것도 역량입니다. 수업에서 아이들을 정확하게 파악하고 이해하는 게 무엇보다도 중요합니다. 아이들이 무엇을 잘하고, 무엇을 필요로 하는지 알아야 합니다. 그런 다음 잘하는 것을 더 잘하도록 격려합니다. 부족하고 필요한 것은 채워 줍니다. 바로 프란치스코 교황님의 손가락 같은 맞춤형 사랑이요, 수업입니다.

다음은 교수자 유형에 따른 상담전략입니다. 선생님 대신에 우리 반 아이들을 넣어보세요. 그리고 선생님 자신은 어느 유형에 해당하는지도 생각해 보시지요. 교장, 교감 선생님이라면 우리 학교의 선생님들은 어떤 유형에 속하는지도 생각해 보시지요.

교수자 유형에 따른 상담 전략[18]

유형	유형 특성	자가진단	마음가짐	전문 처방
발전 지향형	개선해야 할 점이 있다는 것을 알며 적극적으로 배우려고 하는 매우 긍정적인 자세를 지닌 교수자	단점을 무척 많이 적음	나는 개선할 점이 많아. 빨리 전문가의 도움을 받아 발전해야지	자가 진단에 지적된 단점에 대한 구체적인 대책 위주로 직접 말함. 중간중간 장점 찾아주고 격려함
순진-착각형	개선점 모르나 지적 시 쉽게 인정하는 교수자	눈에 보이는 시시한 단점만 기록함	난 그런대로 잘하고 있다고 행각하지만 전문가의 의견도 한번 들어보자	본인이 생각하지 못한 장단점 지적. 자가 진단에 작성한 단점에 대한 해결책을 간단하게 설명하고 고난도 기술에 대한 참고 문헌 소개
무관심형	선택의 여지없이 억지로 컨설팅하게 된 신임 교원	가장 일반적이고 눈에 쉽게 띄는 일반적인 장·단점을 성의 없이 기록함	아유, 지겨운데 시간이나 때우자	상담의 초점을 교수법, 커뮤니케이션 기술, 발표 기술, 대인관계 기술 중 하나를 선택하게 함. 비디오 관찰 시간 늘이고 교수자가 말하는 시간이 길도록 함. 교수자 스스로 단점을 많이 지적하도록 유도
완벽주의형	별문제 없는데 더 잘할 수 있을 것이라고 애쓰는 교수자	장점보다 단점을 많이 적음	내가 뭔가 더 잘할 수 있을 것 같은데	장점을 찾아주고 단점으로 지적된 점을 보완하는 기술 알려줌. 수업기술보다 교수법이나 교육이론 논의. 교수자의 행동에서 학생들의 반응으로 논의의 초점 옮김

18) 조벽(2014),『조벽 교수의 수업 컨설팅』, 서울; 해냄, pp.96~105 발췌.
19) S(specific): 구체적, M(measurable): 측정가능, A(action-oriented): 행동위주, R(realistic): 현실적, T(time-bound): 한시적.

자기방어형	개선점 알지만, 학생이나 환경 탓으로 돌리는 교수자	단점을 별로 적지 않음	내가 못 하는 이유는 학생들이 배우고 싶어 하는 마음이 없기 때문이고, 나도 잘하려고 하는데 시간적 여유가 없다	단점을 지적받으면 자기방어 메커니즘이 작동되기 때문에 확실하게 눈에 띄는 단점만 지적. 첫 면담의 목표를 컨설팅에 대한 거부감을 없애는 것으로 정하고 장기전 계획
잘난체형	수업을 대체로 잘함. 인정받고 싶어 하는 교수자	장점을 많이 적음	내 단점을 찾으려면 찾아보시오	잘함을 인정하고 칭찬하기. 교수자 자신이 모르고 있던 장점 더 찾아주기. 수업컨설팅의 홍보대사 역할 부여
비관형	별문제 없어도 더 잘할 수 있는데 불안해하는 교수자	시시한 단점과 결정적인 단점을 구분하지 못하고 모두 적음	수업평가는 잘 나오지만 아직 멀었어	완벽하기가 쉽지 않다고 동의하기. SMART[19] 목표 적기 권장
자포자기형	개선점 알지만 어쩔 수 없다는 교수자	장단점을 적지 못하고 면담 시 말수가 적음	내가 못 하는 이유는 내 잘못이 아니다	일단 장점 많이 찾아주기, 단점을 지적하지만 장기적인 방법으로 미룸
완성형	수업을 무척 잘하고 있다는 것을 아는 교수자	장·단점을 거의 적지 않음	물론 더 발전할 수 있지만……	애써 장·단점을 찾고 논의하지 않음. 수업 컨설턴트가 되기를 제안.

두 번째 이야기

수업철학 역량이란 무엇인가?

수업철학은 수업에 대한 근본적인 물음입니다.

나는 왜 수업을 하는가?

수업철학은 선생님의 삶의 철학입니다.

나는 왜 사는가?

수업철학은 선생님의 인생입니다.

나는 왜 수업을 하고 왜 사는가?

수업철학 역량은 수업이론과 동행한다

"이론의 뒷받침 없는 실천(수업),
실천하지 않는 이론은 다 사상누각이다."

1997년 필자의 국어과 수업발표대회 심사를 하신 시교육청 장학사님의 말씀입니다. 당시에는 상호보완적인 이론과 실천의 관계를 잘 이해하지 못했습니다.

최근에 현장에 근거한 수업이론, 학습이론이 많습니다. 실천적이고 참여적인 이론입니다. 학교 현장에서 많이 활용되기도 합니다. 수업비평, 아이의 눈으로 수업 보기, 배움의 공동체, 수업친구 만들기, 참여형 수업 연구, 하브루타 수업, 거꾸로 교실, 월드카페, PBL 수업 등입니다. 각각의 개념이나 근본정신을 문답으로 알아보았습니다. 대표 저서의 핵심 내용을 인용했습니다.

그리고 학교 현장에서 이런 이론을 그대로 받아들이는 것에 대한 문제제기입니다. 아무리 좋은 이론이라도 대상이나 환경에 따라서 그대로 적용하기에는 무리가 따를 수도 있습니다. 이론을 받아들이되 학교나 교실의 실정에 맞게 재구성하자는 것입니다. 궁극적으로 학교 현장에서 이론을 만들고 적용하고 다시 새로운 이론을 만들어 가는 선순환이 이루어지기를 기대합니다.

모든 수업에 의미를 주자

"수업비평이 무엇인가요."

"모든 수업은 나름대로 의미가 있다는 생각에서 출발해요."

"교사가 예술가로서의 수업을 한다는 의미인가요?"

"그렇게 생각해도 좋을 것 같네요."

"교사가 수업을 통해서 얻는 게 무엇인지요?"

"의미 있는 배움을 만들어 가는 게 아닐까요? 기본적으로 수업을 따뜻한 눈으로 보자는 생각이지요."

"수업비평은 누가 주도하고 있나요?"

"청주교대 이혁규 교수님이 몇 권의 책을 냈어요."

"학교 현장에서는 어느 정도 파급이 되고 있나요?"

"서두르지 않고 차근차근 진행되고 있어요."

> 비평을 평가와 동류로 간주하는 인식도 존재하고, 수업비평을 이론적으로 정립하는 작업도 더디게 진행되고 있다. 그럼에도 불구하고 처음 시작할 때의 막막함에 비교하면 몇 발은 내딛었다는 안도감이 크게 느껴진다. 그리고 진지한 열의를 가진 선생님들이 편견 없는 눈으로 우리의 작업을 바라본다면, 자신의 수업 실천을 개선하고 수업을 보는 안목을 높일 수 있는 접근법이라는 데 동의해 주실 것으로 믿는다.[20)]

20) 이혁규(2012),『수업, 비평의 눈으로 읽다』, 서울: 우리교육, p.6.

아이의 눈으로 수업을 보자

⋮

"아이의 눈으로 수업을 본다는 의미는 무엇인가요?"

"말 그대로 아이의 눈(입장)으로 수업을 보자는 것이지요."

"수업 참관에 특별한 점이 있나요?"

"특정한 한 아이만을 대상으로 행동을 관찰하고 해석한다는 점이지요. 수업 속에서 학생의 생각을 추론하자는 겁니다."

"특별한 한 아이만요?"

"예, 벼리아이라는 이름을 붙였어요."

"앞장서서 활동하는 사람들이 있나요?"

"대구가톨릭대학교 서근원 교수님이 있어요. 학교 현장의 선생님들도 많은 호응을 하고 있어요. 각종 연수도 많이 개설이 되어 있습니다."

> 현재 학교에서 일상적으로 이루어지고 있는 수업의 문제점을 성급하게 판단하고 해결책을 모색하기보다는 수업이 어떻게 이루어지고 있는지, 수업이 왜 그런 방식으로 이루어질 수밖에 없는지, 그 수업이 의미하는 바가 무엇인지 등을 이해하고자 했다. 그것은 지금까지와는 다른 눈으로 수업을 바라보는 것이기도 하다. '수업을 어떤 눈으로 바라볼 것인가?'라는 질문에 간접적인 방식으로 대답하고 있다고 말할 수 있다.[21]

21) 서근원(2012),『수업을 왜 하지?』, 서울; 우리교육, pp.6~7.

수업을 통해서 학교를 혁신하자

“배움의 공동체의 정신은 무엇인가요?”

“한마디로 수업을 통해서 학교를 혁신하자는 겁니다.”

“학교를 혁신한다는 것은 어떤 의미인가요?”

“학교를 배움의 중심으로 바꾸자는 의미입니다.”

“그러면 학교 차원의 운동이겠네요.”

“그렇습니다. 학교 차원의 운동이 되어야 효과가 있겠지요.”

“이 운동을 주도적으로 하는 사람은 누구인가요?”

“일본의 사토 마나부 교수가 처음 시작한 운동입니다. 우리나라에서는 손우정 교수를 중심으로 활동을 하고 있습니다. 매년 전국적인 세미나도 개최하고 있습니다. 현장에 많은 연구회도 있고 연수도 활발합니다.”

> 수업이란 교사가 어떤 가치관을 가지고 있느냐, 학교를 어떤 곳으로 받아들이며 수업을 무엇이라 생각하는지, 나아가 교사의 역할을 어떻게 정의내리고 있느냐에 따라 달라질 수밖에 없다. 이 책은 이런 교사들의 고민을 학교 안에서 그것도 수업 속에서 동료와 함께 해결해 가는 길을 제시하고 있다. 물론 매뉴얼화된 답은 없고 앞으로도 없을 것이다. 그 고민이 바로 교사의 삶이고 그 고민이 어쩌면 답이기 때문이다.[22]

22) 손우정(2013), 『배움의 공동체』, 서울; 해냄, p.9.

수업친구를 만들자

⋮

"수업친구 만들기란 어떤 뜻인가요?"

"친한 친구같이 수업을 이야기할 수 있는 친구를 말합니다. 서로 수업을 공개하고, 수업에 대한 내면적인 이야기를 나누자는 것이지요."

"수업친구는 어떻게 만들면 좋을까요?"

"제약은 없지만, 같은 학교 같은 학년 선생님이면 수업에 대해서 이야기를 하기 좋겠지요. 물론 다른 학교 선생님하고도 얼마든지 할 수 있어요. 그리고 교장, 교감 선생님이나 전문직과도 얼마든지 수업친구가 될 수 있습니다."

"누가 먼저 시작을 했는가요?"

"백영고의 김태현 선생님입니다. 지금은 교육청의 정책으로도 반영이 되어서 많은 수업친구 동아리도 있는 것으로 알고 있습니다."

> 이 책을 통해 뭔가 큰 것을 이루고 싶다는 생각을 하지는 않는다. 다만 여전히 수업 속에서 자신감이 없는 교사들이 이 책을 읽으며 작은 희망의 씨앗을 보기를 소망한다. 그리고 '그래, 나는 교사구나!'라는 작은 고백이 가슴속에서부터 터져 나와 수업에 대한 새로운 도전을 시작할 수 있기를 기도한다.[23)]

23) 김태현(2013), 『교사, 수업에서 나를 만나다』, 서울; 좋은 교사, p.8.

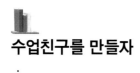

문제 해결책으로 수업연구를 하자

"참여형 수업연구란 무엇인가요?"

"문제 해결책으로서의 수업연구를 말합니다. 협동적인 행위로서의 수업연구, 현장 중심의 연구입니다."

"그러면 이전의 수업연구에 개선할 점이 많다는 것이네요."

"그렇습니다. 돌이켜 생각해 보면 이전의 수업연구는 보여주는 수업이었다는 생각이 듭니다."

"현장에 시사하는 점이 많겠습니다."

"수업은 삶과 연결됩니다. 수업이 행복해야 교실과 학교가 행복하고 구성원이 행복합니다. 교육이란, 학교란, 수업이란 무엇인가에 대한 근본적인 질문이 필요한 것이지요."

> 오랫동안 학교교육과 함께하였고, 또 교사를 양성하는 교육대학교에서 수업과 연구를 해 오고 있는 나는 지금 학교교육의 위기와 마주하며 "교육이란 무엇인가? 학교란 무엇인가? 수업이란 무엇인가?"라는 해묵은 물음에 다시 해답을 찾아 나서야 했다. 그리하여 아이들에게 교육이라는 이름으로 주어지는 고통으로부터 해방시키고, 더 좋은 학교 교육을 통해 아이들이 행복한 삶을 만들기 위해 고민하는 많은 선생님들에게 작은 희망의 불씨를 전하고 싶었다.[24]

24) 천호성 편저(2014), 『참여형 수업연구와 교사의 성장』, 서울: 학지사, p.4.

아버지가 교육의 중심에 서자

"하브루타 교육의 중심은 누구인가요?"

"아버지가 교육의 중심입니다. 가정이 바로 서야 교육이 바로 서고 국가가 바로 선다는 것입니다."

"우리에게 하브루타 교육이 필요한가요?"

"미국의 오바마 대통령이 한국을 방문해서 한국 기자들에게 질문을 하라고 했을 때, 질문을 한 기자가 없었습니다. 대신 중국 기자가 동양권 대표로 질문을 했습니다. 우리 학교 교육의 현주소를 적나라하게 보여준 단적인 예입니다."

> 우리와 다른 유대인의 공부 방법, 세계 최상의 인재를 만드는 그들의 공부 방법이 바로 하브루타다. 하브루타란 '짝을 지어 질문하고 대화하고 토론하고 논쟁하는 것'을 말한다. 이것을 단순화하면 함께 이야기를 나누는 것이다. 그 이야기가 서서히 전문화되기 시작하면 질문과 대답이 되고, 대화가 된다. 거기서 더 깊어지면 토론이 되고, 더 나아가 논쟁이 된다. 이런 하브루타는 뇌를 격동시키고 사고력을 기른다. 자연스럽게 대화가 늘어나면서 가정 역시 화목해진다. 우리 교육의 장점을 살리면서 하브루타를 접목하면 그야말로 금상첨화일 것이다. 최고의 지능과 노력에 하브루타를 더한다면 유대인을 넘어 설 수도 있다.[25)]

25) 전성수·양동일(2015),『하브루타』, 서울; 라이온북스, pp.17~18.

거꾸로 배워 보자

"거꾸로 교실의 기본형은 무엇인가요?"

"집에서 수업 영상을 보고, 교실에서 활동하는 수업 방법입니다."

"거꾸로 배움은 무엇인가요?"

"교실에서 학생들과 마주하는 시간을 가장 잘 활용하는 방법입니다."

"두 가지로 구분을 해야 하나요?"

"구분하는 것은 무의미합니다. 구분법 자체가 어려울 수도 있고, 형식적인 정의에 빠지면 스스로 한계에 갇히게 됩니다. 구분을 의식하지 않고 배움의 본질에 집중하며 유연하게 수업을 하는 것이 더 중요합니다."

> 학생들이 수업에 참여하고, 배움에 흥미를 느끼며, 학교생활을 즐기기 시작했다는 것이다. 특히 한 선생님의 이야기에 더욱 감동스러웠다. 선생님은 더 이상 학생들에게 감동을 주지 못한다고 느끼면서, 학교를 막 그만둘 생각이었다고 한다. 그런데 교실을 거꾸로 만들면서 교육에 대한 열정을 되찾게 되었고, 이제 어느 때보다 학생들에게 더 좋은 영향을 주고 있음을 느낀다고 했다.[26]

26) 존 버그만·애론 샘즈 지음(2015), 정찬필·임성희 옮김, 『거꾸로 교실』, 서울: 에듀니티, p.12.

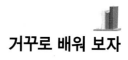

7가지 원칙을 적용하자

⋮

"월드카페는 언제 시작되었나요?"

"1995년 처음 시작되었습니다."

"월드카페의 7가지 기획원칙이 있다고 하는데……."

"7가지의 기획원칙은 환경을 설정하라. 편안한 공간을 만들어라. 모두가 관심을 가질 만한 질문을 연구하라. 모두가 기여하도록 격려하라. 다양한 관점을 교류하고 연결하라. 패턴, 통찰력, 심도 있는 질문을 찾기 위해 잘 들어라. 공동의 발견을 거두고 나누어 가져라입니다."

> 월드카페는 어떤 어려운 상황에도 대처할 수 있는 지혜와 창의력을 사람들이 이미 가지고 있다는 가정을 기반으로 창안되었다. 비록 그 과정은 간단하지만 놀랄 만한 결과를 낳는다. 월드카페는 대화로 이루어진다. 소규모의 친밀한 카페대화는 아이디어로 연결되어 삶과 일 또는 커뮤니티에 새로운 통찰력을 발견하로록 한다. 그리고 새로운 연결 네트워크가 강화되면서 지식 공유가 늘어난다. 이는 '전체'라는 의미를 점점 더 강화하며, '공동의 지혜'로 더 쉽게 접근하게 하고, 획기적인 실천 가능성도 일으킨다.[27)]

27) 후아니타 브라운·데이비드 아이잭스 지음(2007), 최소영 옮김, 『월드카페』, 서울: 북플래너, p.13.

새로운 교육방법을 모색하자

⋮

"PBL 적용이 어렵다고 하는 이유는 무엇인가요?"

"기존의 전통적인 교수방법과 많이 다르기 때문입니다.

"PBL을 가장 잘 이해할 수 있는 방법은 무엇인가요?"

"실제로 PBL을 경험하는 것입니다. 학생의 입장에서는 문제를 해결해 보고, 교수자의 입장에서 PBL의 튜터로 참여해 보고, 수업을 PBL로 설계해 보는 것입니다.

"PBL이 관심의 대상이 되는 이유는 무엇인가요?"

"전통적인 교육의 목적과 방법으로는 21세기 사회의 요구를 충족시킬 수 없기 때문입니다. 따라서 학교 교육에서도 새로운 교육방법을 모색하게 되었고, 그중의 하나가 PBL입니다."

> 전통적인 수업에서는 개념이나 원리를 학습한 후에 이를 적용하여 풀 수 있는 문제가 제시된다. 다루어지는 문제는 한두 개의 사실적 지식이나 원리를 적용하는 단순한 문제들이다. 하지만 PBL에서는 학습을 시작하기 위한 방법으로 문제가 제시된다. 즉, 학습이 시작되는 출발점에서 문제가 제시되는 것이다. 제시되는 문제는 학습해야 하는 내용을 모두 포함하는 광범위한 문제다. 여러 개의 개념과 원리가 복합적으로 작용하는 복잡한 문제이다.[28]

28) 최정임·장경원(2015), 『PBL로 수업하기』, 서울; 학지사, p.15.

아이들에게 놀 시간을 주자

"놀이학습, 수업놀이가 각광을 받고 있는데요."

"그만큼 아이들이 놀 시간이 없다는 반증이겠지요."

"진짜 놀이의 조건 세 가지는 무엇인가요?"

"즐거움, 자발성과 주도성, 놀이를 통해 무엇을 얻고자 하는 목적이 없어야 한다는 것입니다."

"세 번째의 목적을 보면 수업놀이는 진짜 놀이가 아닌데요?"

"무엇이나 다 그렇듯이 이론은 현장에 맞게 재해석하면 될 것 같아요. 진짜 수업놀이나 놀이수업을 즐거움, 자발성, 주도성으로 재해석하는 것이지요."

> '놀이를 한다'는 것은 '함께한다'는 것으로 말할 수 있다. 놀이를 하기 위해서는 양보도 할 줄 알아야 하고, 타인의 입장에서 생각할 줄도 알아야 하고, 배려할 줄도 알아야 한다. 때론 상대와 경쟁도 하고, 문제해결을 위해 노력도 해야 된다. 놀이를 통해 이루어지는 이러한 상호작용은 훗날 아이가 커서 사회에 나갔을 때 또 한 번 겪고, 행해야 하는 '생존의 기술'이다. 따라서 '놀 줄 모른다'라고 얘기하는 것은 '생존의 기술을 모른다'라고 얘기하는 것과 같다. 즐겁고 행복하게 놀 줄 안다는 것은 인생을 즐겁고 행복하게 살 줄 안다고도 말할 수 있다.[29]

29) EBS<놀이의 반란>제작팀(2017), 『놀이의 반란』, 서울: 지식 너머. pp.16~17.

학교 현장에서 수업이론을 만들자

앞에서 소개한 것은 최근 관심을 받고 있는 수업이론입니다. 각각의 이론과 실천 내용이 수업 현장에 바로 적용해도 됩니다. 또한, '왜, 가르치는가?'의 수업철학과 관련이 있는 부분도 많습니다.

한편으로는 이런 생각도 해 봅니다. 언제까지 이런 이론을 따라하고 적용해야 하는가의 문제입니다. 흔히, 물고기를 잡아주지 말고 물고기를 잡는 법을 가르치라고 합니다. 그런 관점에서 학교가 언제까지 남의 이론을 적용하는 장소여야 하는가에 대한 진지한 고민이 있어야 합니다.

> 수업 모형을 교실에 적용하는 많은 교사들이 그 모형대로 진행되지 않는 현실을 발견한다. 그래서 많은 교사들은 이론에 대해서 냉소적이 된다. 왜 이런 현상이 발생할까? 이에 대해 교육학자 쉔은 이론적 지식과 실천적 지식의 근본적인 차이를 주장한다. 실천은 이론을 단순히 적용하는 응용과학이 아니다. 물론, 이론이 불필요한 것은 아니다. 그러나 이론은 언제나 실천 현장에서 재해석되어야 한다.[30)]

> 수많은 교육학자들이 미국에서 학위를 받고 오지만 그들이 경험한 것은 미국 대학원 수업에 한정되어 있다. 그리고 미국의 대학원 수업은 대부분 이론 중심으로 진행된다. 이런 이론과 미국의 교육 현장은 많은 차이가 있다. 그런데 우리 교육학자들은 미국의 교육 현장은 제대로 방문해 보지 않은 채 책을 통해서 접하는 미국의 교육학 이론을

30) 이혁규(2013), 『누구나 경험하지만 누구도 잘 모르는 수업』, 서울; 교육공동체 벗, p.221.

미국 교육의 전부인 것처럼 착각하고 귀국한다. 그리고 그들의 현실에 대한 고민에서 나온 교육 이론을 보편적인 것인 양 한국에 적용하려고 한다. 그 결과 미국의 현장에서도 제대로 따라 하기 어려운 이상주의적 이론이 문화와 토양이 다른 우리나라에 직수입되어 우리의 교육 현장에 강요된다. 이럴 경우 이미 '예상된 실패'를 향한 개혁을 하게 된다.[31)]

'아이들에게 맡기는 수업'이 나의 수업철학인데 거꾸로 배움에 대한 영상 및 책을 통해 새로운 수업 세계를 보았다. 아이들이 수업을 디자인하고 서로 가르치고 배우는, 한층 더 진정한 '아이의 배움 중심' 수업을 할 수 있음을 깨닫게 된 것이다. 나도 그런 수업을 하고 싶었다. 그래서 한걸음 진보된 수업철학 '아이들이 만들어가는 수업'을 꿈꾸는 중이다.[32)]

세 명의 공통점은 이론은 받아들이되 재해석하라는 것입니다. 아무리 좋은 이론도 때와 장소에 따라 그렇지 않을 수도 있습니다. "귤이 회수를 건너면 탱자가 된다."는 말도 있습니다. 먼저 이론을 받아들입니다. 받아들인 이론을 적용합니다. 적용한 이론을 재해석합니다. 그러면 조금 변화된 이론이 됩니다. 궁극적으로는 가르치는 학교 현장에서 이론을 만들어내는 것입니다. 실제 가르치는 게 이론이 되고, 다시 그 이론이 더 나은 수업을 위한 실제가 되는 선순환이 됩니다. 학교 현장의 수업이 언젠가는 이런 모습이기를 소망합니다.

31) 이혁규(2012),『수업, 비평의 눈으로 읽다』, 서울; 우리교육, p.322. ('미국 교육에 대한 관찰' 중에서 미
국 대학에서 교사 교육을 담당하고 있는 신은미 주장 인용.)

32) 대구광역시교육청·대구학산초등학교, '2015. 역량기반 인성교육중심 교실수업개선 워크숍, 팀 기반 과제 학습을 통한 협력적 문제해결력 신장(2015.초등교육과-3-140)', p.97. (국어과 컨설턴트 교대부초 교사 김혜진 원고 인용.)

수업철학 역량은 대구협력학습이다

모든 아이는 우리 모두의 아이

문재인 정부의 교육철학이자 교육부의 교육철학입니다.

대구협력학습

대구협력학습은 대구광역시교육청의 수업방법일까요, 수업철학일까요? 생각하기에 따라서는 수업방법이 될 수도 있고, 수업철학이 될 수도 있습니다. 하지만 대구협력학습은 대구광역시교육청의 수업철학이자 수업브랜드라고 생각하는 것이 더 좋을 것 같습니다.

'대구협력학습은 철학이다' 챕터에서는 대구협력학습의 슬로건과 앰블럼이 상징하는 것을 살펴보았습니다. 더하는 생각 나누는 즐거움의 대구협력학습입니다.

'대구협력학습은 내실화이다' 챕터에서는 2016년부터 2018년까지 대구광역시남부교육지원청 초등교육지원과에서 네 번의 협력학습 모니터링을 한 내용입니다. 협력학습 모니터링의 목적은 잘못이나 부족한 분분을 꼬집어 내는 있는 것이 아닙니다. 우수 사례를 찾아서 홍보하고 공유하여 협력학습을 일반화 및 내실화하는 데 목적이 있습니다.

대구협력학습은 철학이다

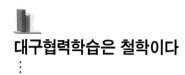

대구협력학습은 대구광역시교육청의 수업브랜드입니다. 필자는 대구협력학습은 대구광역시교육청의 수업철학이라고 주장합니다. 생각은 더하고 즐거움은 나누는 대구협력학습입니다.

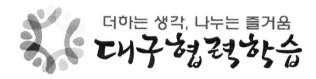

대구협력학습 슬로건 및 엠블럼[33]

33) 대구광역시교육청은 2017년 8월 17일(목)에 '더하는 생각, 나누는 즐거움'을 슬로건으로 한 대구협력학습 엠블럼을 발표했다. 이 엠블럼은 교사와 학생, 학부모 등 교육공동체의 웃는 입모양을 도식화( )하였고, 행복, 사랑, 즐거움, 조화, 지성, 꿈을 의미하는 6가지 색상이 원모양으로 조화를 이루도록 나타내었다.

대구협력학습 용어 정의[34]는 다음과 같습니다.

○ 인성교육중심 수업

학생들이 바른 인성을 키울 수 있도록 '교과 수업'에서
인성교육을 적용하는 수업 개선 방법을 총칭함
※ 인성 덕목 또는 프로그램 중심의 인성교육과 차별화되는 용어임

○ 인성교육중심 수업 적용 방법

(수업 내용) 인성 덕목 및 역량 기반으로 학습자 삶 중심 교육과정 재구성

(수업 방법) 지식 전달 위주 수업을 협력학습, 토론학습, 프로젝트학습 등 학생참여·활동 중심 수업으로 전환

(평가 방법) 프로젝트 평가, 동료평가 등 협력학습의 과정과 결과가 충분히 반영되도록 학생 성장 중심으로 평가방법 개선

○ 협력학습

(정의) 학생-학생, 교사-학생 등 2명 이상이 서로 협력적 관계를 맺고 서로 소통하고 상호작용하면서 가르치고 배우는 교수학습 방법 및 수업철학

(지향점) 학습에서 단 한 명의 소외자도, 구경꾼도 없이 학습에 전원 참여하여 모두가 학습의 희열을 느끼고 몰입하는 수업 정착

34) '2018. 초등 협력학습 내실화 추진 계획(대구광역시교육청 초등교육과-669,2019.1.18.)' 첨부파일, p.7.

대구협력학습은 내실화 단계이다

대구광역시교육청은 교실수업개선을 위해서 협력학습을 강력하게 추진하였습니다. 2018년은 협력학습의 내실화 시기입니다. 대구광역시남부교육지원청 초등교육지원과에서는 다음과 같이 네 번의 협력학습 모니터링을 하였습니다. 부족한 점을 찾기보다는 잘하는 것을 찾아서 공유하는 데 목적이 있습니다.

구분	기간	수	방법	비고
2018. 학교	2018.4.16.(월)~ 6.5.(화)	66교	지원 장학교 장학사 모니터링	· 협력학습 우수사례 중심 서술식
신규 교사	2017.10.24.(화)~ 10.27.(금)	70명	신규 교사 본인 모니터링	· 관점 3문항 상중하 · 서술식 3문항
2017. 학교	2017.10.24.(화)~ 10.27.(금)	61교	해당 학교 교감 모니터링	· 관점 3문항 상중하 · 서술식 2문항
2016. 학교	2016.11.21.(월)	66교	외부 모니터링 교감1+학부모1	· 관점 3문항 상중하 · 서술식 1문항

'2018. 학교'는 2018학년도 전반기 담임장학일에 모니터링을 한 내용입니다. 장학사들이 지원장학 A형[35] 대상교의 수업을 참관하고 협력학습의 우수사례를 중심으로 서술한 내용입니다. 장학을 하기 전에 해당 학교의 2018학년도 교육계획서를 탐독하여 학교의 우수 사례를 사전에 파악하고 실제 수업을 참관했습니다. 장학 모니터링의 목적은 부족한 점이나 고쳐야 할 점을 찾아내는 것이 아니라, 잘하고 있는 것을 발굴하고 공유하는 데 있습니다. 정리된 자료는 66개 초등학교에 공유[36]했습니다.

'신규 교사'는 1정 연수를 받기 전의 70명의 선생님들이 본인의 수업을 모니터링해 주셨습니다. 신규 교사의 소속 학교 교감 선생님과 업무포털 내부메일로 양식을 주고 답장을 받았습니다. 신규 교사가 설문지를 보고 자신의 수업을 솔직담백하게 모니터링을 해 주었습니다.

'2017. 학교'는 해당 학교 교감 선생님들이 자체 모니터링한 내용입니다. 업무포털 내부메일로 교감 선생님께 내부메일을 주고 답장을 받았습니다. 교감 선생님이 생각하는 수업을 솔직하게 모니터링하고, 학교의 우수 사례도 많이 공유해 주었습니다.

'2016. 학교'는 외부위원 모니터링 내용입니다. 모니터링을 하기 전에 위원을 선정했습니다. 교감 선생님은 다른 지원청 소속 학교입니다. 학부모 위원은 학교운영위원회의 추천을 받았습니다. 사전 연수를 철저히 했습니다. 협력학습에 대한 이해와 관점의 기준을 어떻게 정할 것인가를 공유했습니다. 교감 1명과 학부모 1명이 1팀이 되어서 3개 초등학교를 모니터링했습니다. 학교별 5, 6학년 각각 1개 반의 수업을 참관하면서 모니

35) A형: 전일제(08:30~16:30), B형: 반일제(14:00~16:30), 전반기나 후반기 중 전일제 1회, 반일제 1회 실시함.
36) '대구남부교육-36. 협력학습에 날개를 달다(2018.6.18.월.)'.

터링을 했습니다. 약간의 잡음이 발생하기도 했습니다. 학부모 위원은 교감 위원에 비해서 상대적으로 비판적인 의견이 많았습니다.

다음은 협력학습 모니터링의 결과입니다. 신규 교사는 70명, '2017. 학교'는 61교, '2016. 학교'는 66교입니다. '2018. 학교'는 서술식 평가만 해서 상·중·하 평가 결과는 없습니다.

내용(관점)	구분	상	중	하
교사는 학생들이 서로 협력하여 해결할 수 있는 학습과제를 제시한다.	신규 교사	60.0	38.57	1.43
	2017. 학교	100	0	0
	2016. 학교	96.97	3.03	0
학습구조나 학습형태가 교사가 제시한 과제를 학생들이 협력적으로 해결하기에 용이하다.	신규 교사	61.43	37.14	1.43
	2017. 학교	98.36	1.64	0
	2016. 학교	93.94	6.06	0
학생들은 서로 협력하여 과제를 해결하며 교사는 상호작용을 통해 학생들의 학습을 조력하고 피드백을 한다.	신규 교사	57.14	42.86	0
	2017. 학교	98.36	1.64	0
	2016. 학교	87.88	12.12	0
종합	신규 교사	73.81	25.24	0.95
	2017. 학교	98.97	1.09	0
	2016. 학교	92.93	7.07	0

평가 결과의 도달도는 '2017. 학교'는 100%(상: 98.97%, 중: 1.09%), '2016. 학교'는 100%(상: 92.93%, 중: 7.07%), '신규 교사'는 99.05%(상: 73.81%, 중: 25.24%, 하: 0.95%) 순입니다. 목표 도달은 '중' 수준입니다.

협력학습을 상·중·하로 평가하는 것에 대한 장단점은 있습니다. 더 좋은 수업을 위한 평가의 개념으로 생각할 수도 있고, 성과 위주와 전시 행정이라는 비판이 있을 수도 있습니다. 같은 관점을 가지고 평가를 하더라도 개인적인 수업철학이나 소신에 따라서 달리 해석을 할 여지가 많습니다.

신규 교사의 협력학습은 시작이 반이다

다음은 앞에서 소개한 1급 정교사 자격연수를 받지 않은 신규 교사의 협력학습 모니터링 양식입니다.

> 선생님들께
>
> 교육활동에 노고가 많으십니다. 내실 있는 교육과정 운영과 집밥 같은 협력학습을 해 주셔서 고맙습니다. 이 설문은 1급 정교사 자격연수를 받기 전의 선생님들께만 드리는 내용입니다.
>
> 다음은 내가 생각하는 나의 수업입니다. 다른 분들과 의논하실 필요는 없습니다. 선생님께서 자신의 수업을 되돌아보시면서 솔직하게 기록을 하시면 됩니다. 그리고 아래의 서술형도 자세하게 기록해 주시면 고맙겠습니다.
>
> 이 자료는 학교의 협력학습 실태를 파악하여 협력학습 관련 연수나 교육전문직원의 장학 역량을 강화하는 데 목적이 있습니다. 선생님들께서 직접 작성(*1쪽만)하셔서 2017.10.26.(목)까지 교감 선생님께 드리시면 됩니다. 교감 선생님께서는 파일을 모으셔서 2017.10.27.(금)까지 <내부메일/답장>으로 주시면 고맙겠습니다.
>
> 우리 남부 선생님들을 응원합니다.
>
> 우리 남부 선생님들의 수업을 응원합니다.
>
> 2017.10.24.(화)
>
> 대구광역시남부교육지원청 초등교육지원과장 김영호 드림

순	내용(관점)	결과		
		상	중	하
1	ㅇ 교사는 학생들이 서로 협력하여 해결할 수 있는 학습과제를 제시한다.			
2	ㅇ 학습구조나 학습형태가 교사가 제시한 과제를 학생들이 협력적으로 해결하기에 용이하다.			
3	ㅇ 학생들은 서로 협력하여 과제를 해결하며 교사는 상호작용을 통해 학생들의 학습을 조력하고 피드백을 한다.			
나는 이런 생각으로 수업을 한다 (수업철학, 좌우명 등)				
내 수업에서 잘하는 점				
내 수업에서 보완할 점				

다음은 신규 교사 협력학습 모니터링 중 서술식 내용입니다. 내용을 원문 그대로 옮겼습니다. 평가 관점에 근거한 상·중·하 평가와는 다른 신규 선생님들의 진솔한 자기수업에 대한 고백이기도 합니다. 누구의 내용인지는 신규 선생님만 알 수 있습니다. 몇 선생님의 내용을 그대로 옮깁니다.

- ㅇ 학생들의 체력을 기르는 것. 팀원들이 서로서로 피드백을 해주며 자세를 교정하여 올바른 방향으로 나아갈 수 있는 기회를 제공하는 것. 소외되는 학생 없이 모든 학생들에게 공평한 기회로 체육수업을 진행하는 것.
- ㅇ 학생들의 질문을 최대한 받아주려고 노력하고 있습니다. 다양한 방향으로 뻗어나가는 학생들의 물음표들을 모아 수업에 반영하여 학습 목표를 이끌어내려고 노력합니다.
- ㅇ 수업 중 학생들이 어려워하는 부분이 있거나 곤란해하는 점이 있으면 교사가 일방적으로 문제를 해결해주려 하지 않고 최대한 학생들의 이야기를 듣고 스스로 문제를 해결해 갈 수 있도록 도와주고 있습니다. 수업 중 다양한 구체물과 멀티미디어 자료를 활용하는 방향으로 수업을 계획합니다.

ㅇ 협력을 하도록 유도를 하고, 아이들의 흥미를 끌 만한 수업자료를 찾아서 활용한다. 수업을 준비하는 과정에서 많은 노력과 고민을 통해 학생주도적이고 재미있는 활동이 될 수 있게 한다.

ㅇ 협력적 문제해결학습을 할 수 있도록 수업이 진행된다. 웃으며 밝은 분위기 속에서 영어수업을 만들어 나간다. 일반적인 강의는 지양하고 역할극, 토론 등으로 상호작용을 통해 목표언어를 학습할 수 있도록 한다. 기본적으로 교사와 학생간의 믿음과 신뢰를 바탕으로 수업한다.

ㅇ 학생이 의견을 제시하고 그 의견이 타당하면 수용해 줌. 교육과정을 파악하여 학생들이 그 수업에서 성취 기준을 도달할 수 있도록 교재연구를 함. 모둠 내 협력이 될 수 있도록 활동과 평소 교우관계를 신경 씀. 발문을 하고 발표 전 생각할 시간을 줌.

ㅇ 학생들이 스스로 탐구하고, 서로 가르치고 배우는 분위기를 만들어 준다. 강의식 수업에 비해 시간도 많이 걸리고 준비해야 할 것도 많지만 최대한 가공되지 않은 자료를 바탕으로 학생들이 협력하여 답을 도출해 내는 수업 설계가 비교적 우수한 것 같다.

ㅇ 모둠학습 과제를 제시한 후 학습 상태를 살펴보면 협력이 잘 이루어져 학생 간 상호작용이 잘 일어나는 모둠도 있는 반면 협력보다는 단순한 협동이나 각자가 개인 활동을 하는 모둠도 있다. 협력이 잘 일어나는 모둠에게는 칭찬을 해주고 도전 과제도 한 번씩 던져보고, 협력이 잘 일어나지 않는 모둠에게는 무엇이 문제인지 물어보고 갈등을 잘 해결할 수 있도록 도와준다.

ㅇ 학급을 디자인하기 위해 나만의 스토리를 가지고, 이를 학급 경영에 잘 연결하기 위해 공부하고 있음. 특히 학생과의 소통, 교실 환경 다함께 꾸미기, 선생님의 일기 엿보기, 칭찬기차 릴레이 등과 같은 활동으로 학생들 간의 관계형성 및 학생과 교사 간의 레포 형성을 위하여 노력함. 학년 수준에 맞는 영상 자료, 학습지, 게임 등의 학습자료를 활용하고 협력학습에 용이하게 자리를 배치하여 짝 또는 모둠 활동을 통해 수업함. 이를 통해 친구와 협력하는 바

른 인성을 함양하며 공부할 수 있도록 도와줌.

○ 협력학습의 측면에서 또래교수법이 부진 학생에게 실질적인 도움이 되는 방법이라 생각하여 수업에 적극적으로 활용한다. 모르는 것이 있는 학생의 경우 먼저 생각해보도록 기회를 주고 다음으로는 짝과 함께 얘기해보도록 한다. 그다음으로는 모둠 차원으로 질문의 대상을 확대하고 그래도 해결되지 않는다면 교사와 얘기 나누도록 한다.

○ 학생의 지식 함양만이 목적이 아니라 바른 인성을 함양하도록 수업 중 인성 관련 요소가 나올 경우 인성 교육을 겸한다. 다양한 멀티미디어 자료들을 준비하여 학생들이 수업 중 흥미를 잃지 않도록 도와주며, 학습 내내 집중할 수 있도록 도와준다. 학생들과의 수업 중 의사소통을 중요히 여겨 학생들이 교사와 활발하게 의사소통할 수 있는 것 같다. 다양한 협력 구조(학습 형태)를 활용하여 지도한다.

○ 적극적인 격려와 지속적인 피드백으로 학생들이 서로 활발한 상호작용을 하며 학습에 임하도록 하는 것(학생들이 함께 해결해 나가는 것에 즐거움을 느끼고 성취감을 느끼도록 하는 것). 학생들이 즐겁게 학습에 참여하도록 하는 것.

○ 학생들과의 레포 형성에 자신이 있습니다. 학습자가 수업 시간을 딱딱하다고만 여기지 않도록, 권위적이지 않은 수업 분위기를 이끌어 나갑니다. 또한 수업 중 학생들의 말을 허투루 듣지 않고, 다른 학생들에게 방해가 되지 않는 선에서 반응을 보여주어 교사가 학생 개개인에게 집중하고 있다는 느낌을 받도록 합니다. 수업에서 앞 차시에서 배웠던 내용들과 관련이 있는 부분이 나오면, 시간을 할애하여 함께 짚고 넘어가는 시간을 가집니다. 이를 통해 학생들은 자신의 지식이 바르게 형성되었는지 스스로 평가합니다.

○ 학생의 생각이나 말들을 절대 무시하지 않습니다. 교사의 입장에서 어떠한 엉뚱한 질문이나 대답이라 할지라도 학생 입장에서는

엉뚱한 질문이나 대답이라고 생각하지 않고 진지하게 피드백을 해주려고 노력합니다. 교사 혼자 수업을 하려 하지 않고 학생들과 함께 하는 수업을 만들어 학생들이 참여할 수 있는 수업을 하려고 합니다.

- ㅇ 수준이 낮은 학생이라도 위축되거나 자신감을 잃지 않도록 지속적으로 관찰하고 격려함. 학생들과 상호작용을 하기 위한 다양한 시도를 하며 칭찬을 아끼지 않음. 학생들의 의견을 잘 들어 줌. 자유롭고 편안한 분위기를 조성함. 형식에 갇힌 수업이 아니라 상황에 따라 유기적으로 변하는 수업, 학생들을 한 명도 빠짐없이 관찰하고 관심을 가짐, 스스로 책임감을 가지고 창의적으로 활동에 임할 수 있도록 지도함.
- ㅇ 어려움을 느끼는 학생이 있을 때 주의 깊게 관찰하고 순회지도하며 학습에서 소외감을 느끼지 않도록 노력하고 있습니다. 수업 중간중간 교실놀이와 접목한 수업게임을 이용하여 학생들이 지루하지 않게 수업에 참여할 수 있게끔 수업연구를 합니다. 학생들이 직접 조작하며 쉽게 이해할 수 있도록 교구를 마련하고 모둠활동에서 협력할 수 있도록 학습훈련을 자주 하는 편입니다.
- ㅇ 아직도 부족한 점이 많고 배워서 갈고 닦아야 하는 점도 많아 저의 수업에서 잘하는 점을 찾기란 참 어렵습니다. 그리도 부단히 노력하고 하고 싶은 욕심이 드는 부분은 학생들의 눈높이에서 이야기를 하고 학생들과 꾸준한 상호작용을 하는 것입니다. 모든 학생들의 이해도는 같을 수 없다고 생각하며, 협력학습을 위해서도 이런 과정이 중요하다고 생각하기 때문입니다.
- ㅇ 교직경력이 길지 않아 이론적인 부분에서는 많이 부족함을 느끼고 있습니다. 하지만 그만큼 새로운 교수철학이나 수업기법을 배우면 즉시 교실에서 실행해보고 교사와 학생에게 적합한 것이 있으면 꾸준히 실현하기 위해 노력하고 있습니다. 학생들의 현재 상황에 맞게 융통성 있게 수업을 하고 과정 중심 평가에 입각해 최대한 다수의 배움을 이끌어내기 위해 포기하지 않고 매달리는 점

을 스스로 가장 칭찬하고 끝까지 유지하고 싶습니다.

○ 수업 상황 속에서 학생들의 의견을 듣고 상호작용하려 노력합니다. 또 내가 짜온 수업 상황대로만 고집하지 않고 상황에 따라 수업내용, 방법들을 조정하여 유동적으로 수업을 진행하는 것은 잘하고 있는 것 같습니다.

○ 수업을 할 때는 학생들의 발표나 이야기를 최대한 존중한다. 엉뚱한 질문이더라도 함께 이야기해 보고 찾아본다. 학생들이 편하게 질문하는 편이다.

○ 여러 차시를 잘 묶어 교육과정 재구성을 잘한다. 학생들이 부족한 부분, 또는 재미있어 하는 부분은 차시를 늘려 충분히 수업을 익히도록 하고, 이미 알고 있거나 중요하지 않은 부분은 과감히 축소시켜 학생 수준에 맞는 수업을 시도한다.

○ 학습목표에 도달하기 위해 학생들의 강점을 살린 수업 방법을 적용하고 있습니다. 평소 자신의 생각을 표출하는 것을 좋아하는 학생의 수업시간에는 릴레이 발표, 시 낭송, 이야기 읽기 등을 수업의 주요 요소로 적용하여 협력학습을 진행하고 있습니다.

○ 학생마다 각기 다른 관심사를 살려 수업에 적용하고 있습니다. 국어, 수학 시간에도 요리, 만들기 등의 체험활동을 적용하여 자연스러운 동기유발이 이루어지는 수업을 진행하고 있습니다. 또한 체험활동을 협력학습과 연계시켜 함께 배려하는 수업을 하고 있습니다.

○ 수업을 진행할 때 학생들에게 존칭을 사용하기 위해 노력하고 있다. 학생들이 흥미를 갖고 수업에 참여할 수 있을 만한 학습자료를 제시하고자 한다. 모든 수업에서 협력학습에 쉽게 접근하기 위해 책상 배열을 다양하게 하고 있다(ㄷ자 배열, 모둠 배열 등).

○ 최대한 많은 아이들이 목소리를 낼 수 있게 노력하는 점이 저의 수업에서 가장 잘하는 부분이라고 생각합니다. 발표를 잘하는 아이만 계속해서 발표하는 것이 아니라 누구나 발표하고 수업시간에 참여할 수 있게 수업을 구성하고 이끌어가려고 노력합니다. 또

한 조용하고 소극적인 성향을 가진 아이를 더 신경 써서 관찰하고 그 아이가 할 수 있는 것을 찾을 수 있게 도와주려고 합니다. 그래서 그 아이가 자신감을 조금씩 가질 수 있게 옆에서 응원하고, 결국에는 그 아이가 수업에 자신감 있게 참여할 수 있게 도와주려고 노력합니다.

○ 학생들에게 필요한 도구를 준비하여 주고 학생들이 학습 목표에 도달할 수 있도록 도와주는 조력자의 역할을 하는 중이다. 성취기준과 교과서를 살펴보고 학생들이 수업 시간에 하면 좋을 것 같은 학습 문제를 교과서나 재구성 필요 시 잘 구성된 학습지를 만들어서 학생들이 배울 내용을 서로 협력하면서 효과적으로 할 수 있도록 기회를 제공하고 있다. 학생들 간의 협력이 잘 이루어지지 않는 모둠은 어떤 점이 잘못되고 있는지 알려주고 해결 방법을 제시하며 협력이 이루어지도록 유도하고 있다.

○ 바로 옆 반 부장님께서 멘토가 되셔서 PBL 연구 동아리에서 함께 연구를 하고 있다. 그래서인지 작년보다 훨씬 협력학습의 형태와 주제가 다양해진 것이 느껴진다. 학생들도 협력학습이 조금 더 익숙해져서 이제는 토의시간에도 지체하는 시간 없이 바로 논의를 시작한다.

○ 지식의 습득보다는 적용에 초점을 두는 수업을 하려고 많이 생각합니다. 교과서 속 지문이나 활동에서 수업을 하다 보면 결국 아이들은 교과서를 쉬이 벗어나지 못하는 것 같습니다. 그래서 최대한 아이들이 적용해볼 수 있도록 다양한 자료를 투입하려고 노력합니다. 여전히 '교과서 몇 쪽이에요?' 물어보며 모범답안을 찾으려는 모습도 보이지만, 점점 적응하고 있는 아이들을 보면 제 수업이 틀리지만은 않구나 하고 스스로 동기 부여가 되고 있습니다.

○ 학생들이 자유롭게 자신의 생각을 이야기할 수 있는 교실환경을 조성하는 점. 시끄러운 것을 잘 참는다.

○ 저는 수업을 진행할 때 학생들 한 명 한 명이 모두 교사가 되도록 합니다. 하브루타식 수업 진행으로 학생 스스로가 멘토와 멘티 모

두를 경험하며 지식을 자신의 것으로 만들 뿐 아니라, 경청의 자세를 기를 수 있도록 합니다. 이런 흐름이 가능하도록 수업 전 대화 중심으로 수업을 구성하여 자연스럽게 협력이 일어날 수 있도록 유도합니다. 개인-짝-모둠으로 발전하며 학생들이 대화하여 지식을 습득할 때 지식을 더욱 효과적으로 내면화하는 모습을 볼 수 있었습니다.

○ 여러 가지 자료를 찾아보고 교과서 이 외의 다양한 학습자료를 제공한다. 예를 들어 활동지를 책자 형태로 만들어 제시할 수도 있고, 사회 수업이지만 동화책을 활용하여 읽기 및 이해, 해당 개념을 학습하는 데 사용하기도 한다. 삶에서 직접 체험할 수 있는 것과 같은 활동을 구성하여 아이들이 몸으로 체험하도록 하고 해당 학습 개념이 공부로써 존재하는 것이 아닌 우리의 삶과 연결되어 있다는 것을 느낄 수 있도록 한다.

우리 학교는 이런 협력학습을 해요

다음은 앞에서 소개한 '2018. 학교'의 서술식 내용입니다. 초등장학사 백광순, 정재훈, 강세정, 안일모, 민병조가 지원 학교의 우수 사례를 중심으로 작성한 것입니다. 장학사가 지원 학교의 교육과정 탐독, 수업 참관, 교직원 협의 등을 통해서 작성한 것으로 교번 순입니다. 2018년 6월 18일 월요일에 '대구남부교육-36. 협력학습에 날개를 달다'로 초등학교 66개교 교원에게 공유를 하였습니다.

대명초(교장 김정희)는 협력학습의 내실화를 위해서 인성교육중심 협력수업 실천의 학교문화 조성을 위해 노력하고 있다. '인문독서 기반 협력적 프로젝트학습 실천'으로 독서력, 인성역량 함양을 위한 학생 맞춤형 수업이 되도록 다양한 교내장학을 운영하고 있다.

대봉초(교장 박경애)는 전 교사 '수업브랜드 갖기' 및 일상의 자기 수업 공개, 자발적 학생 참여형 수업 실천 학교문화를 조성하고 있다. 자체 구안 엑셀 양식을 활용하여 성취기준 중심의 교육과정 재구성을 통한 만들어 가는 교육과정과 프로젝트학습으로 수업-평가-기록의 일체화를 통해 창의융합형 인재 육성에 주력하고 있다.

내당초(교장 권세황)는 협력학습의 내실화를 위해서 프로젝트 수업 중심 협력 학교문화를 조성하고 있다. 4차 산업혁명에 맞는 인재를 길러내기 위한 능동적 배움과 참여 중심의 수업인 '즐거운 몰입이 있는 프로젝트 협력학습' 운영으로 학생들의 인성과 미래 역량을 함양하고 있다.

영선초(교장 이운발)는 학생이해 기반 프로젝트를 통한 삶의 문제해결력 신장의 힘을 키우고 있다. 학생 간 서로의 이해를 통해 공동의 관심사를 찾아 친구들과 협력하고 나눔을 실천하는 참여 중심 수업으로 인성과 역량을 함양하고 있다.

봉덕초(교장 권미숙)는 협력학습의 내실화 및 역량 강화를 위해 인성교육에 기반을 둔 협력학습을 강화하고 있다. 이를 위해 봉덕 3미덕(함, 앎, 됨)교육을 통한 행복 나눔교육을 강화하고 4차 산업 혁명 시대를 대비한 진로교육, 학생 배움 중심 협력학습을 통한 교실수업개선에 힘쓰고 있다.

신흥초(교장 김명기)는 학생, 학부모, 교사 간의 긍정적 관계형성을 통하여 협력학습을 지속적 실천하고 있다. 교육공동체의 언어문화 개선을 위해 미덕 프로젝트를 익혀 실천하고 관계형성 기반을 위해 333협력학습(3초 이상 기다리기, 3분 이상 의견 나누기, 3번 이상 칭찬하기)을 일상수업에서 적용 및 실천하고 있다.

성남초(교장 성증악)는 교사와 학생이 한 공간에서 '교학상장(敎學相長)'의 자세로 인성 중심 협력학습 수업을 실천하고 있다. 수업나눔 문화 조성과 인성 중심 배움으로 학생들의 꿈과 끼를 키워 행복한 학교 만들기를 전개하고 있다.

남도초(교장 배남숙)은 흥미, 의미, 재미를 알아가는 협력학습 문화를 조성하고 있다. 협력학습의 기반을 조성하기 위하여 교육과정 재구성 및 교사 역량을 향상하고, 학습 단위 협력학습 운영 및 러닝 페어를 통해 능동적 배움과 참여 중심의 수업으로 기초학력을 정착하고 행복한 학교를 만들기 위해 노력하고 있다.

성명초(교장 김창두)는 협력학습 교사 동아리 운영과 캄보디아 교사 교류사업 참가 교사와의 협력을 통하여 참배움(참여 중심 시나브로 배움교실)의 문화를 조성하고 있다. '시나브로 소통 협력적 교실수업개선'으로 기초학력 신장 및 多 행복한 학교 배움 문화 정착에 노력을 기울이고 있다.

남부초(교장 임정순)는 협력학습의 내실화를 통해 학생의 인성, 창의성, 진로 교육을 실시하고 그 과정을 종합적으로 평가하고 가정에 통지하는 시스템으로서 학년별 ‘꿈×끼=행복알리미’ 핸드북을 활용하고 있다.

대덕초(교장 장명순)는 또래 협력학습을 통한 기초학력향상에 노력하고 있다. ‘1:1 어깨동무 또래 멘토-멘티'를 통한 능동적 배움 유도, '삼남매 책 읽어주기'로 고학년-저학년 간 연결고리를 만들어 학생들의 풍부한 독서활동을 지원하고 있다.

성서초(교장 정상영)는 전 교원이 자발적으로 참여하는 협력적 수업문화를 바탕으로 함께 성장해 가는 수업 공동체를 형성하고 있다. 협력적 수업 문화 ‘함께 가르치고 배우는 행복 성서’로 배움이 즐겁고 가르치는 보람이 넘치는 행복 교육 공동체를 만들어 가고 있다.

본리초(교장 장정)는 교실수업개선 시범학교로서 즐거운 몰입과 배움의 나눔을 통한 인성 중심 수업 강화를 위해 노력하고 있다. ‘문제중심학습을 통한 협력적 문제해결력 신장’이라는 주제로 문제중심학습(PBL: Problem Based Learning)을 통해 학생들이 흥미를 느끼는 생활주변의 실제적인 문제를 개발하여 교수·학습에 적용하고, 학생들 간의 협력학습을 하며 다양한 해결책을 스스로 발견해 봄으로써 협력적 문제해결력을 신장시키고 있다.

월배초(교장 강호진)는 협력학습의 정착과 발전으로 ‘개미와 베짱이의 협력 하모니’를 추진한다. 학생들은 베짱이처럼 몰입과 나눔으로 배움의 즐거움을 느끼고 교사는 개미처럼 함께 고민하고 해결하는 집단지성의 교수학습개선을 실천한다.

상인초(교장 이재호)는 학생 배움 중심 협력학습 전개 및 인성·협력학습 동아리 운영으로 자율적 수업협력제 구축하고 있다. ‘인성역량중심, 학생존중 과정 중심 평가 실천’으로 배움과 나눔의 협력학습을 실천하고 있다.

송현초(교장 유재항)는 협력학습의 내실화를 위해 ‘인성 중심 협력학습’을 전개하고 있다. 교사-학생, 학생-학생 간의 사이좋은 관계 형성으로 한 명의 소외자도, 구경꾼도 없이 능동적, 참여 중심의 몰입하는 수업 정착으로 학습의 즐거움을 경험하며 인성과 행복역량을 함양하고 있다.

진천초(교장 김장수)는 PBL 중심의 프로젝트학습으로 협력학습의 내실화를 기하고 있다. 특히 교사 사전연수, 협의회 등 단계적 준비로 배움 중심의 협력학습과 과정중심 평가의 일원화를 통해 행복역량교육을 실현하고 있다.

효명초(교장 박영란)는 교사수업협력체를 구성하여 학생들의 다양성을 존중하는 협력학습을 추진하고 있다. 이를 위해 '역량 중심 협력학습 실천'으로 함께 가르치고 배우며 성장하는 즐거운 교실수업문화를 조성하고 있다

남대구초(교장 안영자)는 협력학습의 내실화를 위해 12년 전통의 프로젝트학습을 꽃피우고 있다. '사계절 교육과정 콘서트'를 통해 탐구와 놀이·체험이 어우러지는 가운데 학생들은 서로 협력하여 배움에 몰입하고 역량을 함양하고 있다.

죽전초(교장 류춘원)는 2014년부터 2017년까지 협력학습 실천학교 선도학교를 운영하였으며, 올해는 학생 간의 다름을 인정하고 '더불어 함께' 살아가는 인식의 기반 위에 협력학습을 수업 속에서 실천하고 있다. 이를 위해 생활 속의 토의·토론 주제 찾아보기, 또래 도우미를 통해 가르치고 배워보기, 감사하는 마음을 위한 5 감사 쓰기 등의 수업을 적용해오고 있다.

성당초(교장 김추자)는 협력학습의 내실화를 위해서 '배움과 나눔의 성당 수업성장공동체' 운영으로 교사와 학생이 모두 행복한 학교 문화를 조성하고 있다. 수업에 대한 나눔과 성찰의 일상화, 동료교사와의 협력적 수업 문화 형성을 통해 교사의 수업 전문성을 확보하고 있으며, 학교의 모든 교육력을 학생 배움 중심, 참여 중심 협력학습의 전개에 집중하여 수업 중심의 학교 문화를 조성하고 있다.

남명초(교장 윤정희)는 협력학습의 정착을 위하여 교학상장의 즐거움이 살아있는 넘나듦 행복교육을 실현하고 있다. 교육연극 기반의 '3막 9장으로 만들어가는 행복앙상블-톡톡! 보니하니 프로젝트'를 통해 전교생이 바른 인성과 역량을 함양하고 있다.

감삼초(교장 조춘혜)는 학교에서 배우는 즐거움을 느껴 학생과 학생, 교사와 학생이 함께 가르치고 함께 배우는 행복한 교실 수업 문화를 조성하고 있다. 교사 개인별 수업성장을 지원하며 예술과 함께하는 꿈 프로젝트를 전개하고 있다.

대남초(교장 이동화)는 협력학습의 내실화를 위해서 배움의 즐거움이 학생 역량으로 이어지는 학생활동 중심 학교문화를 조성하고 있다. 교사의 교육과정 분석과 재구성이 즐거운 협력학습으로 이어져 배움이 즐거운 학교 품을 만들어가고 있다.

용산초(교장 권옥희)는 수업에 대한 나눔과 성찰의 일상화로 모두 함께 성장해 가는 수업공동체를 만들고 있다. YS협력학습 실천동아리, 협력학습 교사동아리, 학생동아리 지도역량 강화 연수 등을 통해 협력학습의 내실화, 소통하는 학교문화를 조성하고 있다.

남송초(교장 성미나)는 어울림 프로그램을 통한 협력학습 기반 수업 연구 문화를 조성하여 학생들의 기본 소통(어울림) 능력을 신장시키고, 학생들의 주도적인 활동과 상호작용이 어우러져 바른 인성 및 역량을 함양하고 있다.

덕인초(교장 김의주)는 협력학습의 내실화를 위해서 교원수업역량을 높이는 교육환경조성과 실천에 주력하고 있다. 60시간의 역량연수와 학년군별 수업나눔은 프로젝트수업과 매 단위수업의 협력학습 및 평가에 대한 연구열의를 높이고 있다.

남덕초(교장 전경희)는 협력학습의 내실화를 위해 놀이 친화적 공립형 자유학교를 표방하고 있다. '비타민 놀이 중심 협력학습'을 통해 자유놀이, 자치놀이, 수업놀이를 통한 상호 협력수업으로 사랑, 공동체, 자기관리 역량을 키우고 있다.

진월초(교장 김형대)는 수업 성장의 날, 학년군 수업 동아리 운영을 통하여 소통과 협력 중심의 학교 문화를 조성하고 있다. 특히 협력학습 전략과 기법에 치우치는 것이 아니라 '교육과정-협력 중심 수업-과정 중심 평가-기록의 일체화'라는 큰 줄기를 이해하고, 교육과정 문해력을 키워가기 위해 전교사가 함께 노력하고 있다.

학산초(교장 김재봉)는 협력학습의 내실화를 위해서 동행(同行)-동행(同幸)의 코티칭 수업 중심 학교문화를 조성하고 있다. '온 책 읽기 프로젝트를 중심의 협력학습 실천'으로 기초 및 학생 참여 중심의 수업으로 인성과 역량을 함양하고 있다.

대서초(교장 함동일)는 협력학습의 내실화를 위해서 인성친화적 수업 중심 학교문화를 조성하고 있다. '오동(娛同)통(通)통(捅) 대서 꿈수레: 사랑 안에서 미소로 소통하며 밝은 미래를 향해 나아가자'라는 슬로건으로 한 명도 소외 없는 능동적 배움과 참여 중심의 수업으로 인성과 역량을 함양하고 있다.

월성초(교장 유선향)는 협력학습의 내실화를 위해서 철학이 있는 인문 중심 수업문화를 조성하고 있다. '삶과 배움이 하나 되는 협력학습 실천'으로 '더불어'의 가치를 깨닫는 행복역량을 함양하고 있다.

송일초(교장 김수균)는 협력 중심 SW교육을 통해 학생들의 컴퓨팅 사고력 신장에 힘쓰고 있다. 협력 중심 SW교육 교수·학습 모델 적용과 체험 중심의 다양한 SW교육으로 학생들의 협력적 문제해결력과 SW에 대한 역량을 강화하고 있다.

감천초(교장 윤명숙)는 협력학습 내실화를 위하여 능동적 배움 중심·참여 중심의 협력적 학교문화를 조성하고 있다. '질문기반 하브루타를 활용한 수업 실천', '학생과 교사의 공감능력 향상과 능동적 마음열기 활동'을 통하여 인성 및 역량을 함양하고 있다.

월촌초(교장 김만권)는 가르치며 함께 배우는 교학상장(敎學相長) 협력학습 문화를 조성하고 있다. 수업 나눔, 배움, 성장 활동을 통해 더불어 배우는, 역량 중심 교육을 활성화함으로써 인성 함양과 학력 신장을 도모하고 있다.

월곡초(교장 정영호)는 협력학습의 내실화를 위해 진로와 행복 중심 학교문화를 조성하고 있다. '앎이 꿈으로 나아가는 행복 진로 협력수업 실천'으로 학생의 꿈을 향한 배움과 몰입, 교사의 꿈을 펼치는 열정과 보람이 있는 협력학습을 실행하고 있다.

상원초(교장 이정원)는 협력학습의 내실화를 위해서 인문 및 협력 중심 학교문화를 조성하고 있다. 슬로리딩이 연계된 'PBL 기반 협력학습 실천'으로 배움의 기쁨을 회복하고 삶의 문제를 협업적으로 해결하려는 수업으로 인성과 역량을 함양하고 있다.

신당초(교장 정병우)는 다문화 학생(40.9%)과 일반 학생의 행복 역량을 기르는 학생 참여형 어울림 협력 수업을 실천하고 있다. 14개국의 다양한 국적을 가진 다문화 학생과 교육환경이 열악한 일반 학생의 꿈을 찾기 위한 배려와 소통의 협력 수업 방안을 모색하고자 인성교육중심 전문적 학습 공동체를 조직·운영하고 있으며, 학생 배움 중심의 협력학습-과정 중심 평가의 일원화를 위한 평가방법개선 선도학교를 운영하고 있다.

와룡초(교장 이옥희)는 협력학습의 내실화를 위해서 학생과 교사 모두 배움이 일어날 수 있도록 실천하고 있다. 공동 수업안 연구 활동을 통해 교사들에게는 협력적 수업력 제고를, 학생들에게는 배움과 참여 중심의 학습 활동이 일어나도록 노력하고 있다.

대곡초(교장 배인숙)는 협력학습의 내실화를 위해 인성 중심 협력학습으로 LOHAS 행복역량 기르기에 노력하고 있다. 'LOHAS 행복역량 기르기'로 상호 협력적 학생 배움 중심 수업과 교사들의 자발적 연구 풍토 조성에 힘써 행복 역량을 함양하고 있다.

성지초(교장 김남원)는 학생들이 서로 배우고 또 배움을 나누어 가기 위하여 공감, 감성, 인문소양을 갖춘 실천적 인성교육에 주력하고 있다. 저, 중, 고 학년군별 교사 수업 동아리 활동으로 배움의 공동체를 이어갈 수 있도록 교사 협력체를 운영하고 있다.

노전초(교장 정용현)는 학교의 특성에 적합한 동료 교사와의 협력적 수업 문화를 조성하고 있다. 함께 성장해 가는 수업 공동체 형성으로 교사의 수업 전문성 확보 및 협력학습 중심 교실수업개선을 위한 '소통과 배려의 협력학습'을 실천하고 있다.

도원초(교장 김명호)는 협력학습의 내실화를 위해 인성친화적 수업중심 학교문화를 조성하고 있다. '3多(꿈, 웃음, 자신감) 3無(부진, 쓰레기, 학교폭력) 명문도원!'을 위해 상호 소통의 場을 구현하며 '나눔-존중-

협력' 학습을 적용·실천하고 있다.

이곡초(교장 박성호)는 협력학습을 위해 회복 중심 생활교육으로 협력적 관계의 기초를 다지고, '질문이 살아있는 협력학습'을 적용하여 교실 수업을 통해 학생들이 질문과 도전, 이해와 감사로 행복역량을 키워가고 있다.

선원초(교장 이향숙)는 협력학습의 내실화를 위해서 학생 참여 중심의 배움 중심 협력학습을 실천하고 있다. 2017학년도 수업방법개선과 전문성 신장을 위한 설계형 직무연수 51시간을 통한 이론적 기반을 다지고 2018학년도 '사이좋은 협력학습 실천'으로 한 명도 소외없는 능동적 배움과 참여 중심의 수업으로 인성과 역량을 함양하고 있다.

성산초(교장 이인숙)는 협력학습의 활성화를 위해서 5년 연속 협력학습 실천 선도학교를 운영하여 배움 중심, 나눔 중심의 수업 문화를 조성하고 있다. '다양한 협력학습 적용으로 삶과 배움이 하나 되는 수업 만들기'를 통해 어느 누구, 어떤 재능도 놓치지 않는 맞춤형 교육을 목표로 인성과 행복역량을 함양하고 있다.

신서초(교장 안경섭)는 성취기준 및 핵심 역량 기반의 슬로우리딩 중심 협력수업 교육과정을 편성·운영하고 있다. 학생-학생, 교사-학생 간의 협력이 증대되고 상호 간의 신뢰가 쌓이면서 인성교육과 행복역량교육을 실현하고 있다.

장산초(교장 김숙자)는 즐거운 몰입과 배움의 나눔을 통한 학생참여 중심 수업의 학교문화를 만들어가고 있다. 2년 차 교실수업개선 연구학교를 운영하며 교사들 각자가 자기수업 브랜드를 구축·실천하며 학생참여 중심의 다양한 수업 사례를 만들어 가고 있다.

용전초(교장 권광현)는 미래지향적 교육철학과 학력관 정립을 위해 학생 중심 참여수업을 실천하고 있다. 동학년 협력 프로젝트 내실화, PBL 활성화, 연극 및 놀이수업 확대를 통한 몰입과 성장의 기쁨으로 미래 핵심역량을 함양하고 있다.

파호초(교장 김인숙)는 함께 가르치고 배우며 성장하는 협력학습의 활성화를 통해 즐겁게 몰입하는 수업문화의 확산을 꾀하고 있다. 학생 배움 중심 협력학습 교사동아리를 운영하고 동학년연구협의회 협력 기반 인성 중심 수업과 교실수업개선 역량을 강화한다.

장기초(교장 박수경)은 놀이 활동과 교과 수업의 접목을 통한 학생들의 적극적인 수업 참여 유발과 교사-학생, 학생-학생 간의 사이좋은 관계 형성으로 교수-학습 방법을 개선하여 학생의 행복교육 실현을 위해 노력하고 있다. 이를 위해 '2018 초등 놀이로 깨닫는 인성교육 역량 강화 직무연수'를 단위학교에서 운영하면서 친구들과 인성교육 역량을 함양하고 있으며, 월 1회 놀이 중심 협력학습 동학년 협의회를 실시하여 협력학습과 연계한 놀이 프로그램을 구안하여 운영하고 있다.

대진초(교장 신재진)은 백워드 설계 기반 교육과정 운영으로 교사-학생-학부모가 함께 협력하는 징검다리 협력체제를 구축하고 있다. 학기초 성취기준 중심의 교육과정 분석으로 성취기준에 따른 평가내용을 체계화하여 '큰별 성장 카드'를 만들어 수업 중 피드백, 동료간의 협력, 분기별 가정통지를 통해 3박자가 어우러지는 협력학습체제를 구축하고 있다.

성곡초(교장 채천수)는 협력학습의 내실화를 위해서 학생들의 능동적인 참여, 배움 중심 학교문화를 조성하고 있다. '배움·몰입·나눔이 있는 행복학교 만들기'로 교사와 학생이 함께 배우고 성장하는 협력학습 공동체를 구축하고 있다.

장동초(교장 박순옥)는 '함께 배우고 성장하는 협력학습으로 행복한 배움 공동체 만들기'에 노력하고 있다. 인성, 역량, 행복 중심 교육과정 재구성과 배움·참여 중심 협력수업 실천, 학생 성장·발달을 지원하는 과정 중심 평가 실시로 학생들의 인성과 역량을 함양하고 있다.

장성초(교장 김명숙)는 협력학습의 내실화를 위해서 자기주도적 학습력 신장 중심 학교문화를 조성하고 있다. '학생의 자발성을 일깨우는 협력학습 실천'으로 한 명 한 명 리더(LEADER)로 살리는, 모두가 행복한 명품 장성 교육을 실현하고 있다.

월서초(교장 황윤식)는 생각과 질문이 살아있는 협력학습을 펼치고 있다. '친구와 함께 생각하기'를 실천하기 위해 모둠 조작활동과 질문 만들기를 하면서 서로 도와주고 배려해주는 활동을 통해 인성과 사고력을 함양하고 있다.

호산초(교장 김한길)는 자발적인 교사 공동체 운영으로 소통과 나눔의 장을 마련하여 학생의 배움이 살아있는 교실 문화 정착을 위해 힘쓰고 있다. "한 아이도 배움에서 소외되지 않고 배움에 몰입"할 수 있도록 협력기반 학생 배움 중심 수업을 전개하고 있다.

유천초(교장 김대영)는 교과 역량을 신장시키고 인성 교육을 활성화하기 위해 학생 배움 중심의 학교 문화를 조성하고 있다. 동학년 단위의 수업 나눔의 날 운영으로 학생의 배움에 대해 고민하고 정보를 공유함으로써 학생 이해와 참여 중심의 협력학습 실천과 더불어 교사의 전문성 신장에도 노력하고 있다 .

신월초(교장 이종문)는 협력학습을 통해 미래사회에 꼭 필요한 창의융합형 인재를 기르고자 한다. 이를 위해 하브루타 공책 쓰기, Q&D 질문하기 등 인성, 수업, 체력으뜸의 특색 있는 신월문화를 형성하기 위해 협력학습의 실천에 최선을 다하고 있다.

조암초(교장 이금숙)는 '함께 PLAY하며 즐겁게 협력하는 행복교육'을 실천하며 내실을 다지고 있다. 이를 위해 교사 협력체를 구성하고(P), 배움에 대한 몰입(L) 및 수업 나눔(A)으로 학생들의 인성과 역량을 즐겁게(Y) 신장시키고 있다.

월암초(교장 안봉철)는 협력학습의 내실화를 위해서 협력학습 실천 선도학교를 운영하여 학생 삶과 연계한 배움 중심 학교 문화를 조성하고 있다. 'PBL 기반 협력학습으로 협력적 수업 공동체 만들기'로 교육공동체가 함께 성찰하고 성장하는 교과융합 프로젝트 기반 학습을 통하여 바른 인성 및 행복 역량을 함양하고 있다.

한샘초(교장 김연옥)는 협력학습의 내실화를 위하여 학생 배움 중심의 수업 문화를 조성하고 있다. 행복[터] 프로그램으로서 협력학습 정착을 위한 수업나눔[터], 인성교육을 위한 사이좋은 놀이[터], 꿈과 끼를 펼칠 수 있는 재능펼침[터]를 운영하고 있다.

한솔초(교장 권오기)는 협력학습의 내실화를 위해서 소통과 공감 중심 학교문화를 조성하고 있다. 교육공동체의 협의를 통한 '수업 중심 학교 교육과정 운영 및 자발적 수업 연구 동아리 활성화'로 학생들의 인성과 역량 함양을 위한 협력학습 실천에 노력하고 있다.

용천초(교장 오순화)는 협력학습의 활성화를 위하여 교사의 수업 역량을 강화하고 학생활동 중심의 수업으로 학생의 배움이 일어나는 문화를 조성하고 있다. 우수 수업 참관, 학교 설계형 연수 실시, 교사 수업 공동체 운영, 협력학습 교사 동아리 운영을 통하여 배움 성장을 함양하고 있다.

교대부초(교장 이점형)는 초등 협력학습의 허브로서 관내 교원 및 외부 요청에 따른 상시 수업공개 운영을 통해 협력학습의 모델을 제공하고 있다. 교내에 설치되어 있는 '초등 협력학습 현장지원 센터'는 원스톱 수업 컨설팅 및 교학상장 상시 수업공유 운영을 통해 현장 교사들에 대한 교실수업 지원에 중추적인 역할을 하고 있다.

효성초(교장 최종현)는 인성과 실력을 겸비한 미래주도 창의인재 양성을 위해 협력학습 문화를 조성하고 있다. '함께 교육하는 효성가족'으로 학생, 학부모, 교직원 모두가 서로 협력하며 교육적 성장을 이루어 내고 있다.

위의 내용을 대구남부교육-36으로 공유를 한 다음 날 다음과 같은 메신저를 받았습니다.

보낸 사람: ○○○ 교장
받는 사람: 김영호
보낸 시간: 2018년 06월 19일 09:41:28
남부교육 36호 읽어보니

전반기 지원장학하신 장학사님들께 진심으로 감사 인사를 드리고 싶습니다.

"정말 수고가 많으셨습니다." 꾸~벅~^^*

(인사 꼭 전해주십시오~ㅎㅎ)

학교별 협력학습 우수사례를 잘 정리하셔서 공유해주신 과장님께도 열정적인 박수를 보내드립니다.

다른 학교의 사례를 보니 참고가 되고, 우리 학교 경영도 되돌아보게 되고, 고민하고 있던 일부분은 해결할 수도 있겠다는 생각이 듭니다.

이렇게 일목요연하게 해 주신 분은 과장님뿐입니다.

다른 분들의 생각은 어떨지 몰라도 제 개인 생각은

"과장님~최고~!"

"소신 있는 김영호 님 멋져요~"

늘 감동입니다. 언제나 힘 내십시오. 파이팅. ^*^

○○○○ ○○○ 드림

메신저를 받고 기분 좋은 전화 통화를 했습니다.

김영호: 교장 선생님, 격려해 주셔서 고맙습니다.

학교장: 너무나 좋은 자료 주셔서 고맙습니다.

김영호: 다음에는 더 잘 지원하겠습니다.

학교장: 너무 열심히는 하지 마세요. 학교 힘들어요.

김영호: 학교를 힘들게 하지는 않겠습니다.

학교장: …….

수업철학 역량은 교수·학습안에서 시작한다

1982년 대구중앙초등학교에 교생 실습을 나가서 국어과 갑종(현 전교단위) 수업을 했습니다. 16절 시험지에 볼펜으로 몇 번이나 교수·학습안을 작성했습니다. 초안은 국어과 지도서에 내용을 그대로 옮긴 것에 불과했습니다. 담임 선생님의 지도를 받고 1차 수정을 했습니다. 국어과 선생님의 지도를 받고 2차 수정을 했습니다. 필요한 곳만 고치는 것이 아니라 완전히 새로 작성하는 과정이었습니다. 대구교대 국어과 교수님의 지도를 받고는 수정을 하지 않았습니다. 수업협의회에서 혹독한 평가를 받았습니다. 그 혹독한 평가가 수업에 대한 끊임없는 질문을 하게 된 계기가 되었습니다.

대구교육대학교대구부설초등학교 교감으로 근무하면서 선생님들과 교수·학습안 개편 작업을 했습니다. 수업철학을 반영하고, 교육과정-수업-평가의 일체화 작업이었습니다. 그리고 교수·학습안의 효용성을 검증하고 일반화하는 이야기를 했습니다. 좋은 것은 나누면 더 좋아집니다. 좋은 것을 가져와서 각각의 실정에 맞게 재구상하면 점점 더 좋아집니다. 그런 교수·학습안을 소개합니다. 또한 교수·학습안에 대한 근본적인 의문을 현문우답, 또는 우문현답의 형식으로 풀어보았습니다. 결국은 선생님의 마음먹기로 귀결됩니다.

대구교대대구부설초 교수·학습안에 철학을 더하다

2018년 2월 8일 토요일에 경북 포항시 청하면 청진리 어촌 마을에서 1박 2일을 했습니다. 교육 삼형제인 도용환, 김영호, 천민필 부부와 거창에 살고 있는 필자와 동갑인 박병선 부부 8명입니다. 사는 곳이 각각 달라도 일 년에 서너 번씩은 자리를 함께 하는 형님이자 친구이자 동생이자 인생의 동행입니다.

숙소 바로 앞에 이용소가 있었습니다. 간판 윗부분에는 '1995년 6월 22일 KBS TV 〈6시 내 고향〉에 출연한 업소'라는 광고 문구가 새겨져 있었습니다. 그 아래에는 청진이용소와 전화번호가 있습니다. 간판을 제작한 지 오래되었는지 전체적으로 빛이 바래 있었습니다. 이용소가 어떤 모습일지 궁금하기도 하고 염색을 할 때도 되어 들어갔습니다.

이용소에 들어가서 제일 먼저 놀란 것이 온 벽면에 걸린 사진 액자입니다. 어떤 단체 활동 내용입니다. 매년 찍은 사진이 빼곡합니다. 각종 표창도 사이사이에 들어 있습니다. 어디 빈 구석이 없었습니다. 지저분하거나 어지럽다는 느낌보다는 잘 정리정돈이 되었다는 생각이 들었습니다. 두 번째 놀란 것이 이용사의 입담입니다. 잠시 쉴 틈도 없이 청진리의 역사와 이용소의 발전 과정 등등을 속사포처럼 쏟아냅니다. 머리를 깎고 염색을 하는 손놀림도 결코 입담에 밀리지 않을 정도로 매우 빨랐습니다. 일흔이 넘은 연세라는 것이 믿기지 않을 정도입니다.

고객을 위하여 37)
친절을 다하고
정성을 다하며
기술을 다하여
늘 변함없이
고객을 위하여
만족함을 흠뻑
드리겠습니다.
-이용사 김하욱-

머리 손질을 마칠 무렵 천장을 올려다보았습니다. 형광등 불빛 때문에 자세히 보이지는 않았지만 글씨가 새겨져 있었습니다. 그 앞에는 태극기가 반듯하게 붙어 있습니다. 이발을 마치고 자세히 보니 현수막에 글자를 새겨서 천장에 붙였습니다. 이용사에게 허락을 받고 사진을 찍었습니다. '친절', '정성', '기술', '만족함'은 붉은색으로 강조를 했습니다. 이용사 김하욱의 다짐, 약속, 손님 봉사, 헌신 등으로 생각할 수 있습니다. 필자는 이용사 김하욱의 이용철학으로 생각했습니다. 김하욱 이용사에게 좋은 이발과 이용철학을 만나서 기쁘다는 덕담을 건네니 싫지 않은 눈치였습니다.

> 철학은 두루뭉술한 뜬 구름이나 잡는 이론이 아닙니다. 철학은 모든 행동이 일치되고 일관되고 의미를 부여하는 매우 체계적이고 정교하고 논리적이고 합리적인 도구입니다. 적절하고 바람직한 행동의 방향입니다. 유능한 수업컨설턴트가 되자면 유능한 수업을 스스로 실천하는 동시에 교수법 철학을 유능하게 지녀야 합니다.[38]

37) 청진이용소 외부 사진 및 이용사 김하욱의 이용철학.
38) 조벽(2014),『조벽 교수의 수업 컨설팅』, 서울; 해냄출판사, p.150.

누구나 어떤 일을 할 때 나름대로 자신이나 타인을 대하는 다짐이나 생각이 있습니다. 굳이 철학이라는 말을 하지 않아도 좋습니다. 그 생각이나 다짐은 결국 자신을 위하고 타인을 위하는 디딤돌이 됩니다. 개똥철학이라는 말을 합니다. 대수롭지 아니한 생각을 철학인 듯 내세우는 것을 낮잡아 이르는 말입니다. 철학자의 생각이나 말만이 철학이라는 사상의 사대주의에 빠질 필요는 없습니다. 누가 어떤 일을 하거나 상관없이 생각을 존중하고 배울 점이 있습니다. 농부는 농사철학이 있고, 이용사는 이용철학이 있고, 정치인에게는 치세철학이 있습니다. 그 어떤 일보다도 소중하고 힘든 일을 하는 선생님에게는 수업철학이 있으면 좋겠습니다.

학교 이름은 지명이나 산 이름이 많이 들어갑니다. 병원이나 한의원 간판은 개인의 이름이 들어가는 경우가 많습니다. 자신을 홍보하는 목적도 있지만, 그만큼 자신의 이름을 걸고 고객에게 최선을 다하겠다는 뜻도 있을 것입니다. 교수·학습안도 그랬으면 좋겠습니다.

2014학년도 겨울방학 기간에 대구교육대학교대구부설초등학교에서는 선생님들의 집단지성으로 교수·학습안을 전면 개편하였습니다. 교수·학습안 개편의 핵심은 수업철학을 반영하고, '교육과정-수업-평가'가 일맥상통하도록 한 것이었습니다. 2015년 3월 1일부터 개편한 교수·학습안을 사용하고, 대구시내 전 학교에 안내를 하였습니다. 다음은 대구교육대학교대구부설초등학교 교수·학습안의 시작 부분입니다.

김영호 국어과 교수 · 학습안

> **수업철학 ●●● 절차탁마(切磋琢磨)**
>
> 절차탁마(切磋琢磨)는 옥을 가공하는 네 가지 과정이다.
> 자른다(切). 썬다(磋). 쫀다(琢). 간다(磨).
> 수업, 저절로 좋은 수업 되지 않는다.
> 아이들을 사랑하는 마음을 가진다. 수업 기술도 익힌다. 남의 수업 많이 본다. 내 수업도 많이 보여준다. 수업친구 만들어 공유한다. 책도 많이 읽는다. 등등.
> 시나브로 좋은 수업이 내 그림자가 되지 않을까?
> 절차탁마(切磋琢磨), 좋은 수업을 만드는 지름길이다.

제일 먼저 수업자의 이름이 나옵니다. 작성자의 얼굴이자 책임을 진다는 의미입니다. 일본의 오사카성에서 돌 하나하나에 시공자의 이름이 있는 것을 보고 큰 울림을 받은 적이 있습니다. 수업의 주인은 학생이지만, 그 주인공이 있게 하는 것은 바로 선생님입니다.

다음에는 해당 교과명과 교수·학습안이 이어집니다. 간혹 교수·학습 과정안이라는 용어를 사용하기도 합니다. 포괄적으로 교수·학습안이라는 용어에 과정의 개념이 포함된다고 생각합니다. 그래서 교대부초 교수·학습안의 시작은 '김영호 국어과 교수·학습안'입니다.

다음은 작은 박스를 넣었습니다. 강조와 구분의 의미가 있습니다. 수업철학이라는 용어를 사용하고 수업자의 수업철학을 넣었습니다. '수업철학 ○○○ 절차탁마'입니다. 수업철학이라는 용어를 사용하는 것은 독자의 정확한 이해와 수업철학을 강조하는 의미입니다. 수업철학은 수업자마다 다 다릅니다. 같은 수업자라도 조금씩 수업철학이 바뀔 수도 있습니다. 그다음에는 수업철학을 설명하는 글을 서너 줄 넣었습니다.

개편된 교수·학습안을 제일 먼저 작성한 선생님들은 2015년 3월 1일자 전입 선생님입니다. 교수·학습안과 관련된 일기는 다음과 같습니다.

협력학습 연수

2015.03.09.(월)

교실을 둘러보았다. 1학년 급식이 시작되었다. 직원협의회를 했다. 〈절차탁마 18. 의금상경〉을 드렸다.

협의를 마치고 연수를 했다. 김혜진 선생님이 협력학습의 여러 기법 강의 및 실습을 했다. 선생님들의 진지한 모습이 참 좋았다. 우엉차를 대접했다. 마치고 이런 말씀을 드렸다.

"공자 말씀을 엮은 책이 『논어』입니다. 『논어』 「술이」편에 세 사람이 길을 가면 반드시 한 사람의 스승이 있다고 했습니다. 오늘은 김혜진 선생님이 스승이 되고, 다음에는 양현욱 선생님, 그 다음에는 최수정 선생님……. 정작 우리 선생님들이 다른 학교에 이런 노하우를 전수하는 경우가 많았지만, 우리끼리 나누는 데는 인색했습니다. 김태헌 선생님은 수업친구 만들기를 ……."

임상장학 대상인 배한무, 박소영, 김수미, 이혜영 4분 선생님의 교수·학습안을 작성한 소감을 들었다. 김수미 선생님의 생각을 듣고, 메신저로 정리해서 주십사 부탁을 드렸다.

- ㅇ 수업 지도안 제일 첫 장에 첫 글자에 내 이름 석자를 적으니 마음속에서 자랑스러움과 책임감이 느껴졌습니다.
- ㅇ 연이어 수업브랜드를 적는 난이 나옵니다. 수업철학을 적으며 수업의 장면 장면마다 잘 녹여내야겠다는 다짐이 들었습니다.
- ㅇ 학생 중심 협력수업을 위한 정신과 지도안 요소들이 하나하나 잘 엮여진 지도안이라는 생각도 들었습니다. 그래서 지도안 작성할 때 협력을 위해 무언가를 더 추가하여 적는 것이 아니라, 잘 엮인 지도안을 따라가다 보면 협력학습을 위한 지도안을 적을 수 있겠다는 생각도 들었습니다. 지도안을 적는 시간도 많이 줄어들어 좋

았습니다.^^

교감 선생님, 말 주변도, 글 주변도 부족하여 이렇게 정리해보았습니다.

2015년 4월 1일에는 인성교육 중심수업 협력학습 전국 워크숍을 개최하였습니다. 18개 전 학반이 수업을 공개하였습니다. 전국에서 교원 및 전문직 1,400여 명이 참관을 하였습니다. 많은 반에는 150여 명이 수업을 참관하기도 했습니다. 복도와 교실이 구분이 없어서 일반 학교 교실보다는 참관하기에 좋은 환경입니다. 교대부초 역사상 단일 행사로는 전무했고 후무(?)할 인원이었습니다. 예상보다 많은 인원에 인근 도로와 아파트에서 불법 주차와 관련한 민원이 많이 생겼습니다. 수업뿐만 아니라 수업철학이 반영된 교수·학습안도 좋은 호응을 얻었습니다. 워크숍 이후에 많은 격려와 칭찬을 들었습니다.

워크숍은 전학반이 수업을 공개하고, 공개한 학반에서 협의회를 했습니다. 워크숍에는 대구교육대학교 대용부설학교의 교생담당 선생님도 참관을 했습니다. 수업을 참관하고 시청각실에서 교생지도에 대한 연수를 했습니다. 먼저 필자가 전체적인 내용을 설명하고, 6학년 3반의 김혜진 선생님이 구체적인 내용을 공유했습니다. 김혜진 선생님이 시청각실에서 교생 관련 내용을 공유할 때, 필자가 6학년 3반에서 수업협의를 계속했습니다. 이때 몇 가지 질문을 한 분이 대전에서 오신 이선주 장학사님입니다. 그 인연으로 필자가 대전에서 강의도 했었고, 몇 번의 이메일을 주고받았습니다. 멀리 떨어져 있지만 좋은 수업친구입니다. 다음은 이메일 내용입니다.

교감 선생님, 답장이 너무 늦었습니다.

대전교육청에서 늘 쓰던 에듀랑 메일이 공직자 통합 메일로 통합되면서 아직 낯설게 느껴져서 이제서야 확인하였습니다. 먼저 답변부터 드릴게요. 교감 선생님 명저에 저의 짧은 마음과 글이 실린다면 저야말로 영광입니다. 괜찮습니다.

2018년 2월쯤 교감 선생님께서 어느 위치에 가셔도 저는 교육청에 계속 근무하고 있을 것 같습니다. 아마도 업무는 바뀌겠지만요.

그렇지 않아도, 교감 선생님 명저를 인터파크에서 구입하였기에 소식 한 번 전하려고 했는데, 이렇게 답변으로 대신 인사드리겠습니다.

저도 대전노은초(공주교육대학교 대용부설초등학교)에서 근무할 때 초등수업방법에 관한 책을 내 보고 싶다는 생각을 해 보았기에(저는 당시 여러 선생님들의 노하우를 묶어 실질적인 초등 교사들의 수업도움서를 내보면 좋겠다고 생각했는데, 다른 선생님들께서 함께하시기를 너무 두려워하셔서 엄두도 내지 못했던 기억이 납니다) 교감 선생님의 마음과 결심을 조금은 짐작할 수 있고, 응원하고 있습니다.

교감 선생님, 어제 초과근무를 하면서 함께 근무하는 주무관님과 저녁을 먹었는데, 1학년 딸 아이 담임 선생님이 너무 무섭고, 아이를 이해하지 않으신다면서 걱정하시는 얘기를 들었습니다. 참 마음이 아팠습니다. 선생님께서는 분명 본인이 잘하고 있다고 생각하고 계시고, 아이가 나를 힘들게 하고 있다고 생각하실 텐데. 교육청에 근무하면서 객관적인 시각으로 교사들이 조금은 더 학생들에게 친절해야 하고 조금은 더 전문적 역량을 기르기 위해 노력해야 한다고 생각하게 되었습니다. 선생님들과 이러한 고민들을 어떻게 하면 공유할 수 있을까 또는 어떻게 도움을 드리면 좋을까 머릿속이 복잡하기도 합니다.

분주한 3월, 선생님들께서는 이러한 고민보다는 업무 처리하는 데 바쁘실 것을 또한 잘 알기에 혼자 살짝 웃어 보기도 합니다. 혹시 이번 봄에도 전국적인 행사가 있으신지 궁금합니다. 있다면 교육청으로 공문이 오겠지만, 알려주시면 꼭 한 번 다시 가 뵙고 싶습니다. 일기 쓰기, 지금 무척 고민 중입니다.^^

늘 저에게 건강한 에너지를 주셔서 감사합니다. 교감 선생님의 건강과 행복을 기원드립니다.

이선주 올림

이선주 장학사님

고맙습니다.

먼저 허락부터 하나 받아야겠습니다. '김영호의 수업 이야기 3' 『수업. 너 나하고 결혼해(가제)』에 싣도록 허락을 해 주시기 바랍니다. 지금 예정은 2018년 2월에 발간할 예정입니다. 그때 교감의 자리거나 교장의 자리거나 아니면 교육청의 그 어떤 자리이거나 간에 2년이면 가능할 것 같습니다. 고맙습니다.

장학사님 메일을 받으니 더 힘이 나네요. 《매일신문》은 대구, 경북에서는 가장 권위 있는 신문입니다. 생각보다 지면을 크게 해서 보도가 되었습니다. 신문사의 편집국장님과는 두어 해 전부터 알고 지내는 사이이기는 합니다.

많은 분들이 격려 전화를 해 주셨습니다. 책에는 쓰지 못한 내용인데(다음 책에는 꼭 쓰겠습니다) 우리 교대부초 후배 선생님들께는 늘 이런 말을 합니다. 무슨 자리거나 남보다 먼저 하거나 오래 하려고 하지 마라. 먼저 하고 오래 하는 게 중요한 것이 아니라 잘하는 게 중요하다. 지금 제 생각도 그렇습니다.

교대부초 교감 자리는 꽃자리입니다. 이 학교 교감으로 정년을 한다고 해도 서운할 게 없습니다. 제 교직 생활 제1의 목표는 수업에 관련된 책 4권을 완간하는 것입니다. 그리고 퇴직 후에는 고향에 가서 무보수 이장으로 봉사를 하는 것입니다. 지금도 주말이면 누님들과 남동생과 함께 농사(과수-자두)를 짓고 있습니다. 농사일 하는 게 아주 즐겁습니다.

봄방학 때 쓰지 않았던 일기를 오늘부터 다시 씁니다. 내일부터 그날의 일상만 차근차근 기록해도 2년 뒤에는 남에게 부끄럽지 않은

'김영호의 수업 이야기 3' 『수업. 너 나하고 결혼해』를 발간할 수 있을 것 같습니다.

이선주 장학사님.

늘 좋은 날이시길 빕니다.

고맙습니다.

대구교육대학교대구부설초등학교 교감 김영호 드림

교감 선생님. 안녕하세요? 대전광역시교육청 이선주입니다.

교감 선생님께서 보내주신 명저, 『수업, 너를 만나 행복해』를 읽고, 이렇게 글을 써 봅니다.

먼저, 책이 참 쉽게 읽혔습니다. 어렵지는 않지만, 생각을 하면서 읽게 되는 책입니다. 책을 읽으면서, 다 읽고 나서 저도 빨리 학교에 나가 교감 선생님이 되고 싶다는 생각을 하였습니다. 선생님들을 도와주는, 선생님들과 함께 고민을 나누는 그런 교감 선생님이 되고 싶습니다.

교감 선생님과 소식을 주고받으면서, 대구교육에 대한 많은 부러움이 생깁니다. 참 모두 멋지세요. 저도 장학사로서 근무하고 있지만, 현재 나는 대전교육을 위해, 어떻게 하고 있는가를 되돌아보는 계기도 되었습니다.

교감 선생님. 우선 보내주신 책에 대한 감사함과 다 읽었다는 뿌듯함에 먼저 메일을 보내 봅니다. 정말 감사합니다. 대구에 갈 일이 있으면 꼭 한 번 찾아뵙겠습니다. 늘 건강하시고, 행복하세요. 저는 교감 선생님을 만나 정말 행복합니다.

이선주 올림

다음은 전국 워크숍을 마치고 대구교육대학교대구부설초등학교 선생님들께 드린 내용입니다.

교대부초 절차탁마 23. 참 좋은 당신(2015.4.3.금)

어쩌면 전무후무(前無後無)할 워크숍이 끝났습니다. 우리 선생님들이나 오신 분들이나 모두가 '참 좋은 당신'이었습니다. 다음과 같은 생각을 하면서 구체적인 안을 작성해서 실천에 옮겼으면 하는 바람을 가지고 있습니다.

하나는, 매년 사월 첫째 수요일은 우리 학교에서 수업과 관련한 전국 워크숍을 하는 것입니다. 명칭은 무엇이라도 상관이 없다는 뜻입니다. 대학에서 주최를 하고 우리가 주관을 하면 정기적인 행사로 자리매김을 할 수 있을 것 같습니다. 실천에 옮기겠습니다.

다음은, 이번 워크숍과 관련한 백서를 만드는 것입니다. 정기적인 행사가 되기 위해서는 이 작업이 선행되어야겠지요. 워크숍 준비(교수·학습안 개편, 사전 공문 발송, 내부메일, 교육청과의 조율 등)와 당일의 모든 일(주차, 등록, 개회식, 수업참관 등), 후기(사진, 언론보도, 후기 등) 등을 포함한 내용입니다. 선생님들이 해 주실 것은 워크숍을 마친 소감(A4 1쪽 이내), 수업을 참관한 선생님들이나 동료들과 주고받은 문자나 카톡 내용(공개할 수 있는 것만)만 주시면 됩니다.

워크숍 책자도 그대로 들어갑니다. 사진도 들어갑니다. 수업분석도 들어갑니다. 교감이 18개 학반 수업비디오를 보고 전체적으로 분석을 할 예정입니다. 예상 쪽수는 워크숍 책자 크기로 해서 600여 쪽으로 생각하고 있습니다. 정리해서 1학기 마치기 전에 선생님들께 드리겠습니다. 참 좋은 당신입니다.

첫 번째 약속은 '교학상장 상시 수업 공유'의 형태로 운영이 되고 있습니다. 지금도 교대부초의 수업 참관이나 수업 관련 컨설팅은 언제든지 받을 수가 있습니다. 두 번째 약속은 아쉽게도 지키지 못했습니다. 약속이 공약(空約)이 되고 말았습니다. 개인적으로도 무척이나 안타깝습니다. '다음에'라는 말로 아쉬움을 달래 봅니다. 언젠가는 그다음이 현실이 되길 소망합니다.

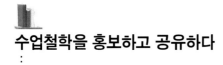

수업철학을 홍보하고 공유하다

수업철학을 반영한 교수·학습안을 적극적으로 홍보하고 공유를 하였습니다. 교수·학습안의 효과성은 교내장학과 전국 워크숍을 거치면서 검증이 되었습니다. 학교 홈페이지에 교수·학습안 양식 4가지를 탑재해서 누구나 자유롭게 활용할 수 있도록 하였습니다. 업무포털 내부메일을 통해 대구의 모든 초등학교 교감 선생님들과 공유를 하였습니다.

2016년 9월 1일 대구광역시남부교육지원청 초등교육지원과장으로 자리를 옮겼습니다. '꿈·희망·행복을 가꾸는 대구남부교육' 시리즈로 수업철학이 담긴 교수·학습안을 나누었습니다. 2017 대구남부교육의 역점추진과제에 수업철학, 수업행복지수, 수업문 열기를 넣었습니다. 각종 강의나 수업협의를 할 때도 수업철학을 제일 먼저 강조하기도 했습니다.

"귤이 화수를 건너면 탱자가 된다."고 합니다. 처지가 달라지거나 환경에 따라 사람의 기질도 변한다는 뜻입니다. 학교에서는 학교의 실정에 맞게 교수·학습안에 수업철학을 반영하였습니다. 귤이 탱자가 되어도 전혀 문제될 게 없습니다. 학교마다 교육가족의 문화가 다르고 환경적인 차이도 있습니다. 다음은 수업철학을 반영한 대구의 여러 학교의 교수·학습안입니다. 학교의 특성을 살린 다양한 형태입니다. 이론을 그대로 받아들이는 게 아니라 실정에 맞게 재구성을 한 것입니다.

수업철학을 반영한 교수·학습안[39]

① 교대부초

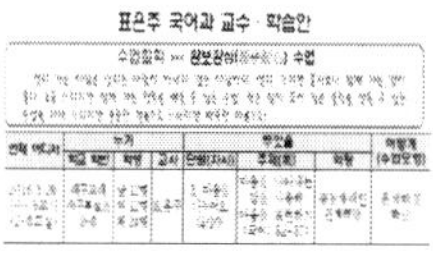

② 죽전초

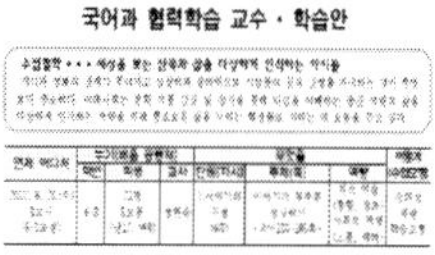

③ 성당초

④ 덕인초

⑤ 학산초

⑥ 월곡초

⑦ 장산초

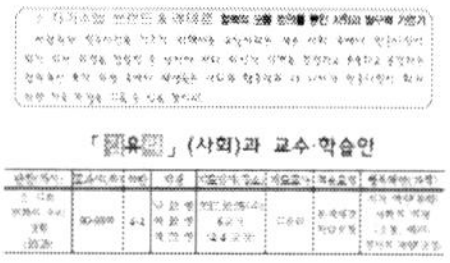

⑧ 한샘초

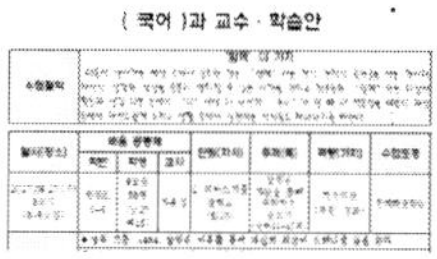

⑨ 용천초

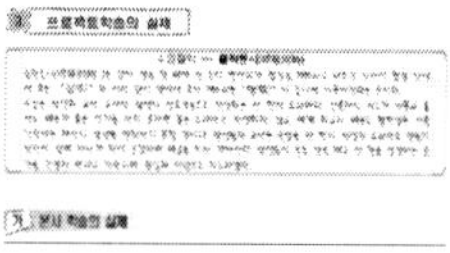

대구교육대학교대구부설초등학교는 앞에서 설명한 그대로의 교수·학습안입니다. 수업자 '이름'이 제일 먼저 나옵니다. 그리고 해당 '교과'가 나옵니다. 다음은 '교수·학습안'입니다.

대구죽전초등학교는 제일 먼저 해당 교과가 나옵니다. 다음에는 협력학습이 나오고, 교수·학습안이 나옵니다. 교과와 교수·학습안 사이에 협력학습을 넣어서 강조하고 있습니다. 그 아래에는 수업자의 수업철학이 있습니다.

대구성당초등학교는 행복역량 교육을 위한 국어과 교수·학습안입니다. 행복역량 교육을 강조하고 있습니다. 수업철학이라는 용어는 사용하

39) 2017년 12월 1일 기준 ①대구교육대학교대구부설초등학교(교장 이점형) ②대구죽전초등학교(교장 류춘원) ③대구성당초등학교(교장 김추자) ④대구덕인초등학교(교장 김의주) ⑤대구학산초등학교(교장 김재봉) ⑥대구월곡초등학교(교장 정영호) ⑦대구장산초등학교(교장 김숙자) ⑧대구한샘초등학교(교장 김연옥) ⑨대구용천초등학교(교장 오순화)

지 않았지만, 수업철학의 내용이 있습니다.

대구덕인초등학교는 국어과 교수·학습안으로 되어 있습니다. 수업자의 수업철학의 용어와 그 설명이 이어집니다.

대구학산초등학교는 국어과 수업 나눔을 위한 코티칭 협의 결과라는 독특한 제목으로 시작합니다. 수업자의 수업철학 용어와 그 설명이 이어집니다.

대구월곡초등학교는 진로 기반 즐거운 생활과 협력학습 교수·학습안으로 시작합니다. 강조하고 싶은 내용은 제일 앞에 두었습니다. 그리고 수업자의 수업철학 용어와 그 설명이 이어집니다.

대구장산초등학교는 수업자의 수업철학 용어와 그 설명이 먼저 나옵니다. 그리고 ○○○의 국어과 수업안으로 이어집니다. 교대부초의 안과 비교할 때 순서가 바뀐 것입니다.

대구한샘초등학교는 국어과 교수·학습안으로 시작을 해서 수업자의 수업철학 용어와 그 설명이 이어집니다. 덕인초와 같은 유형입니다.

대구용천초등학교는 교수·학습안의 중간에 수업자의 수업철학 용어가 나오고 내용이 이어집니다. 프로젝트학습의 특색을 반영한 결과입니다.

교수·학습안을 현문우답하다

이런 자문자답을 해 봅니다. 현문과 우답입니다. 원래는 우문현답입니다. 여기서는 현문우답으로 해 보겠습니다. 실제 내용은 우문현답일 수도 있고, 현문우답일 수도 있습니다.

먼저, 교수·학습안이 필요한가를 생각해 보겠습니다.

현문: 교수·학습안이 필요합니까?
우답: 필요합니다.
현문: 왜 필요하지요.
우답: 잘 가르치기 위해서요.
현문: 잘 가르친다는 게 뭐지요.
우답: 가르치는 선생님의 자기 만족이오.
현문: 자기 만족이 어떤 의미인가요?
우답: 선생님이 수업에서 행복을 느끼는 게 만족 아닐까요?
현문: 행복이라는 말은 막연한 개념 아닌가요?
우답: 그럴 수도 있겠네요. 기분 좋다 정도로 해도 되겠어요.
현문: 수업을 마치고 '아, 참 기분 좋네'라는 생각이 드는 것도 행복이 아닐까요?
우답: 예, 좋은 생각입니다. 결국 행복도 작은 것에서 시작하고 가까운 곳에서 시작하는 것일 테니까요.

현문: 선생님이 기분이 좋으면 학생도 기분이 좋겠지요?
우답: 항상 그런 것은 아니지만 대체로 그렇겠지요.
현문: 잘 가르친다는 것과 행복한 것이 연결이 될까요?
우답: 잘 가르치지 않고 행복할 수는 없지 않을까요?
현문: 잘 가르친다는 것은 과정이고 행복하다는 것은 결과로 생각하면 어떨까요?
우답: 좋은 생각입니다. 과정도 중요하고 결과도 중요합니다. 과정과 결과가 일맥상통하니 좋은 것 같습니다.

교수·학습안은 필요한 것으로 생각이 모아집니다. 다음은 지금의 교수·학습안이 너무 복잡하고 어렵다는 것입니다. 형식 논리에 너무 치장한 것이 아닌가 하는 생각이 들기도 합니다. 형식이 내용보다 앞서야 할 때도 있지만, 가르치는 데는 내용이 우선입니다. 형식의 형식 논리를 타파하는 현문우답입니다.

현문: 교수·학습안 양식이 너무 복잡하고 어려운데요.
우답: 당연한 말씀이네요.
현문: 좀 간단하게 할 수는 없는가요?
우답: 필요한 대로 바꾸시지요.
현문: 그래도 될까요?
우답: 안 된다는 법은 어디에도 없어요.
현문: 누군가 먼저 시작을 해야 하는데…….
우답: 그 누군가가 바로 현문 당신입니다.
현문: 좋은 양식이 있는가요?
우답: 좋은 양식은 현문 당신의 마음에 있습니다.
현문: 제 마음에 있어요?
우답: 작성하시면서 생각한 것들이 있지 않아요?

현문: 간혹 그런 적이 있기는 합니다. 아무 필요도 없는 것을 구색 맞춘다고 넣는 경우도 있거든요. 정작 필요한 것을 넣을 곳이 없기도 해요.

우답: 바로 그거예요. 필요 없는 것은 빼고, 필요한 것은 넣으면 되겠네요.

현문: 혼자 그렇게 해도 될까요?

우답: 수업친구와 생각을 의논해 보시지요. 학교의 수업 협의회 시간에 함께 의견을 나누는 것도 좋을 것 같아요.

이런 문답을 하다 보면 수업모형이 너무 많다는 이야기로 이어집니다. 초등학교는 각 교과마다 몇 가지의 수업모형을 소개하고 있습니다. 대부분 전 교과를 수업하는 담임의 입장에서는 엄청난 부담입니다. 수업모형은 누구를 위한 것인가요?

현문: 수업모형도 너무 많은데요.

우답: 필요한 것만 가지세요.

현문: 모형에 따라 단계도 복잡해요.

우답: 도입, 전개, 정리로만 하세요.

현문: 그래도 될까요?

우답: 안 된다는 말은 헌법에도 없어요.

현문: 그런데 초등학교에서는 왜 그렇게 교과마다 모형을 달리하고 있어요?

우답: 수업을 잘 하기 위해서이겠지요. 한편, 이론가들의 밥그릇 찾기가 아닐까 하는 생각도 들어요.

현문: 중등은 어떤가요?

우답: 제가 대구시내 중고등학교 일곱 학교의 자료를 받아서 분석했는데, 교과 구분 없이 도입, 전개, 정리가 일반적으로 통용되고 있어요. 교수·학습안이 1쪽인 학교도 있었어요.

현문: 우리는 앞으로 어떻게 하면 좋을까요?

우답: 바꾸어 가야지요.

현문: 누가 바꾸지요.

우답: 우리가 바꾸지요.

현문: 그래도 될까요.

우답: 그러면 이것 바꾸어도 되는지 헌법 소원 하시겠어요?

현문: 아, 그렇군요.

우답: 결국 선생님들 마음먹기입니다.

현문: 마음먹기라고요.

우답: 세상사 다 그렇듯이 수업도 내 마음먹기입니다.

현문: 모든 교수·학습안의 단계를 도입, 전개, 정리로 해도 괜찮을까요?

우답: 예, 당연히 아무 문제가 없습니다.

현문: 그러면 각 수업모형에서 추구하는 정신은 어떻게 살릴 수 있을까요?

우답: 학습요항과 교수·학습에서 그 정신을 살릴 수 있어요.

현문: 결국, 이렇게 하자면 수업이 프로젝트로 가야 하는 게 아닐까요?

우답: 핵심을 짚었네요. 결국 프로젝트로 가야 합니다.

현문: 너무 어렵지 않을까요?

우답: 처음부터 쉬운 것은 없어요. 교육과정을 잘 알아야 하니 처음부터 다시 시작한다는 마음도 필요합니다.

현문: 교육과정-수업-평가의 일체화라는 말을 하던데요.

우답: 교육과정-수업-평가의 일체화, 순환의 개념이지요. 지금은 기록까지 더해서 교육과정-수업-평가-기록의 일체화라고도 합니다.

현문: 점점 더 어려워지네요.

우답: 지금 당장은 어려워 보이지만 그렇지는 않아요. 얽힌 실타래도 어딘가에 해결책이 있듯이 말입니다.

현문: 그 실마리는 무엇인가요?

우답: 시작은 교육과정이지요.

현문: 교육과정이요.

우답: 예, 교육과정을 정확하게 이해하는 게 무엇보다도 중요합니다. 흔히 교육과정 문해력이라는 말을 하지요.

현문: 지금까지는 그렇지 못했다는 뜻인가요?

우답: 그렇습니다. 교육과정 따로, 수업 따로, 평가 따로 등 제각각 따로 놀았다는 느낌이 든 게 사실이거든요.

현문: 교수·학습안에 세 가지를 다 녹여야겠네요.

우답: 물론입니다. 그러자면 프로젝트도 가야 합니다.

현문: 선생님들이 너무 힘들어지는 것 아닌가요?

우답: 교직의 전문성은 그저 얻어지는 게 아닙니다.

현문: 이런 전문성을 갖기 위해 가장 필요한 것은 무엇인가요?

우답: …….

현문: 왜 말씀이 없으시지요?

우답: 참 쉬우면서도 어려운 질문이네요.

현문: 쉬우면서도 어렵다고요?

우답: 예, 정말로 쉬우면서도 어려워요. 결국…….

현문: 결국, 뭐가 결국이라는 것인가요?

우답: 결국은 선생님들 마음입니다.

현문: 선생님들 마음, 무슨 뜻이지요?

우답: 선생님들 마음먹기 나름이라는 뜻입니다.

현문: 그 말은 교수·학습안에 수업철학을 반영하라는 것과 같은 의미인가요?

우답: 예, 수업철학은 수업에서 '어떻게'보다 '왜'를 먼저 생각하는 장점이 있어요. 그렇듯이 내가 왜 이것을 하는지부터 먼저 하는 게 먼저일 것 같아요.

현문: 결국 마음이 문제네요.

우답: 그럼요. 세상사 결국 내 마음의 문제입니다.

문득 이런 생각도 듭니다. 꼭 교수·학습안을 작성해야 할 필요가 있는가? 필요할 수도 있고, 필요하지 않을 수도 있습니다. 선생님들이 어느 정도의 경지에 오르면 머릿속에 모든 것이 정리되기도 합니다. 하지만 연습과 시행착오 없이 교수·학습안을 잘 작성할 수는 없습니다. 그 연습과 시행착오의 얼마나 필요한지는 개개인의 능력, 마음가짐 등 여러 가지 변수에 따라 달라집니다.

> 사람들은 20년 동안 운전을 한 사람이 5년 동안 한 사람보다 분명코 운전 실력이 나을 것이라고, 20년 동안 진료를 한 의사가 5년 동안 한 의사보다 분명코 실력 있는 의사일 것이라고, 20년 동안 교편을 잡은 선생이 5년 동안 잡은 선생보다 분명코 유능한 선생일 것이라고 생각한다. 하지만 사실은 그렇지 않다. 그간의 연구에 따르면 일반적으로 어떤 사람이 일단 그럭저럭 '만족할 만한' 실력과 기계적으로 무언가를 처리할 수 있는 단계에 도달하면, 이후의 '연습'은 실력 향상으로 이어지지 않는다. 오히려 20년 동안 그 일에 종사는 운전자, 의사, 교사가 불과 5년 일한 이들과 비교해 차이가 있다면, 오히려 실력이 그들보다 못할 가능성이 있다. 왜 그럴까? 바로 이런 기계적인 능력은 향상시키려는 '의식적인 노력'이 없는 경우는 서서히 나빠지기 때문이다.[40)]

교수·학습안 작성은 작성 그 자체가 목적이 아닙니다. 수업을 더 잘하기 위한 하나의 과정이요, 연습이며 수단입니다. 한 시간 수업을 위해서 기계적으로 교수·학습안을 작성을 반복하는 것은 지속발전가능한 것이 아닙니다. 교수·학습안을 작성하는 이유를 분명히 하고, 학생의 실정에 고려하는 등의 의식적인 노력(연습)이 필요합니다.

40) 안데르스 에릭슨·로버트 풀 지음(2017), 강혜정 옮김, 『1만 시간의 재발견』, 서울; 비즈니북스, p.48.

수업철학 역량은 선생님의 인생 선택이다

승진을 대하는 태도를 다섯 가지로 나누어서 설명하기도 합니다. 승진에 무지한 교사, 승진에 올인하는 교사, 승진을 포기한 교사, 승진을 배척하는 교사, 승진에 자유로운 교사입니다. 교사라면 누구나 한 가지로 규정하기는 어렵더라도 몇 가지가 교집합이 되기도 하고 합집합이 되기도 할 것이라는 생각이 듭니다.

선생님은 누구나 처음에는 수업을 합니다. 경력 20년을 전후해서 변화가 생깁니다. 계속 가르치는 것을 업으로 하는 선생님이 있습니다. 학교 관리자인 교감으로 바뀌기도 합니다. 교육전문직으로 진출하기도 합니다. 저는 세 가지 경우를 다 경험하고 있습니다. 승진을 대하는 태도 다섯 가지 중에 저는 어디에 해당하는지 곰곰이 생각해 봅니다. 딱히 이것이라고 짚을 수가 없습니다.

계속 가르치는 선생님, 학교 관리자인 교감이나 교장, 교육전문직 등 어느 것을 선택하느냐의 문제는 개인의 결정입니다. 개인의 결정은 개인의 삶의 철학과 연결되기도 합니다. 선생님의 삶의 대부분이 수업과 관련이 있으며 그 철학은 수업철학이라고 해도 좋을 것 같습니다. 그 선택의 철학에 늘 수업이 함께하면 좋겠습니다. 다음은 그런 수업철학과 관련 있는 이야기입니다.

형님, 대충 살아요

"형님."

"왜?"

"좀, 대충 살아요."

"응? 대충 살라고?"

오래 전부터 사석에서는 형님이라는 호칭이 익숙한 김신표[41] 선생님은 가끔씩 이런 이야기를 합니다.

"형님은 할 것 다 하셨잖아요. 이제 대충 살아요."

"그래? 다 했다고 하는데 뭘 다 했단 말이냐?"

"형님, 그걸 꼭 말로 해야 됩니까?"

"나는 잘 모르겠는데……."

정작 대충 살라는 김신표 선생님은 대단한 열정으로 인생을 살아갑니다. 특히, 국악사랑은 남다릅니다. 해마루[42]라는 국악사랑 모임을 만들어서 헌신적으로 활동을 하고 있습니다.

41) 대구범어초등학교 교사

42) 대구광역시 북구 지역의 교사들이 주축이 되어 2004년부터 국악 문화 형성을 위해 국악 교육활동을 실시하고 있는 국악사랑 모임입니다. (사단법인 해마루 홈페이지 인사말 중, http://아해마루.kr/subpage/sub1_01.html?_L_MENU=1)

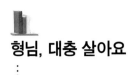

1999년 오색 물결의 가을 단풍 가득한 스탠드에 국악기를 들고 모여든 학생들이 있었다. 처음 접하는 국악기 소리를 신기하게 생각한 학교의 많은 아이들은 그들의 연주를 듣기 위해 삼삼오오 모여 구경하고 학교 골목길을 지나가는 지역민들과 발걸음을 멈춰 아이들이 연주하는 '사도깨비' 연주를 듣는 모습이 국악교육을 향한 첫출발의 모습이다.

사실 합주단 연습실이 없어서 스탠드를 선택했고 악기가 없어 가야금, 피리, 사물 중심의 작은 인원의 연주였기에 가능한 일이었다. 이렇게 시작한 국악관현악은 해를 거듭할수록 악기를 늘리고 연습 공간을 확보하며, 작은 인원으로 시작한 인원이 2~3배에 이르는 국악관현악단의 면모를 갖춰나갔다. 때를 같이하여 초등학교를 졸업한 중학교 제자들이 생겨났고, 국악을 배울 곳이 없어 다시 모교를 찾는 제자들을 바라보며 청소년 국악의 필요성을 인식하였다. 이는 서부교육지원청 소속 초등교사 중심의 청소년국악관현악연구회인 사단법인 국악사랑 해마루를 만드는 계기가 되었다.

2003년도에는 학교 운동장에 돗자리를 깔고 백열등 열린 음악회를 개최하였다. 백열등 열린 음악회는 아이들의 행복 국악 소리를 지역 전체와 함께 나눈다는 생각으로 학교 선생님 여럿이 모여 깜깜한 운동장을 배경으로, 스탠드를 무대로 사용하였다. 스탠드 위 천장에 달린 백열등 불이 켜지면 무대가 되어 바로 옆 스탠드에서 아이들이 등장하고 불이 꺼지면 퇴장하는 아이들 모습 속에 학부모, 학생, 선생님 모두가 열린국악한마당의 매력과 함께하는 국악교육의 중요성을 인식하게 된다.[43]

김신표 선생님의 말을 생각해 봅니다. '나는 할 것 다 했는가?', '국어과 수업

43) 대구광역교육연구정보원, 대구교육 67(발간등록번호 53-7240000-000043-09), p.39. ('생활 속 국악, 향기로 머물다' 김신표 교사 원고 인용.)

발표대회 1등급에 입상해서 국어과 연구교사를 했다. 대구교육대학교대구부설초등학교 교사로 근무를 했다. 교육전문직으로 교육연구사와 장학사도 했다. 공립학교 교감도 했다. 국립인 교대부초 교감도 했다. 지금은 대구광역시 남부교육지원청 초등교육지원과장으로 학교를 지원하고 있다. 수업에 대한 책도 두 권(『수업? 너를 기다리는 동안』, 『수업, 너를 만나 행복해』)을 냈다. 곧 교장이 될 수도 있다. 이런저런 자리를 경험하고 또 새로운 자리를 경험할 날을 기다리고 있다. 이제 대충 살아야 하는가?'

흔히들 지금 있는 자리가 꽃자리라는 말을 합니다. 충분히 공감이 가는 내용입니다. 오늘의 자리는 어제의 자리와는 다른 자리일 수도 있습니다. 내일의 자리도 오늘의 자리와 다를 수도 있습니다. 누구나 항상 지금 있는 자리에 그대로 있을 수는 없습니다.

가끔 교직에 있는 후배들이 상담을 해 옵니다. 전화로 상담을 하기도 하고, 마주 앉아 막걸리를 마시면서 상담을 하기도 합니다. 상담은 여러 가지 경우가 있습니다. 근무지를 옮겨야 하는 문제에 관한 상담이 있습니다. 수업과 관계되는 상담도 있습니다. 승진이나 전문직 시험에 관한 상담도 있습니다. 이외에도 결혼이나 그 반대 경우의 상담도 있습니다. 이런 것들이 복합적으로 얽힌 상담도 있습니다.

근무지를 옮기는 일에 관한 상담은 본인이나 자녀의 문제입니다. 근무 여건이 좀 더 좋은 학교로 옮기고 싶은 것은 장삼이사들의 인지상정입니다. 자녀들의 교육을 위해서 좀 더 나은 학군으로 이사를 하고 근무지를 옮겨야 하는 경우도 있습니다. 이럴 때는 제 경험을 이야기를 해 줍니다. 제 초임은 대구매천초등학교입니다. 두 번째 학교는 대구삼영초등학교입니다. 1908년대의 이야기입니다. 지금은 많이 좋아졌지만, 그 당시 종합적인 학교 평가로 본다면 두 학교 다 굉장히 어려운 학교입니다. 제 아이들은 둘 다 구미에서 초·중·고를 다녔습니다.

수업과 관계되는 상담은 할 이야기가 많습니다. 수업 상담은 수업발표대회에 참가하는 선생님들과 순수하게 수업을 잘해 보겠다는 선생님으로 구분됩니다. 굳이 구분하지 않아도 좋습니다. 선생님들의 궁극적인 목표는 수업을 잘하는 것입니다. 이것 역시 제 경험을 이야기합니다. 그리고 관계되는 공문이나 책을 소개해 줍니다. 교육전문직과 교감을 하면서는 좋은 선생님들을 소개해 주는 역할로 바뀌었습니다. 대구교육대학교대구부설초등학교 교감을 할 때는 수업 상담하기가 참 좋았습니다. 지난해 겨울 밤 7시경 무렵에 선생님 한 분이 국어 수업 상담을 하러 교육지원청에 오셨습니다. 순수하게 수업을 잘해 보겠다는 말씀과 함께 국어과 교수·학습안과 동영상을 가지고 왔습니다. 동영상을 보고 수업비평을 작성하겠다는 약속을 했습니다. 약속한 날짜에서 많이 지났습니다. 최근에는 수업철학에 대한 이야기를 많이 합니다.

승진이나 전문직 상담도 앞의 두 경우와 마찬가지입니다. 제 경험부터 이야기를 합니다. 지금 저는 동기들에 비해 승진이 빠른 편은 아닙니다. 그렇다고 늦은 것도 아닙니다. 교육전문직도 마찬가지입니다. 개인적인 의견으로는 앞으로 교감 승진 경력점을 지금의 20년에서 23년이나 25년으로 올려야 한다고 생각합니다. 이 의견에는 많은 분들이 공감을 합니다. 초등학교 선생님 모두가 그런 것은 아니지만, 승진에 너무 매몰(?)된 면이 있습니다. 이것은 초등학교 교육력, 구체적으로 수업력에 심각한 문제가 발생하는 원인이 되기도 합니다.

결혼에 대한 상담도 있습니다. 정해진 상대가 있는 경우보다는 짝을 찾는 경우가 많습니다. 간혹 결혼할 상대가 있는데, 공부를 계속할 계획 때문에 선택의 갈림길에서 조언을 구하기도 합니다. 이 경우는 결국 공부 때문에 사귀던 사람과는 꽃이 되는 인연을 맺지 못했습니다. 짝을 찾아달라는 상담을 많이 받았지만, 아직까지 중매가 성사된 것은 하나도 없습니다. 지금까지 이혼 상담은 한 건이 있었습니다. 내가 말을 하는 대신에 들어주는 것으로 마쳤습니다. 결국 그 상담자는 이혼을 했습니다.

근무지와 수업이 함께 얽힌 상담도 있습니다. 근무지를 옮겨 수업의 변화를 꾀하기도 하는 상담입니다. 수업을 바꾸기 위해 근무지를 옮기는 것입니다. 수업이 승진에 관련되기도 합니다. 승진을 하거나 전문직으로 전직을 하더라도 수업은 언제나 같이 다닙니다. 근무지와 결혼이나 이혼이 얽힌 상담도 있습니다. 전자의 경우는 상담자나 저나 행복합니다. 후자의 경우는 없었으면 좋겠습니다. 근무지와 수업과 승진이 얽히기도 합니다. 씨줄과 날줄로 짜가는 인생이니 복잡한 것은 당연한 이치입니다.

교직 사회에서 승진 문제는 뜨거운 감자다. 교사가 교감이 되는 데 필요한 승진 규정은 조금만 바뀌어도 난리다. 승진을 대하는 태도는 다섯 가지로 나누어 보았다. 승진에 무지한 교사, 승진에 올인하는 교사, 승진을 포기한 교사, 승진을 배척하는 교사, 승진에 자유로운 교사이다.

승진에 무지한 교사는 승진에 대해 개념이 없는 사람들이다. 승진에 대한 자신의 철학적 견해도 피력하지 않고 나와는 상관없는 영역으로 미뤄놓고 살아간다.

승진에 올인하는 사람들은 승진을 축복, 성공, 목적으로 본다. 승진 관련 정보는 빠삭하다. '업'을 '직'에 종속시킨다. 삶의 동력은 승진과 관련해서 증폭된다.

승진을 포기한 사람들에게는 여우의 신포도 증후군이 나타난다. 승진과 관련 있는 일은 승진하는 교사가 해야 한다는 생각을 한다.

승진을 배척하는 사람들은 적극적으로 승진을 배척하고, 승진을 나쁘게 본다. 승진 현상과 승진 그 자체를 동일시하면 승진한 사람을 백안시하게 된다.

승진에 자유로운 사람은 승진에 연연해하지 않는다. 승진에 목매지 않지만 터부시하지도 않는다. 승진은 승진 그 이상도 이하도 아니라고 본다. '직'보다 '업'을 중요시한다. 생각과 행동의 기준은 직이 아닌 업에 따라 움직인다. 즉 소명에 따르게 된다.

여러분은 어떤 부류의 사람이고 싶은가?[44)]

인생은 선택입니다. 학교 현장의 교원들의 공통적으로 교직을 선택했습니다. 그다음의 선택은 교원들 자신의 몫입니다. 승진에 무지한 교사, 승진에 올인하는 교사, 승진을 포기한 교사, 승진을 배척하는 교사, 승진에 자유로운 교사 이 모두는 본인의 선택입니다. 다섯 가지의 유형은 가치관과 인생관이 다르기 때문에 어느 것을 선택하더라도 옳고 그름의 문제가 아닙니다.

다음은 2018년도 대구광역시교육청 초등 교육전문직원 임용후보자 전형에 응시한 남부교육지원청 소속 8명의 선생님에게 보낸 내용입니다.

2018년도 교육전문직원 임용후보자 전형에 응시한 선생님!

고맙습니다.

힘들고 어려운 길에 도전하는 선생님의 용기에 감사와 찬사를 드립니다.

교육전문직 전형의 목적은 '교육전문직원(장학사·교육연구사) 임용후보자 공개 전형을 통해 우수한 인재를 선발·임용함으로써 장학행정력을 높여 대구교육행정의 질을 향상시키고자 함'입니다. 전형에 응시한 모든 선생님이 이런 목적에 충분히 공감을 하고, 평소에 이런 역량이 충분한 것으로 확신합니다.

선생님!

44) 김성천·서용선·오재길·이규철·홍섭근(2015), 『교사, 어떻게 살아야 하는가』, 서울; 맘에드림, pp.100~104 발췌.

초등학교 선생님은 다음과 같은 길을 가고 있습니다.

먼저, 아이들을 가르치는 데 전심전력하는 선생님입니다. 현장의 대부분의 선생님이 이런 길을 가고 있습니다. 교육현장의 최일선에서 지극정성의 교육활동을 하고 있습니다. 누구보다도 존경받아야 하고, 선생님 스스로도 긍지와 자부심을 가져야 하는 분들입니다.

다음은 교감이나 교장으로 교육행정을 하는 선생님입니다. 처음부터 교장, 교감이 될 수는 없습니다. 아이들과 열심히 생활하고 일정한 기간이 지나야 가능합니다. 승진의 개념으로 여러 가지 절차와 자격연수를 거쳐야 합니다.

마지막으로 교육전문직원으로 가는 길입니다. 선생님들이 선택한 길입니다. 일정한 교원 경력과 전형에 합격을 해야 합니다. 가르치는 것만이 아니라 다른 여러 가지를 충족해야 가능한 길입니다. 일정한 기간이 지나면 교감이나 교장으로 전직을 할 수도 있습니다.

선생님!

'어느 길을 가느냐'는 본인 선택의 문제입니다. 그 선택은 누구나 존중받아야 합니다. 승진이라는 개념보다는 같은 목적을 가지고 다른 길을 간다고 보면 좋겠습니다. 교사나, 교감이나 교장, 교육전문직 모두 궁극적인 목적은 초등학교 교육을 잘하자는 것입니다. 그 교육 중에 가장 큰 비중을 차지하는 것은 수업이겠지요.

특히, 교육전문직원의 길을 선택한 선생님들은 남다른 소명의식을 가져야 합니다. 장학사나 교육연구사가 된다면 더 겸손하고 배려하는 마음으로 실천궁행해야 합니다. 교육전문직원은 결코 군림하는 자리가 아닙니다. 학교와 선생님들을 더 지원하고 지원해야 하는 길입니다.

선생님!

이번 응시가 처음인 분도 있고, 이미 경험한 분도 있습니다. 전형은 필요한 인원을 선발하는 기능입니다. 달리 표현하면 떨어뜨리는 기능도 있습니다. 응시한 누군가는 선발이 되고, 그 외의 누군가는 떨어지게 됩니다. 한 번에 합격하는 행운도 있습니다. 행운보다는 평소의 실력이겠지요. 하지만 실패를 경험할 수도 있습니다. 실패의 경험은 실패로 끝나는 것만은 아닙니다. 그 경험은 성공이라는 경험을 더 값어치 있게 하는 빛나는 조연이 될 수도 있습니다.

시인 도종환은 「흔들리면서 피는 꽃」에서 세상의 모든 꽃도 흔들리면서 피고 사랑도 흔들리면서 간다고 합니다. 세상의 모든 꽃이 젖으며 피듯이 우리의 삶도 젖으면서 간다고 합니다. 꽃이 흔들리고 젖으며 피듯이 사람이 가는 길도 다르지 않습니다.

선생님!

우리 선생님을 응원합니다.

우리 선생님이 가는 길을 응원합니다.

오늘도 좋은 날입니다!

2018.07.16.(월)

대구광역시남부교육지원청 초등교육지원과장 김영호 드림

자리에 대한 제 생각은 확고합니다. 다음은 후배나 상담하는 선생님에게 하는 말입니다.

"지금 있는 자리가 꽃자리이다. 지금 있는 자리에서 최선을 다해라. 학생 탓하지 말아라. 주변 환경도 탓하지 말아라. 힘들고 어려운 환경의 학생일수록 더 다가가고 소통하고 배려하고 지원해라. 그렇다고 금방 교육적인 효과나 칭찬을 바라지 마라. 언젠가는 내가 내민 손을 아이들이 잡을 것이고 내 진심을 알아줄 것이다. 어려운 환경일수록 더 교육적인 보람을 맛볼 수도 있다. 무엇을 먼저 하려고만 욕심을 내지 마라. 동기 중에 교감 제일 먼저 되고, 장학사 제일 먼저 되는 게 그리 중요한 게 아니다. 그런 자리에 오래 있는 게 중요한 게 아니다. 교감, 장학사 조금 늦게 하고 오래 하지 않더라도 잘하는 게 중요하다. 먼저 하고 오래 하려고 하기 전에 왜 그것을 하려고 하는지를 먼저 생각하자. 내가 왜 교감을, 장학사를 하려고 하는가? 이 물음에 자신 있게 답을 할 수 있어야 좋은 교감, 좋은 장학사가 될 수 있다. 자신에게 장학사나 교감을 할 수 있는 역량이 있는지를 자문자답해 봐라. 그 자문자답에서 내가 부족하다고 생각되면 노력하고 또 노력해라. 절차탁마해라. 그리고 꼭 승진을 해야만 성공하는 것은 아니다. 어쩌면 평교사로서 좋은 수업 하면서 정년퇴직하는 선생님들이야말로 가장 존경받아야 할 분들이다. 초등학교의 승진 문화는 심각하게 왜곡되었다고 생각하는 사람도 많다. 직위와 존경은 정비례하지 않는다. 자리는 결국 그 사람의 인격이고 철학이다. 자리에 맞는 인격과 철학이 뒷받침되지 않는다면 그 자리가 무슨 의미가 있겠는가? 그리고……."

누구나 내 자리는 내가 찾아갑니다. 내가 찾은 내 자리는 내가 만들어갑니다. 내 자리를 찾고 내 자리를 만들어가는 게 내 교육이고 내 인생입니다. 그런 자리를 찾고 만들어가는 데도 철학이 있으면 좋겠습니다. 가르치는 것은 업으로 했으니 그 철학이 수업철학이면 좋겠습니다. 앞서 인용한 승진에 관한 태도에서 '승진에 자유로운 사람'이면 좋겠습니다.

전문직으로 같은 사무실에서 근무했던 교장 선생님이 글을 보내주셨습니다. 졸저 『수업, 너를 만나 행복해』에 대한 소감이자 감사의 글입니다. "……. 참 교육자의 길을 거침없이 나아가시는 의지와 깊은 뜻을 세우고 고군분투하시는……. 건강 유의하시고 참된 교육을 위해 좋은 수업을 위해 더욱 정진하시길……."

내가 대충 살 수가 없는 격려이자 정문일침입니다.

나는 왜 이 자리에 있는가?

언젠가 만날 김신표 선생님과 이런 대화를 상상해 봅니다.

"형님, 열심히 사세요."
"응? 어째 그런 말을……."
"형님, 아직 할 일 많잖아요."
"그래? 이제부터는 대충 살려고 하는데……."
"……."

수업발표대회, 선택은 선생님 몫일까?

월요일이 수업발표대회 2차 심사일이라 일요일[45]에 출근을 해서 수업 준비를 했습니다. 일요일이 할아버지 제삿날이었습니다. 늦은 퇴근으로 제사 시간 무렵에 도착을 했습니다. 절을 두 번씩 하고 술잔을 새로 채우는 등의 차례가 이어졌습니다. 절을 하고 나서 인기척이 엎드린 채로 좌우를 살펴보니 아무도 엎드린 사람이 없었습니다. 아차, 나는 다음 날 할 수업 생각에 세 번 연속 절을 하고 있었던 것입니다. 다음 날 수업을 무사히 마쳤습니다. 얼굴도 모르는 할아버지의 음덕으로 국어과 1등급을 했습니다.

다음해 5월 6일 국어과 연구교사 대외공개 수업을 했습니다. 전날은 어린이날이었지만, 아이들에게 다음 기회를 약속하고 출근을 했습니다. 이것저것 준비하다가 늦은 퇴근을 했습니다. 무사히 수업을 마쳤습니다.

저는 1997년 제12회 수업발표대회에 처음 참가해서 1등급을 받았습니다. 지금 생각해 보면 많이 부족한 수업이었습니다. 지금도 수업발표대회는 계속되고 있습니다. 이런저런 말이 있기도 하지만, 대회 취지를 잘 생각해 보면 발전적인 방향으로 개선을 거듭하고 있습니다. 전통이 무조건 옛것을 고집하는 것이 아니라 시대에 맞게 바꾸어가듯이 말입니다.

대구광역시서부교육지원청 장학사 시절에는 수업발표 대회 참가자를 위한 연수나 격려의 글을 참 많이 보냈습니다. 관련 연수물도 책으로 많이 엮어서

45) 1997.11.16.(일) 경북 김천시 아포읍 대신리(시내이) 본가.

안내를 했습니다. 이 모든 자료는 대구광역시서부교육지원청 홈페이지[46]에 탑재되어 있습니다. 대구광역시남부교육지원청 초등교육과장으로 근무하면서는 연수 시 수업에 대한 강의와 격려와 감사의 글을 보내고 있습니다. 다음은 2018학년도 제33회 초등교사 수업발표대회에 참가하는 선생님들께 드린 내용입니다. 그리고 마지막에는 선생님의 답글 중에서 2편을 실었습니다.

우리 선생님! 무엇이나 늦은 때란 없습니다. 시작하는 그 순간이 가장 빠른 때일 것입니다. 수업도 그렇지 않겠습니까? 처음부터 하신 수업이지만, 마음을 어떻게 가지느냐의 문제일 것입니다. 선생님의 그 시작을 응원합니다.

저자 애나 메리 로버트슨 모지스는 '모지스 할머니'로 불리며 미국인이 가장 사랑하는 예술가 중 하나로 손꼽히는 화가. 1860년에 태어난 그녀는 12세부터 15년 정도를 가정부 일을 하다가 남편을 만난 후 버지니아에서 농장 생활을 시작했다. 이후 뉴욕, 이글 브리지에 정착해 열 명의 자녀를 출산했지만 다섯 명이 죽고 다섯 명만 살아남았다. 관절염으로 자수를 놓기 어려워지자 바늘을 놓고 붓을 들었다. 그때 그녀의 나이 76세. 한 번도 배운 적 없이 늦은 나이에 시작한 그녀만의 아기자기하고 따뜻한 그림들은 어느 수집가의 눈에 띄어 세상에 공개되었다.

88세에 '올해의 젊은 여성'으로 선정되었고 93세에는 《타임》지 표지를 장식했으며, 그녀의 100번째 생일은 '모지스 할머니의 날'로 지정되었다. 이후 존 F.케네디 대통령은 그녀를 '미국인의 삶에서 가장

46) http://www.dgsbe.go.kr/content/board/list.jsp?a_num=10422786(당시는 초중등의 업무를 중심으로 교수학습지원과(뒤에 중등교육지원과)와 창의인성교육과(뒤에 초등교육지원과)로 나누어져 있었음.) 437. 품앗이장학 후기(11.8.8.), 436. 수업컨설팅 후기(11.7.15.), 430. 수업력! 교사의 자존심입니다(11.6.7.), 427. 교사는 수업으로 말한다(11.5.27.), 421. 수업발표대회 참고자료(11.5.17.), 419. 수업! 너를 만나면(4.28.) 412.411. 수업력! 교사의 생명입니다(11.3.30.), 388. 수업! 너를 만나면(10.12.25.), 380. 평가력! 교사 전문성의 마침표입니다(10.8.3.).

사랑받는 인물'로 칭했다. 76세부터 101세의 나이로 세상을 떠나기 직전까지 왕성하게 활동하며 1,600여 점의 작품을 남겼다.[47)]

우리 선생님! 어제(2018.5.2.) 대구교육연수원에서 수업발표대회 관련 연수가 있었습니다. 수업발표대회가 올해로 33회가 되니 성년의 대회입니다. 많은 선생님들이 진지하게 참여해 주셨습니다.

남대구초 이대현 선생님은 직접 실천하신 내용으로 좋은 강의를 해 주셨습니다. 참석하신 선생님, 강의를 해 주신 선생님, 모든 분들께 감사를 드립니다. 모든 분들이 잘 알고 계시듯이 올해는 교수·학습안 작성 방법이 많이 바뀌었습니다. 교육과정과 시대상을 잘 반영했다는 생각입니다. 잘 준비하셔서 좋은 교수·학습안 작성하시기 바랍니다.

우리 선생님! 수업발표대회의 궁극적인 바람[48)]은 무엇이겠습니까? 교육청의 입장과 참가하시는 분과는 조금 다를 수도 있습니다. 우리 선생님들의 바람은 무엇인가요?

"연습 삼아 나왔습니다."

"처음이니 등급에 상관없이 입상만 하면 좋겠습니다."

"저는 수업연구교사가 되고 싶으니 꼭 1등급에 입상을 해야 합니다."

"입상이 아니라 수업을 잘하는 것입니다."

등등의 생각일 것입니다.

우리 선생님! 저는 몇 가지 당부 겸 부탁을 드립니다. 방법이나 기술적인 문제는 아닙니다. 그런 것들은 선생님들이 더 잘 알고 계십니다. 어제 연수를 통해서도 역량이 더욱 더 신장되었으리라 확신합니다.

우리 선생님! 다음 그림은 제 책상 앞 캐비닛에 붙어 있는 내용입

---

47) 애나 메리 로버트슨 모지스(2017), 류승경 편역, 『인생에서 너무 늦은 때란 없습니다』, 서울: 수오서재. 책날개의 저자 소개.

48) 목적이나 목표를 '바람'으로 통칭하겠습니다.

니다. 역량 네 가지와 시 두 편을 간략하게 설명을 드리겠습니다. 역량은 역사용, 수업철학, 수업행복, 수업문입니다. 시는 「나 하나 꽃 피어」와 「흔들리며 피는 꽃」입니다.

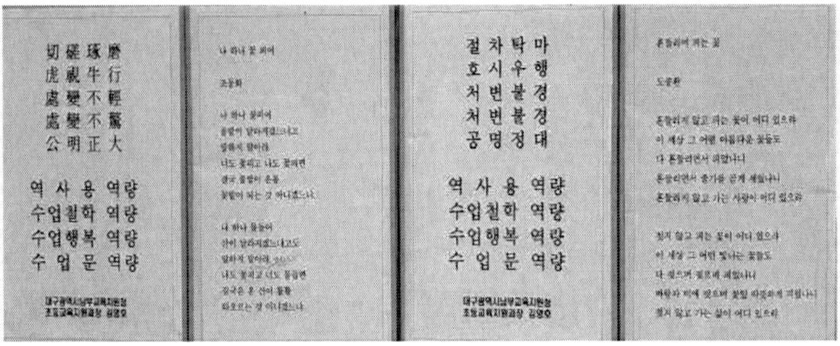

역사용 역량입니다. 역지사지, 사랑, 용기입니다. 세 가지를 포함하는 낱말을 찾기가 어려워서 첫 글자를 가져왔습니다. 역지사지는 상대방의 입장이 되어 보는 것입니다. 사랑은 누구나 아끼고 소중하게 생각하는 마음입니다. 용기는 두려움을 떨쳐 내는 것입니다. 세 가지는 합집합이 되기도 하고 교집합이 되기도 합니다. 이런 마음으로 수업을 하시면 좋겠습니다.

수업철학 역량입니다. 수업의 방법을 생각하기 전에 왜를 먼저 생각해 보자는 것입니다. 누구나 인생철학, 좌우명 등이 있습니다. 선생님이라면 누구나 수업철학이 있습니다. 수업과 관련된 이론은 수업철학의 디딤돌입니다. 선생님들의 수업은 수업철학의 실천입니다. 수업철학은 뿌리이자 디딤돌이자 실천의 문제입니다. 나는 왜 수업을 하는가?

수업행복 역량입니다. 수업이 행복하자면 선생님이 행복해야 합니다. 먼저 몸이 건강해야 합니다. 내 몸을 건강하게 유지할 수 있는 운동은 필수입니다. 마음도 몸 따라갑니다. 마음이 늘 긍정적일 수는 없지만 긍정은 힘이 줄어들지 않습니다. 선생님이 행복한 수업은 아이들도 행복한 수업입니다. 선생님과 아이들이 수업에서 행복을 찾으면 좋겠습니다.

수업문 역량입니다. 수업문은 수업을 하는 교실을 열자는 것입니다. 수업문을 여는 것을 그리 쉬운 일이 아닙니다. 지금도 공식적으로 일 년에 몇 번 수업문이 열립니다. 수업문이 열리자면 공개수업과 일상수업의 간극이 줄어들어야 합니다. 결국은 공개수업과 일상수업이 같아야 합니다. 집밥 같은 정성 가득한 교실 수업을 생각합니다. 지금 선생님의 교실을 얼마나 열려 있습니까?

「나 하나 꽃 피어」입니다. 무엇이나 무슨 일이나 누군가는 먼저 시작합니다. 처음 시작하는 것은 용기와 두려움이 교차하는 순간이기도 합니다. 그 누군가의 시작이 바로 선생님들의 시작이라는 생각을 합니다.

「흔들리며 피는 꽃」입니다. 삼라만상이 시간만 간다고 다 이루어지는 것은 아닙니다. 흔들리기도 하고 젖기도 하며 온갖 굴곡을 거치면서 이루어집니다. 수업, 흔들리며 피는 꽃보다 더할 것입니다.

우리 남부의 모든 초등학교 교육가족은 꿈·희망·행복을 함께 가꾸면서 만들어 가고 있습니다. 그 중심이 우리 선생님들이십니다. 우리 선생님들을 응원합니다. 우리 선생님들의 수업을 응원합니다. 늘 좋은 날입니다!

수업은 선생님의 자존심입니다!
수업은 선생님의 생명입니다!
수업은 선생님의 거울입니다!
우리 선생님께 수업은 선생님의 (   )

2018.5.3.(화)

대구광역시남부교육지원청 초등교육지원과장 김영호 드림

선생님들께 답장을 받았습니다. 다음은 책에 전제하는 것을 허락을 받은 내용입니다.

안녕하십니까? 초등교육지원과장님
우선 지면으로 인사를 드리게 되어 대단히 죄송합니다. 저는 장학관님을 예전부터 알고 있었습니다.^^ 제가 감히 따라가기에 힘들만큼 너무나 많은 능력을 갖고 계셔서요. 일전에 식당에서 이준호 교장 선생님과 함께 인사를 드렸던 기억도 납니다.

저도 연수회에 참가하여서 강의를 듣고 수업의 방향에 대해 고민해봤는데 아직은 갈 길이 먼 것 같습니다. 무엇이든 열심히 배우고 익혀서 아이들의 교육을 위해 힘쓰고 싶은 게 제 바람입니다. 아이들의 입장에서 생각해보고 단순히 지식을 전달하는 것이 아닌 아이들의 마음을 느껴서 좀 더 의미 있는 수업을 해보고 싶은 마음에 이번 대회에 참가하였고 훌륭하신 선배 선생님들과 후배님들께 배우고자 하는 의욕은 충분히 갖고 있습니다.^^

과장님께서 항상 저 높은 곳에 계신다는 생각을 했었는데 이런 메일을 주셔서 더 위안이 되고 힘이 됩니다. 결과에 연연하지 않고 부단히 노력하여 아이들과 마음을 함께 나눌 수 있는 수업을 위해 열심히 노력하겠습니다. 진심으로 감사드립니다.

파호초 교사 성정미 드림

과장님 안녕하세요.^^

성당초등학교 교사 양금슬입니다.

지난번 수업발표대회 참가 때에도 과장님의 메일을 받고 다시 돌이켜 생각도 하게 되고 정말 도움이 많이 되었습니다.

지난 수업발표대회를 돌아보면 처음 나갔을 때는 주변의 추천으로 그냥 나가보게 되었습니다.

아이들을 가르칠 때 늘 결과보다 과정이 중요하다고 했지만 저 자신은 실제로 결과가 가장 중요하다고 생각하는 사람이었습니다. 그런데 수업발표대회를 통해 제 삶에 있어 처음으로 수업발표대회 결과를 알리는 공문을 보았을 때 느꼈습니다. '내가 이 대회에서 등급을 받지 못하더라도, 올해 대회를 통해 준비하는 과정 속에 배움이 있었다.'

과장님의 자리에서도 이렇게 선생님들의 수업에서의 성장을 위해

애쓰시는 모습을 보니 정말 존경하는 마음이 들고 마음속 깊이 감사합니다.^^

매년 성장하며, 아이들에게 조금이라도 더 나은 수업을 통해 배움을 줄 수 있도록 노력하겠습니다.

성당초등학교 교사 양금슬 드림

수업발표대회에 참가하는 것은 선생님들의 자발적인 선택입니다. 수업발표대회의 선생님들의 수업력을 향상시키는 것을 도와주는 데 궁극적인 목적이 있습니다. 간혹 줄세우기를 한다거나 보여주기를 한다거나 하는 단점을 이야기하기도 합니다. 모두 일리가 있는 말입니다. 어떤 대회도 다 장단점이 있습니다. 수업발표 1등급을 받은 선생님보다 대회에 참가해보지도 않는 선생님이 수업을 더 잘할 수도 있습니다. 선택은 선생님의 몫입니다. 내 인생을 내가 선택하듯이 말입니다.

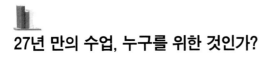

27년 만의 수업, 누구를 위한 것인가?

2013년 11월 2일 토요일, 대구태현초등학교 교무실 및 4학년 4반 교실에서 27년 만에 수업을 했습니다. 1986학년도 대구매천초등학교 6학년 1반 10명과 6학년 3반 2명이 참석을 했습니다(1명은 불참, 1명은 참석 후 나감, 1명은 늦어서 2차 합류).

수업 하루 전날인 금요일에 수업에 활용할 학습지를 만들었습니다. 멘토께 자문을 구해서 두 군데를 수정했습니다. 저녁 8시 30분경에 퇴근을 했습니다. 구미에서 오랜만에 신당초의 김신표 선생님을 만났습니다. 국악교육에 대한 열정과 실력은 대구에서 으뜸입니다. 이런저런 이야기를 나누다 보니 수업일이 되었습니다.

학교로 출근하면서 문구점에 들렀습니다. 연필 6개 묶음 20개를 샀습니다. 지우개도 20개를 샀습니다. 사용하고 남는 것은 선물로 줄 것입니다. 1학년 신입생을 맞는 기분이었습니다.

2시경에 학교에 도착했습니다. 입간판용으로 인쇄한 것을 교문, 현관, 교무실 앞, 4학년 4반 교실 앞 및 칠판에 붙였습니다. 책상에 각각의 이름을 붙이고 컴퓨터도 점검을 했습니다. 준비를 마치고 학교 근처 반점에 가서 저녁을 예약했습니다.

가슴 설레는 일입니다. 예정보다 늦은 6시에 시작을 했습니다. 국어는 읽기와 받아쓰기를 했습니다. 받아쓰기 문제는 매천초등학교 교가이고, 2~3명이 의논해서 정답을 썼습니다. 국어과 협력학습입니다. 희망 학생이 칠판에 정답을 적고 함께 채점을 했습니다. 웃음이 넘치는 장면입니다.

수학 문제는 생각보다 어려워했습니다. 계산기가 보급되어 굳이 셈을 하지 않아도 되어서 그럴까요? 수학 문제도 2~3명이 의논해서 정답을 썼습니다. 수학 문제도 희망 학생이 칠판에 나와서 문제를 풀고, 각자 채점을 했다.

다음에는 좋아하는 음식과 잘 만드는 음식을 소개했습니다. 우리 시대와는 달리 남학생들도 손수 음식을 만드는 친구들이 많았습니다. 그리고 좋아하고 즐겨하는 운동, 최근에 읽은 책과 간단한 내용을 소개했습니다. 좋아하는 노래도 한 곡씩 불렀습니다. 필자는 박인수, 이동원이 부른 정지용의 시 「향수」를 불렀습니다. 향수는 여름방학 전에 학교의 음악회에서 부른 뒤 처음 부른 노래였습니다.

49) 2014.7.15.(화) 대구태현초등학교 교감 재식 시, '2014 꿈을 가꾸는 한여름밤의 야외 음악회'.

향수를 부른 후[50]

2014.07.16.(수)

교문 주변 비질을 했다. 5학년 여학생이
"교감 선생님 노래 듣고 깜짝 놀랐어요."
"그래, 고맙다. 칭찬을 들으니 기분이 좋구나."
악수를 했다.
다시 6학년 남학생
"교감 선생님 노래를 듣고 소름이 돋았어요."
"그래, 고맙다. 잘하더나?"
"예, 아주 좋았어요."

마지막에는 6학년 때의 장래 희망과 지금 하고 있는 일, 지금 하고 있는 일에 대한 생각, 앞으로 어떤 일을 하면서 살고 싶은지를 돌아가면서 이야기했습니다. 필자는 교직을 마치기 전에 수업에 관한 책을 쓰겠다는 포부를 밝혔습니다. 다음은 27년 만의 수업에 참석한 제자들의 소감입니다.

저에게 김영호 선생님은 삶의 등대를 볼 수 있게 해 주었던 분입니다. 소심하고 내성적인 제가 육상을 하고 육상대회에 학교 대표로 출전하게 해 주셨습니다. 그때 저에게 생긴 자신감과 체력은 40대가 접어든 제가 열심히 살아가는 원동력이 되고 있습니다. 저의 Dream list에서 마라톤, CEO는 그때 만든 자신감이 큰 힘이 되고 있습니다. 저에게 무한한 가능성을 심어주신 선생님께 머리 숙여 감사드립니다.

---

50) 2014.7.15.(화) 대구태현초등학교 교감 재식 시, '2014 꿈을 가꾸는 한여름밤의 야외 음악회'에서 향수를 부르고 다음 날 쓴 일기.

나이 먹고 보통 스승님을 대면하면 식당이나 술집에서 하는데 학교 교실에서 하니 새로웠습니다. 그때는 빨리 어른이 되고 싶었지만 지금은 어릴 적이 그립습니다. 친구들도 학교에서 만나니 새롭습니다. 친구들이 좀 더 많이 왔으면 좋았을 것 같습니다.

쑥스럽고 어색하였습니다. 조금씩 시간이 감에 어색감과 쑥스러움이 없어지고 마음은 아름다움으로 가득 채워지고 있습니다. 연필을 들고 지금 이 순간을 적는다는 것이 마음을 착하게 합니다. 선생님과 친구들과 함께할 수 있어서 입가에 미소가 지어집니다.

27년 전 수업과는 다르지만 친구들, 만남 자체가 좋았습니다.

초등학교 때가 기억이 나지는 않지만 어린 시절의 친구들을 만나고, 27년이 지난 지금, 다시금 초등학교의 추억을 만들 수 있어서 행복합니다.

철없던 그 시절로 돌아가 함께 시간을 나눌 수 있게 해준 친구들이 넘 고맙고 자리 마련해 주신 선생님께 감사를 드립니다.

다음은 27년 만의 수업 장면입니다. 염용우[51] 선생님이 사진과 비디오 촬영의 1인 2역을 해 주셨습니다.

51) 당시 대구신서초등학교 교사, 현 대구와룡초등학교 교사.

① 27년만의 재회

② 머리를 맞대고-협력학습

③ 받아쓰기-모교 교가

④ 앞으로 어떻게 살까

⑤ 보고만 있어도 좋아요

⑥ 또 다른 내일을

여수에서 열심히 살고 있는 이진엽(①)이 제일 먼저 도착을 했습니다. 졸업하고 처음 만났습니다. 서울이나 일산에서 오는 제자들은 중간에 들어오기도 했습니다. 예정된 시간보다 40여 분 길어졌습니다. 수업을 마치고 자장면과 탕수육을 먹었습니다. 음식이 도착한 지 30여 분이 지나서 먹는 저녁이지만, 어떤 요리보다도 맛있었습니다. 2차는 제자들끼리 하도록 하고 교실을 정리한 뒤 다시 구미로 향했습니다. 참 기분 좋고 멋진 토요일 퇴근길이었습니다.

사진과 동영상을 촬영한 염용우 선생님이 동영상에 음악을 넣고 CD를 만들었습니다. 수업에 참석한 제자들에게 우편으로 발송을 했습니다. 27년 만의 수업을 하면서 이런 생각을 했습니다. '그때도 좀 더 좋은 수업을 했으면 참 좋았을 텐데 아쉽다. 하지만 지금 이런 수업을 할 수 있다는 게 참 멋진 일이다.' 어느 시 제목처럼 '지금 알고 있는 것을 그때도 알았더라면' 인생의 재미가 반감될 것이란 생각도 들었습니다.

·

27년 만의 수업을 마치고 언제 다시 만나서 수업을 하자는 약속을 하지를 않았습니다. 모두가 바쁜 생활에 약속을 잡기가 쉽지 않았습니다. 약속을 하면 속박이 됩니다. 자칫 지켜지지 않는 약속은 공염불에 지나지 않습니다. 또 다른 이유는 우연히 27년 만의 수업을 하였듯이, 또 다른 우연한 수업을 기대하기 때문입니다. 그 '우연히'가 가져다 줄 행운이 선생님으로 살아가는 즐거움의 하나일 것입니다. 그 '우연히'를 기다리는 것만으로도 충분히 행복할 것입니다.

『수업? 너를 기다리는 동안』과 『수업, 너를 만나 행복해』를 출간하고 나서 수업 관련 강의를 할 기회가 더 많아졌습니다. 누구를 대상으로 하든지 상관없이 27년 만의 수업의 사진과 동영상을 강의 내용에 넣었습니다. 교직 경력이 지긋하신 선생님들은 가끔씩 울컥하는 모습을 보이기도 합니다. 지난 교직 생활이 주마등처럼 스쳐지나가는 느낌도 들 것입니다. 「선생님의 노래」는 27년 만의 수업에 가장 잘 어울리는 노래입니다.

선생님의 노래

작사·작곡 윤형주

내가 하늘을 그리면 어느새 아이들은 새가 된다.
내가 산을 그리면 어느새 아이들은 나무가 된다.
때로는 힘들지만 쉬운 일이 어디 있어
내가 택한 스승의 길 어찌 편하길 바랄까.
이 세상에 한 아이만 남더라도
나는 그의 스승 자랑스런 스승이다.
사랑하고 가르친다. 내 시간 태워
위대한 스승의 길 영원하라.
스승의 길 오늘도 간다.

그리고 이런 뱀발(사족)을 덧붙이곤 합니다.

"선생님, 우리는 우리가 하는 일에 긍지와 자부심을 가져야 합니다. 노랫말 잘 들어보십시오. 우리가 얼마나 대단한 일을 하고 있는가를 말입니다. 누가 뭐라고 해도 우리 스스로 긍지와 자부심을 가져야 합니다. 교직 경력이 저보다 더 많은 선생님도 계시고, 이제 막 교직 생활을 시작한 선생님도 있습니다. 그 누군가의 선생님이 있었기에 오늘 우리가 이 자리에 있습니다. 우리가 또 다른 누군가의 선생님으로 말입니다. 선생님, 선생님 말 한마디 행동 하나하나가 다 아이들의 거울입니다. 27년 만의 수업을 주선한 친구는 누구겠습니까? 그 친구는 초등학교 다닐 때 공부가 가장 힘들었던 친구입니다. 당시는 시험을 칠 때마다 개인, 학반 평균을 내고 학반 간에 비교도 했습니다. 그 아이는 시험을 칠 때마다 꼴찌를 도맡아 한 친구입니다. 그 친구가 하는 말이 아직도 귀에 생생합니다. 김영호 선생님은 공부를 못 한다고 때리지는 않았다고 합니다. 다른 이런저런 이유로 때렸다는 말입니다. 지금으로 말하면 폭력교사입니다. 그리고 마지막에 하는 말이 있습니다. 4학년 때 선생님은 시험을 못 쳤다고 선생님의 구두를 닦으라고 했답니다. 그러면서 시험을 못 쳤는데 왜 선생님의 구두를 닦아야 하는지 아직도 이해가 되지를 않는다고 했습니다. 저도 이해가 되지 않는다고 맞장구를 칩니다. 차라리 4학년 담임 선생님이 시험을 못 친 벌로 몇 대를 때렸다면 그 친구의 기억 어디에도 없을 수도 있습니다. 선생님, 우리 선생님의 말 한마디는 누구에게는 평생의 등불이 되기도 하고, 또 누군가에게는 평생의 한이 되기도 합니다. '향 싼 종이에 향기 나고 생선 싼 종이에 비린내 난다.'고 합니다. 우리 선생님의 사랑과 정성이 담긴 말 한마디에 우리 아이들은 용기와 희망을 가집니다. 무심코 한 말 한마디에 누군가는 평생의 돌이 되기도 합니다. 우리 선생님, 지금까지 많은 아이들을 가르쳤습니다. 수업을 했습니다. 한 시간의 수업을 못했다고 어디 어떻게 되는 것은 아닙니다. 하지만 한 시간이 하루가 되고 한 달이 되어서는 곤란합니다. 오늘 한 시간 못해도 내일 오늘보다 더 잘하면 됩니다. 그렇게 잘하는 수업, 잘하지 못하는 수업이 동행하면서 아이들은 시나브로 어른으로 성장합니다. 우리 선생님, 오늘 가르치는 아이들을 언제 어디에서 만날지 모릅니다. 만나도 얼굴도 모른 채 남남으로 스쳐갈 수도 있습니다. 반가운 인사와 차를 함께할 수도 있습니다. 또 27년 만의 수업은 아니더라도 몇 년 만의 수업이 될 수도 있습니다. 우리 선생님, 우리가 가는 길이 결코 편한 길은 아닙니다. 대단한 수익을 얻는 길도 아닙니다. 하지만 그 어떤 일보다도 값어치 있는 길입니다. 거듭 말씀드리지만, 우리는 우리 스스로 긍지와 자부심을 가져야 합니다. 그런 긍지와 자부심을 유지하는 것은 전문성입니다. 바로 수업입니다. 수업은 선생님의 길이요, 사랑이요, 행복이요, 밥벌이요, 천명이요, 소명이요…….
우리 선생님을 응원합니다. 우리 선생님의 수업을 응원합니다."

세 번째 이야기

수업행복 역량이란 무엇인가?

수업행복은 수업에서 행복을 찾자는 것입니다.

행복의 시작은 몸과 마음입니다.

선생님의 몸과 마음의 건강이 수업행복의 디딤돌입니다.

수업은 선생님과 아이들이 함께 만들어 갑니다.

수업행복은 선생님과 아이들의 상호작용입니다.

수업행복은 선생님과 아이들의 그네 타기입니다.

수업행복 역량은 선생님의 건강이다

> "세월 앞에 장사 없다."
>
> "재산을 잃는 것은 조금 잃는 것이고, 명예를 잃는 것은 많이 잃는 것이요, 건강을 잃는 것은 전부를 잃는 것이다."
>
> "자기 스스로 행복하다고 생각하는 사람은 행복하다."
>
> "어떠한 불행 속에도 행복은 숨어있는 법이다."

건강과 행복에 대한 말입니다. 학교에서 이루어지는 교육활동 중에서 가장 비중이 큰 것이 수업입니다. 교육가족(교육공동체)은 수업에서 행복을 찾으면 좋겠습니다. 수업 전, 수업, 수업 후의 모든 과정이 행복이면 좋겠습니다. 그런 것을 통칭해서 수업행복이라고 해 봅니다.

행복의 가장 우선 조건은 건강입니다. 건강은 마음과 몸의 건강이 있습니다. 둘 중에 어느 것이 우선이고 중요하다고 따지는 것은 기우이자 어리석은 일입니다. 수학의 필요충분조건같이 몸과 마음이 다 건강하면 좋겠습니다. 몸과 마음이 건강하자면 운동이 필요합니다. 교육가족이 함께할 수 있는 맨발걷기의 사례를 공유합니다. 또 '속옷 없는 행복'에서 일상의 소소한 행복도 나누어 봅니다.

행복의 시작은 건강이다

2018년 7월 15일 일요일에 아내와 함께 문경새재를 갔습니다. 제1관문을 지나면 맨발걷기를 위한 신발장과 발을 씻을 수 있는 시설이 잘 준비되어 있습니다. 맨발걷기가 처음인 아내는 망설였지만 평소에 걷기나 헬스, 에어로빅으로 다진 체력이 있어서 잘 걸었습니다. 정작 걷기를 제안한 필자는 최근에 운동이 부족했던 탓인지 내려올 때는 종아리가 당겨서 애를 먹었습니다.

52)

문경새재의 맨발걷기는 자연 속으로 들어갔다가 자연 속에서 나오는 경험입니다. 제1관문에서 출발하면 왼쪽으로는 계곡의 물소리가 동행합

52) 왼쪽은 2018.7.15.(일) 문경새재 제2관문 조곡관 앞의 필자, 오른쪽은 문경새재 제1관문과 제2관문 사이의 팔왕휴게소 부근의 아내.

니다. 오른쪽에도 인위적인 물길을 만들어 놓았습니다. 숲이 우거져서 대부분의 길은 그늘입니다. 초행길이면 2관문까지만 가서 되돌아와도 좋습니다. 왕복으로 10,000걸음이 넘습니다. 맨발걷기에 숙달이 되면 3관문까지 왕복을 해도 좋습니다. 하지만 무엇이나 과유불급입니다.

맨발걷기는 느림의 미학이자 자연친화적인 운동입니다. 처음에는 평소 신발을 신고 걸을 때와는 달리 아무래도 걷는 게 조심이 되고 힘도 많이 들어갑니다. 익숙해지면 달리기도 가능합니다. 느림의 미학은 바쁜 일상을 되돌아보는 성찰의 시간이기도 합니다. 천천히 걷다 보면 평소에 하지 못했던 이야기가 오고갑니다. 굳이 손을 잡지 않아도 이심전심입니다.

맨발걷기를 맨발공부로 승화하자

수업이 행복하자면 수업의 주체인 선생님과 학생의 몸과 마음이 건강해야 합니다. 건강하자면 건강을 유지하기 위한 운동이 필요합니다. 단위 학교 교육가족 모두가 함께할 수 있는 운동이면 좋겠습니다. 아침 운동을 하는 학교, 교기를 중심으로 운동을 하는 학교 등 학교의 실정에 맞은 운동을 하고 있습니다.

초등학교의 특성을 고려해서 맨발걷기 운동을 추천합니다. 도심지 학교의 교육가족들은 학교 운동장 외에는 흙을 밟을 기회가 거의 없습니다. 교직원과 학생들이 함께 운동장을 맨발로 걸으면서 하루를 시작하는 것도 좋습니다. 교육과정을 고려해서 맨발로 체육시간을 운영하는 것도 한 방법입니다.

대구장기초등학교(교장 박수경)은 '2018년 장기교육'의 학교 경영 특색으로 '자연친화놀이교육으로 T.H.E[53] 건강한 자연지능 기르기'를 운영하고 있습니다. 세부 추진 내용 세 가지에도 맨발걷기의 내용이 있습니다. 운영과제 1의 '자연친화놀이교육을 위한 환경 및 공감 더하기'에는 맨발놀이 워크북 개발, 맨발 걷기 인증제 운영 등이 있습니다. 운영과제 2의 '교

53) T(Think-지식정보처리, 창의적 사고, 의사소통), H(Health-자기관리, 심미적 감성, 공동체), E(Emotion).

육공동체 속 자연친화놀이교육으로 역량 더하기'에는 꾸준히! 튼튼이 맨발 걷기 등이 있습니다. 운영과제 3의 '교육과정 밖 자연친화놀이교육으로 행복 더하기'에는 '가족 공감 맨발 걷기로 가족 공감 맨발걷기+운동 실천 후 인증샷 올리기'가 있습니다.

학교에서 맨발걷기를 시행할 때는 대구장기초등학교와 같이 반드시 학교의 교육과정에 포함을 시켜야 합니다. 사전에 학부모 설문조사나 홍보를 통한 맨발걷기에 대한 이해의 폭을 넓혀야 합니다. 아무리 좋은 시책이라도 무계획적이거나 행사 위주의 운영은 바람직하지 않습니다. 교육과정은 단위학교 교육가족의 약속입니다. 약속은 지켜질 때 약속으로서의 책임을 다하는 것입니다. 약속의 전제 조건은 몇 가지가 있습니다.

먼저 맨발걷기의 교육적인 효과성의 문제입니다. 맨발걷기의 교육적인 효과는 이미 검증이 되었습니다. 또 하나는 공감대 형성 및 일반화의 문제입니다. 맨발걷기가 특정 교육가족의 전유물이 되어서는 곤란합니다. 99%가 만족을 하더라도 1%가 힘든 점이 있다면, 그 1%를 위한 배려가 필요합니다. 어떤 문제로 맨발걷기가 어려운 학생이 있을 수도 있습니다. 당연히 맨발걷기가 힘든 학생에 대한 배려와 다른 프로그램 운영이 필요합니다.

대구수성초등학교는 학부모 연수에 아이들도 동참을 했습니다. 보도자료를 봤을 때 학교의 교직원도 참여를 했을 것으로 보입니다. 교직원도 학부모일 수 있습니다. 아이들은 미래의 학부모입니다. 교육가족 모두가 참여를 했습니다. 이번 연수는 맨발걷기에 대한 교육가족의 공감대를 형성하는 데 큰 도움이 되었을 것입니다. 또한, 교육적인 효과성도 어느 정도 검증이 되었을 것입니다.

특히, 학부모와 아이가 함께 한 것이 큰 의의가 있습니다. 자연스럽게 아이들에게도 학부모 교육이 되었을 것입니다. 경험은 아주 좋은 교육입니다. 학부모 교육은 학부모에게만 필요한 것이 아닙니다. 지금의 아이에게 학부모 교육을 하면 시기상조라고 할 수도 있습니다. 하지만 지금 아이들에게 하는 학부모 교육은 선행교육이 아닙니다. 내일 비가 온다고 하더라도 오늘 물이 필요한 농작물에게는 물을 주어야 합니다. 지금의 이 '시기'는 다시 오지 않습니다.

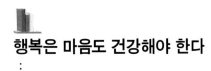

행복은 마음도 건강해야 한다

⋮

신체적인 건강도 중요하지만 마음의 건강도 중요합니다. 흔히 세상의 모든 일은 마음먹기 나름이라고 합니다. 세상의 많은 사람은 저마다 다른 마음이 있습니다. 그것은 성격이나 개성이나 습관이나 버릇으로 나타나기도 합니다. 궁극적으로는 삶의 방식이나 형태로 투영되기도 합니다. 물질은 행복하기 위한 여러 가지 조건 중의 하나입니다. 물질에 대한 저마다의 마음먹기도 결국은 개인의 선택입니다.

속옷 없는 행복[54)]

옛날 어느 나라 왕이 중병을 앓고 있었다. 유명한 의사들을 다 불렀으나 별 효험을 보지 못했다. 그중에서 가장 용하다는 의사가 최후의 치료 처방을 냈다. "이 세상에서 가장 행복한 사람의 속옷을 얻어 입으시면 병이 치료됩니다." 왕의 신하들은 사방으로 흩어져 세상에서 가장 행복한 사람을 찾기 시작했다. 그러나 아무리 돈이 많은 사람도 학문이 높은 사람도 잘생긴 사람도 자기가 행복한 사람이라고 생각하지 않았다. 별의별 사람을 다 만나 보았으나 허탕을 치고 돌아오던 한 신하가 어느 산골 다 쓰러져 가는 오두막에서 살아가는 농사꾼 부부를 만났다. 그런데 그 부부는 자기들이야말로 세상에서 가장 행복한 사람들이라고 믿고 있었다. 신하는 허겁지겁 사정을 얘기하

---

54) 정채봉·류시화 엮음(1997), 『작은 이야기 1』, 서울; 샘터, p.139.

고 값은 달라는 대로 줄 테니 속옷을 달라고 부탁했다. 그러나 그 부부는 너무 가난해 여태까지 속옷을 입어 본 적이 없다는 것이었다.

아주 짧지만 아이들의 인성과 창의성을 신장시키기에 좋은 글입니다. 먼저 왕을 살릴지 말지를 결정하는 것으로 인성과 관련지을 수 있습니다. 한두 명의 아이들은 왕을 살리는 것에 반대를 합니다. 이때 선생님의 적절한 인성지도가 필요합니다. 왕을 살리기로 결정했다면, 살리는 방법을 찾는 것으로 창의성을 신장시킬 수 있습니다. 서너 가지의 답을 찾을 수 있습니다. 또한, 글의 주제를 찾고, 아이들이 생각하는 행복의 예를 찾아보는 수업을 할 수도 있습니다.

교감이나 교장은 직접적으로 수업을 하지는 않습니다. 선생님들이 수업을 잘할 수 있도록 도와주는 역할입니다. 교감 시절 보결수업을 많이 했습니다. 정해진 과목으로 수업을 하기도 하지만, '속옷 없는 행복'이라는 짧은 글로 국어 수업을 하기도 했습니다. 장학사로 근무할 때는 장학지도 하는 과정에서 이 글로 시범수업을 열 번 정도 했었습니다. 수업에 관련된 강의를 하면서 선생님들과 함께 만들어가는 수업도 해 보았습니다.

선생님들은 위의 방법 외에도 개인별 수업행복지수를 알아보면 좋습니다. 100점 만점으로 해서 수업 시작 전의 지수와 수업을 마친 뒤의 지수를 비교해 보는 것도 좋습니다. 선생님의 수업행복지수는 학생들의 수업행복지수와 비례합니다. 아이들이나 선생님들이나 교실이 행복하면 좋겠습니다. 교실이 행복하려면 수업이 행복해야 합니다. 수업이 행복하자면 먼저 선생님이 행복해야 합니다. 우리 학교 선생님들의 수업행복지수는 얼마나 될까요? 그 행복지수를 높이도록 도와주는 게 수업장학입니다.

그러려면 교장, 교감의 수업행복지수도 높아야 합니다. 교장 선생님의 수업행복지수는 얼마입니까?

몸과 마음은 하나입니다. 몸이 건강하면 마음이 건강할 수 있습니다. 마음이 건강하면 몸이 건강할 수도 있습니다. 몸이 건강하더라도 마음이 건강하지 않을 수도 있습니다. 마음이 건강하다라도 몸이 건강하지 않을 수도 있습니다. 몸과 마음이 다 건강한 것은 수학적으로 필요충분조건입니다.

교육가족은 수업에서 행복을 찾았으면 좋겠습니다. 선생님은 수업에서 가르치고 배우는 교학상장의 행복이 있습니다. 아이들은 협력과 소통과 나누는 배움의 행복이 있습니다. 학부모는 학교의 수업에서 아이들이 몸과 마음이 성장하는 모습을 함께하는 행복이 있습니다. 교장이나 교감은 학교의 교육활동을 지원하면서 얻는 행복이 있습니다. 이런 많은 행복을 건강한 몸과 마음이 하나가 되는 수업이라는 상호작용 속에서 맛보기를 소망합니다.

수업행복 역량은 수업의 분위기이다

형식이 내용을 우선하기도 합니다. 정작 중요한 것은 형식이 아니라 내용인데도 말입니다. 잘 변하지 않는 것을 바꾸기 위해서는 형식을 바꾸는 것이 먼저일 수도 있습니다. 형식이 바뀌지 않아도 내용이 바뀔 수도 있습니다. 내용이 바뀌지만 형식이 바뀌지 않을 수도 있습니다. 형식과 내용이 조화롭게 바뀌는 게 가장 이상적입니다.

수업을 바꾸는 것에는 여러 가지가 있습니다. 교실의 책상 배치를 바꾸는 것도 한 방법입니다. 우리는 일자형 책상 배치에 익숙해져 있습니다. 학생들이 많다는 이유로 학습 효과성이 높다는 이유로 비판 없이 계속되어 왔습니다. 무조건 일자형을 배척할 필요는 없습니다. 책상 배치는 어느 것이나 일장일단이 있습니다. 교과와 내용에 맞는 변화무쌍한 책상 배치가 필요한 이유입니다.

책상 배치는 수업 분위기와도 연관성이 많습니다. 책상 배치와 수업 분위기를 어떻게 만들 것인가는 선생님의 몫입니다. 책상 배치와 수업 분위기는 상호작용의 다른 이름이라고도 할 수 있습니다. 책상 배치와 수업 분위기로 수업행복 역량을 어떻게 신장시킬 것인지 궁금합니다.

자리만 바꾸어도 행복할까?

⋮

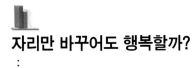

안교사: 교감 선생님은 왜 그래 자리 배치에 집착을 하세요?

김교감: 제가 언제 그랬어요.

안교사: 늘 디귿자 형태를 강조하시잖아요.

김교감: 그것은 기본형은 그렇게 하면 좋겠다는 뜻인데요.

안교사: 선생님들은 그렇게 생각하지 않아요.

김교감: 그러면 어떻게 생각한다는 거예요.

안교사: 의무적으로 해야 된다고 생각해요.

김교감: 그런 의도가 아닌데…….

안교사: 교감 선생님 아직도 모르세요?

김교감: 예, 잘 모르겠어요.

안교사: 자리 배치가 변한다고 수업이 변하는가요?

김교감: 예, 당연히 변하지요.

안교사: 어떻게 변하는데요?

김교감: 상호작용을 하기가 좋아요.

안교사: 일자형으로 하면 제일 편한데요.

김교감: 일자형은 편하지 않고 제일 힘이 많이 드는 자리 배치예요.

안교사: 자리 배치가 바뀐다고 수업이 행복해지나요?

김교감: 당연히 행복해집니다. 수업은 상호작용이잖아요.

대구광역시남부교육지원청에서는 매월 초에 대강당에서 전 직원 조회를 합니다. 대강당은 모두가 한자리에 모이는 공간입니다. 좌석이 고정된 것이 아니라 행사의 성격이나 참석자의 수에 따라 책상 배치를 해야 하는 번거로움이 있기도 합니다.

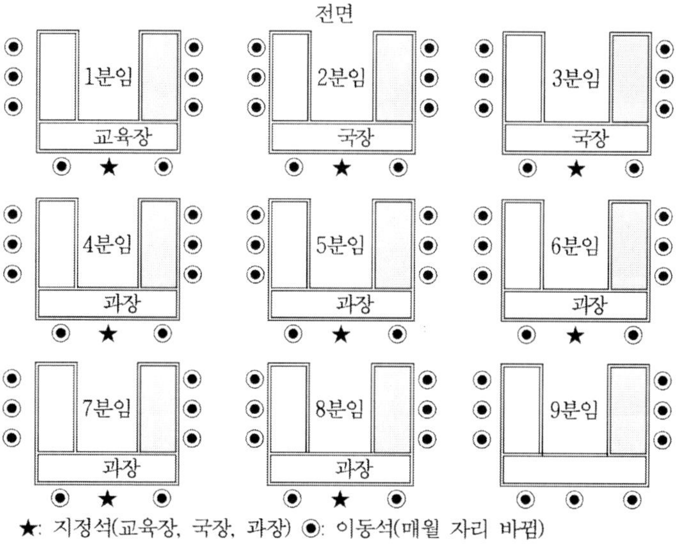

책상 배치[55)]

직원 조회를 할 때는 모둠 형태로 앉습니다. 책상은 3인용입니다. 책상 3개를 디귿자 형태로 놓습니다. 9명 모두가 서로의 얼굴을 보면서 대화를 할 수 있습니다. 교육장, 국장, 과장은 지정석입니다. 나머지는 매월 자리가 바뀝니다. 달마다 새로운 8명과 대화의 시간을 가집니다. 소통과 공감을 위한 자리 배치입니다.

55) 2018.6. 대구광역시남부교육지원청 직원조회 좌석 배치표.

단원 김홍도의 <서당>입니다.

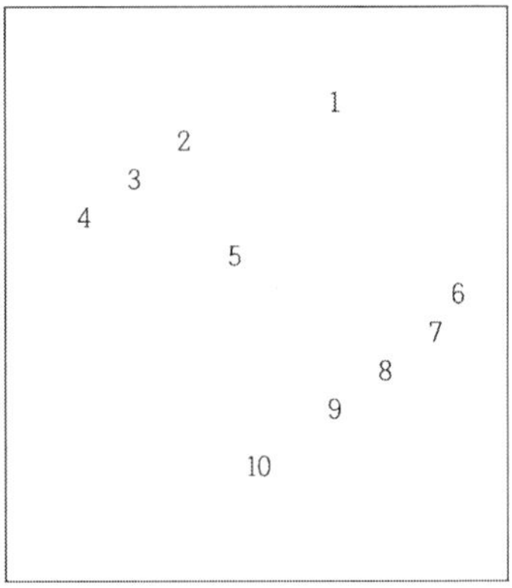

김홍도의 <서당>에 나오는 학동들은 마주보고 앉아 있습니다. 마주보고 엎드려서 팔을 내밀면 손을 잡을 수 있는 거리입니다. 좌우로도 친구들이 앉아 있습니다. 학동들이 상호작용을 하기에 좋은 자리 배치입니다.

훈장님과 학동들 사이의 디귿자 안은 다용도 공간입니다. 우쭐대며 강독의 솜씨를 뽐내는 공간입니다. 강독을 못 하는 학동이 혼나는 공간이기도 합니다. 편을 갈라서 팔씨름을 할 수도 있습니다. 학동들 간에 응원, 시샘, 조롱, 질투가 오가는 공간이기도 합니다. 훈장님과 눈맞춤을 하지 못하는 학동들의 시선이 머물기도 합니다. 가끔씩 어색하고 멋쩍은 훈장님의 시선이 머무는 공간이기도 합니다.

서당에 학동이 스무 명이 넘었다면 훈장님은 자리 배치를 다르게 했을 것입니다. 자리는 고정불변이 아닙니다. 고정된 공간을 어떻게 활용하느냐는 단순한 문제가 아닙니다. 집 안의 가구 배치에 따라서 집 안의 분위기가 달라지듯이 교실의 책상 배치에 따라 많은 것이 달라집니다. 교실의 책상 배치는 수업자의 철학입니다.

수업을 바꾸는 것에는 여러 가지가 있습니다. 그중에서도 외형적인 것에 책상 배치가 있습니다. 책상 배치만 바꾸어도 수업이 달라질까요? 달라진다고 확신합니다. 책상 배치 바꾸는 게 뭐 그리 대단하냐고 생각하실 수도 있습니다. 하지만 책상 배치를 바꾸는 데는 철학과 용기가 필요합니다.

전통적인 책상 배치는 교실 앞쪽을 향한 일자형(한자의 한 일一자) 배치입니다. 필자의 기억으로는 대신초등학교, 아포중학교, 김천고등학교를 다니면서 일자형 배치를 벗어난 기억이 없습니다. 대구교대를 다닐 때도 마찬가지였습니다. 필자가 아이들을 가르칠 때도 마찬가지였습니다. 대구매천초등학교 초임 시절부터 그 이후의 상당 기간도 마찬가지였습니다. 그게 당연하다고 생각했었고, 달리 바꾸겠다는 의지도 없었습니다.

일자형 배치의 장점도 많습니다. 아이들 수가 많은 때는 달리 선택의 여지가 없을 것입니다. 또한, 강의식 수업에서도 매력적입니다. 교사와 아이들 전체와 상호작용에도 좋습니다. 하지만 단점 또한 많습니다. 학생 간에 상호작용하기에 매우 불편합니다. 뒷자리의 아이들은 친구의 뒷머리만 쳐다보게 됩니다. 이것 말고도 장단점은 더 있습니다.

다음은 첫 번째 교감으로 근무한 대구태현초등학교 교실의 책상 배치 모습입니다.

〔그림 14〕책상 배치[56]

5개 반의 책상 배치는 기본적으로 디귿자형입니다. 교과나 내용에 따라서 다양하게 자리를 바꾸기도 합니다. 가운데 3학년 교실은 원형으로 앉아 있습니다. 토론이나 토의에 아주 적합한 자리 배치입니다. 항상 이렇게 앉는 것은 아닙니다. 1학년 교실은 디귿자형이고, 앞에는 책상이나 걸상이 있습니다. 선생님이 학생들과 눈높이를 같이 하기도 하고, 학생들의 발표 무대이기도 합니다. 그 자리에서 발표한 학생들은 아주 좋아한다고 합니다.

---

56) 2014학년도 대구태현초등학교 수업 장면. 왼쪽 위부터 시계 방향으로 1학년 김○○ 선생님, 4학년 박○○ 선생님, 1학년 심○○ 선생님, 1학년 신○○ 선생님, 가운데는 3학년 심○○ 선생님.

다음은 두 번째 교감으로 근무한 대구교육대학교대구부설초등학교 교실의 책상 배치 모습입니다.

책상 배치[57]

5개 반의 책상 배치는 디귿자형을 기본으로 하고 교과나 내용에 따라서 다양하게 자리를 바꾸기도 합니다. 교실에는 교사가 학생들과 눈높이를 맞추기 위한 이동용 플라스틱 의자가 하나씩 있습니다. 교실은 교생과 대외 손님의 상시 수업 공개를 위한 수업문이 열린 공간이기도 합니다.

57) 2015학년도 대구교육대학교대구부설초등학교 책상 배치 장면으로 왼쪽 위부터 시계 방향으로 1학년 1반 윤은섭 선생님, 1학년 3반 전성길 선생님, 6학년 1반 이응택 선생님, 6학년 3반 김혜진 선생님 반의 사진. 겨울방학 중인 2016.1.6.(수)에 촬영한 것으로 겨울방학 직전(2015.12.31.)의 책상 배치 그대로임. 가운데는 1학년 1반 윤은섭 선생님 수업 장면.

다음은 2017년 12월 기준으로 대구 및 전국의 여러 초등학교 교실의 책상 배치 모습입니다.

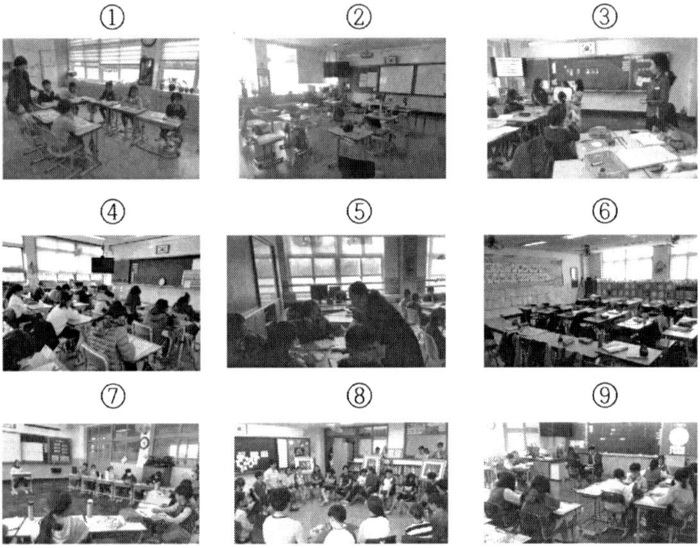

책상 배치[58]

전국 초등학교의 교실은 다양한 자리배치입니다. 일자형, 디귿자형, 원형, 모둠형, 혼합형 등입니다. 일자형 교실은 평가를 하는 중입니다. 자리배치만 바꾸어도 행복해집니다.

책상 배치만 바꾸어도 수업이 달라질까요?

지금 우리 학교 교실은 어떻게 되어 있습니까?

58) ①경북 원황초등학교(교장 오재국) ②경북 화동초등학교(교장 김현오) ③부산 좌성초등학교(교장 박진희) ④울산 청량초등학교(교장 최흥근) ⑤충북 오선초등학교(교장 박정원) ⑥경기 태창초등학교(교장 이윤수) ⑦부산 주감초등학교(교장 김인식) ⑧대구조암초등학교(교장 이금숙) ⑨대구교육대학교대구부설초등학교(교장 이점형)

자리는 고정불변한 게 아닙니다.

상황에 따라 다양한 책상 배치가 필요합니다.

책상 배치만 바꾸어도 학생이 달라집니까?

책상 배치만 바꾸어도 학생들 표정이 달라집니다.

책상 배치만 바꾸어도 선생님이 달라집니까?

책상 배치만 바꾸어도 아이들 눈에 우리 선생님이 보입니다.

책상 배치만 바꾸어도 수업이 달라집니까?

책상 배치만 바꾸어도 수업이 달라집니다.

책상 배치만 바꾸어도 행복해집니까?

책상 배치만 바꾸어도 행복해집니다.

책상 배치만 바꾸어도 학생들과 선생님이 달라지고 수업이 달라져서 시나브로 행복도 동행합니다.

수업 분위기는 수업행복의 척도일까?

⋮

"척 보면 안다."
"복도만 지나가도 안다."
"아이들 숨소리만 들어도 안다."
"보지 않아도 눈에 선하다."

교실 수업에 대해서 널리 회자되는 말입니다. 매우 주관적이고 개인적인 교실 수업 분석이지만, 한편으로는 명료하고 간결한 교실 수업에 대한 평이라는 생각이 들기도 합니다. 양적인 분석인 수업 분위기에 근거한 수업평입니다.

수업 분석은 '수업과 관련하여 이루어지는 모든 사실과 현상에 대하여 일정한 기분이나 관점에 따라 관찰, 기록, 해석하는 과정을 통해 수업을 종합적으로 이해하는 과정'입니다.

수업 분석의 장점은 수업의 특징이나 문제점을 파악하고, 교사의 수업 형태나 수업 행동을 정확하게 알 수 있다는 것입니다. 수업 분석의 유형[59]은 크게 질적 분석과 양적 분석으로 나눌 수 있습니다.

질적인 분석은 내용적인 분석 방법입니다. 교과 전문가에 의해 수행됩니다. 전개된 수업 활동을 교과나 단원의 목적에 비추어 타당성을 검증하는 분석 방법입니다. 교과 본질상의 문제 확인에 초점을 둡니다. 수업

59) 신재한(2013),『수업 컨설팅의 이론과 실제』, 서울; 교육과학사, pp.238~239.

비평, 참여형 수업분석 등이 있습니다.

양적인 분석은 형태적인 분석 방법입니다. 일정한 분류 체계나 분석 방법을 동원합니다. 수업 중 도출되는 의미 있는 수치나 도표를 사용하여 양적으로 나타내는 방법입니다. 수업 중 교사와 학생의 발언 비율, 교사의 자리이동 패턴, 학생의 과업집중 비율에 관한 정보 등을 백분율 지수나 그래픽을 통해 제시합니다. 수업 분위기 분석, 수업언어의 상호작용 분석법(Flanders의 언어상호작용 분석법) 등이 있습니다.

다음은 양적인 분석의 하나인 수업(학습) 분위기 분석입니다.

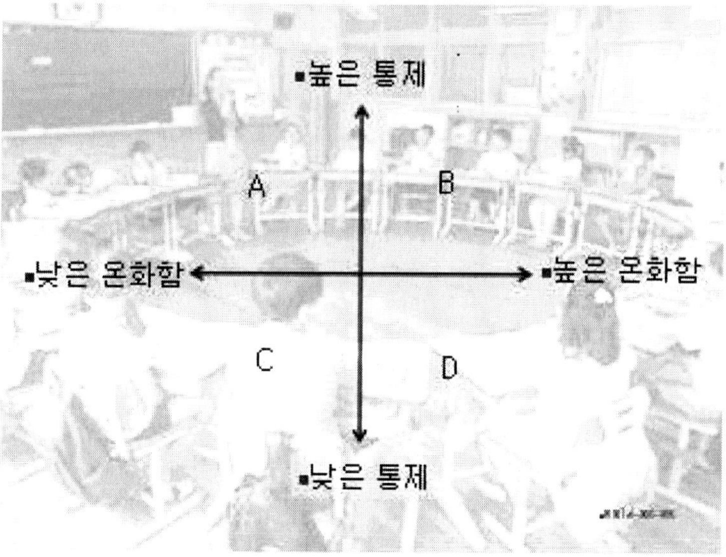

수업(학습) 분위기 분석[60]

60) 배경 사진은 2014학년도 대구태현초등학교 3학년 교실 수업 장면임.

앞의 그림에서 네 가지 영역별 수업 분위기는 다음과 같이 정리[61] 및 해석을 할 수 있습니다.

A 영역은 높은 수준의 통제, 낮은 수준의 온화함을 보이는 교실입니다. 교사 주도의 대화 비율이 높고 시간이 압도적으로 많습니다. 흔히 무섭다고 하는 선생님의 교실 분위기입니다. 학급당 학생 수가 많았던 시절, 일자형 책상 배치의 교실에서 자주 나타나는 분위기입니다. 교사와 학생, 학생과 학생간의 상호작용이 잘 이루어지지 않습니다. 이런 분위기에 잘 적응하지 못하는 학생의 학부모는 민원을 제기하기도 합니다. 협력학습에서는 지양해야 할 수업 분위기입니다.

B 영역은 높은 수준의 통제, 높은 수준의 온화함을 보이는 교실입니다. 이 영역은 칭찬과 보상을 시스템으로 활용한다는 점에서 A 영역과 다릅니다. 엄격함과 온화함이 공존하는 교실입니다. 〈호랑이 선생님〉이라는 프로그램의 교실 분위기와 흡사한 면이 있습니다. 교사 중심의 수업입니다. A 영역과 같이 그리 권장할 만한 수업 분위기는 아닙니다.

C 영역은 낮은 수준의 통제, 낮은 수준의 온화함을 보이는 교실입니다. 이런 교실에서는 학생 행동을 통제하기 위한 교사의 비난과 질책에 정비례하여 학생 소요나 혼란도 증가합니다. 교사는 칭찬이나 격려보다는 비난과 질책에 익숙합니다. 교사나 학생 모두 문제가 많은 교실입니다. 지금 우리의 교실에서 이런 분위기를 찾기는 쉽지가 않습니다.

D 영역은 낮은 수준의 통제, 높은 수준의 온화함을 보이는 교실입니다. 이 영역에서는 학생이 주도권을 가지고 교실 활동이나 교실 대화에 참여합니다. 교사는 따뜻하고 허용적입니다. 가장 권장할 만한 수업 분위기입니다. 협력학습이 활발하게 이루어지는 교실에서 볼 수 있는 수업

---

61) 박태호(2012),『초등 국어 수업 관찰과 분석』, 서울; 정인출판사, pp.127~128.

분위기입니다. 궁극적으로 모든 교실이 이런 분위기면 좋겠습니다.

수업은 양적인 분석도 필요하고 질적인 분석도 필요합니다. 상황에 따라서 양적인 분석이 더 적합할 수도 있고, 질적인 분석이 적합할 수도 있습니다. 질적인 분석 중에서 수업비평을 살펴보면 다음과 같습니다.

> 필자는 여러 비평 이론을 참조하고 수업 비평의 실제 경험 및 선행 연구를 바탕으로 수업 비평의 개념을 다음과 같이 정의하였다. 수업 비평은 교사와 학생들이 함께 구성해 가는 수업 현상을 하나의 분석 텍스트로 하여 수업 활동의 과학성과 예술성, 수업 참여자의 의도와 연행(演行), 교과와 사회적 맥락 등을 종합적으로 고려하면서 수업을 기술, 분석, 평가하는 비판적이고 창조적인 글쓰기이다.[62]

다음은 필자가 국어 수업을 보고 소감을 적은 것입니다. 수업 비평이라고 하기에는 부족한 점이 많은 내용입니다.

가르치는 기쁨을 느끼는 선생님의 수업을 보고[63]

> 수업 시작이 2시부터이다. 지정 수업반이 국어, 사회, 음악 각각 1개 반씩 3개 학반이다. 아예 국어 한 반만 참관하기로 하고 1시 50분에 교실에 들어갔다. 여기저기 교실을 기웃거리는 분들은 있어도 교실에 들어가기에는 좀 이른 시간이다. 수업 전에 학생들의 활동이 어떨지 하는 궁금증 때문에 일찍 들어갔다. 선생님과 이야기를 주고받는다. 공개 수업의 긴장감 때문인지 긴장을 풀자는 이야기를 자주 한다. 그리고 선생님이나 학생들이나 종결어미가 확실한 언어를 사용

62) 이혁규(2012), 『수업. 비평의 눈으로 읽다』, 서울; 우리교육, p.16.
63) 대구교육과학연구원 교육연구사 시절 부산 신남초등학교(교육과학기술부 지정 교육과정 정책연구학교 운영보고회, 2009.10.29.목). 지정 수업반인 4-3, 김은령 선생님의 국어 수업을 참관한 후 신남초 연구부장께 이메일로 보낸 내용 중에서 세 가지만 발췌한 것임.

하다는 것을 알았다. 선생님은 항상 경어체를 사용하면서 "---다.", "---까?'이고, 학생들은 "---다."였다. 참으로 바른 언어 사용이다. 교육계획서를 보면 교내 장학이나 학부모 참관 수업 등 공개 수업이 처음이 아니라 선생님이나 학생들이 크게 긴장을 한다는 느낌은 없었다. 대구교대대구부설초에 근무할 때 공개 수업 시작 전에는 시를 외우게 하거나, 노래를 불러 긴장을 풀던 때가 떠올랐다.

선생님은 매우 차분하다. 그러면서도 학생들과의 친밀감이 느껴진다. 차분한 가운데 용어 사용이 분명하다. 부산이나 경남 특유의 억양이 살아 있다. 그리 낯설지는 않다. 자료를 제시하거나 판서를 하는 것도 매끄럽다. 평소 학생들과 학습에 대한 여러 가지 약속이 잘되어 있다는 느낌이 들었다. 시 「누나야」는 처음에는 선생님이 낭독을 하셨다. 참 좋은 방법이다. 앞에서도 언급했지만 가장 좋은 자료는 바로 선생님 자신이다. 학생들이 모둠 활동을 할 때 선생님이 돌아보시는(궤간순시) 장면이 여러 번 있었다. 그냥 서서 학생들과 이야기를 나누시곤 했다. 선생님이 자세를 낮추어서(허리를 굽히는 것보다 쪼그리고 앉아서) 학생들과 눈높이를 낮추면 좋겠다는 생각이 들었다. 아마 치마를 입으셔서 그냥 서서 돌아보신 게 아닐까? 선생님은 가르치는 기쁨을 아시는 것 같다.

학생들은 매우 활발하다. 특히 처음 인사 구령을 한 여학생은 목소리도 우렁차고(?) 매우 활발했다. 발표도 대여섯 번 한 것 같다. 28명인데 안경을 쓴 학생이 13명이다. 샤프를 사용하는 학생은 열 명 정도이다. 대부분이 여학생이다. 내가 현장에서 아이들을 가르칠 때는 글씨체가 완전하게 자리 잡을 때까지 연필을 사용하기로 약속을 했었다. 개인적인 문제이긴 하지만, 교육적인 면에서 고려할 만하다. 왼손으로 글씨를 쓰는 학생은 두 명이다. 구태여 오른손으로 쓸 것을 강요할 필요가 없다는 생각이다. 앞에 앉은 학생 2명 정도를 제외하면 모두가 정상 체중인 것 같다. 경사가 45도는 되어 보이는 학교를 오르내려서 시나브로 체력 단련이 된 것도 한 이유가 아닐까? 학습 훈련이 잘되어서 발표도 손가락의 모양만 보아도 찬성, 보충, 반대 등 나타낸다는 것을 알 수 있었다. 학생들은 배움을 즐기고 있었다.

수업은 학생과 학생, 학생과 선생님의 상호작용입니다. 상호작용의 수업을 설계하는 선생님의 철학의 문제입니다. 수업 분위기는 전적으로 선생님의 몫입니다. 수업 분위기는 아이들과 아이들, 선생님과 아이들의 상호작용이 어떻게 얼마나 이루어지느냐의 문제입니다. 수업 분위기는 수업행복입니다.

수업행복 역량은 선생님의 일상이다

수도산의 용추폭포 부근에서 행운을 상징하는 네 잎 클로버를 많이 보았습니다. 세 잎은 행복이라고 합니다. 혹자는 행운을 위해 행복을 짓밟는다고도 합니다. 하지만 필자는 많은 행복 가운데서 행운을 찾는 것도 진정한 행복이라는 생각입니다. 일상의 수업이 행복이고, 어쩌다 잘되는 수업이 행운이라고도 할 수 있습니다. 결국, 행복과 행운은 동행입니다.

오랫동안 묵혀두었던 『단순하게 살아라』 책을 우연히 읽었습니다. 네 잎 클로버를 찾은 느낌이었습니다. '행복한 사람들에게서 발견한 행복의 7가지 전제조건'에서 행복을 보았습니다. 행운에서 행복을 발견한 것입니다. 당신의 전부를 바쳐라. '지금 현재에 집중하라. 하고 있는 일에 집중하라. 자신이 하는 일을 즐겨라. 불만이 많은 친구와 함께하지 마라.' 등입니다.

필자는 수업에 대한 생각을 직간접적으로 많은 사람들과 나누고 있습니다. 일종의 수업친구 같은 사이입니다. 수업에 대한 생각을 공유는 하되 강권하지는 않습니다. 상호작용을 하면서 나름대로 수업에 대한 생각을 정립하고 실천해 나가는 선생님들을 만나는 것은 행운이자 행복입니다.

행복은 행복을 찾아가는 과정일까?

2018년 6월 2일 토요일 오후에 아내와 함께 경북 김천시 증산면에 있는 수도산 계곡의 용추폭포를 다녀왔습니다. 구미의 집에서 왕복 3시간 정도의 거리입니다. 길도 잘 포장이 되어서 편안하게 다닐 수 있습니다. 수도산에는 비구니 승가대학으로 유명한 청암사도 있습니다. 용추폭포에서 한참을 올라가면 해발 1,100미터 부근에 청암사의 말사인 수도암이 있습니다.

용추폭포는 '용이 사는 연못'이라는 뜻으로 예로부터 가뭄이 들 때면 주민들이 여기에서 기우제를 지냈다고 합니다. 민초들의 고단한 삶을 위로받는 명당이기도 합니다. 용추폭포와 수도암 사이에는 사하촌인 20여 가구의 수도리가 있습니다. 무흘구곡 제9곡인 용추폭포는 무흘구곡 최고의 풍광이자 용추라는 이름에 걸맞는 화룡점정의 풍광이라고 할 수 있습니다.

「무흘구곡(武屹九曲)」은 조선 중기의 학자인 한강(寒岡) 정구(鄭逑)[1543~1620]가 경상북도 성주군 수륜면 신정리의 성주댐 아래쪽의 대가천에 자리한 제1곡 봉비암에서부터 성주댐을 거쳐 김천시 증산면 수도리의 수도암 아래쪽 계곡에 자리한 제9곡 용소폭포까지 약 35㎞ 구간의 맑은 물과 기암괴석 등의 절경을 읊은 시이다. 성주군에 1~5곡이 있고, 김천시 증산면에 6~9곡이 있다.

정구가 대가천 계곡의 아름다움에 반해 중국 남송 때의 유학자인

주희(朱熹)의 「무이구곡(武夷九曲)」을 본받아 대가천을 오르내리며 경관이 뛰어난 곳을 골라 이름 짓고 7언 절구의 시를 지어 그 절경을 노래한 것으로 전해진다. 무흘구곡의 아홉 굽이는 제1곡이 봉비암, 제2곡이 한강대, 제3곡이 무학정, 제4곡이 입암, 제5곡이 사인암, 제6곡이 옥류동, 제7곡이 만월담, 제8곡이 와룡암, 제9곡이 용추(龍湫)이다.

「제9곡 용추」
아홉 굽이라 고개를 돌리고서 한탄한다[九曲回頭更喟然]
이내 마음 산천을 좋아한 게 아니거니[我心非爲好山川]
샘물 근원 이곳에 형언 못할 묘리 있어[源頭自有難言妙]
여기 이걸 놓아두고 다른 세계 찾을쏘냐[捨此何須問別天][64]

지난해에는 볼 수 없었던 많은 시설이 수도산 곳곳에 들어서 있었습니다. 용추폭포 부근에도 주차장과 화장실이 잘 갖추어져 있었습니다. 계곡을 가로지르는 출렁다리는 적당한 긴장과 스릴을 맛볼 수 있는 높이와 길이입니다. 출렁다리를 건너면서 수도산의 시원한 골바람과 용추폭포의 물 떨어지는 소리를 벗 삼아 잠시 속세의 상념을 떨쳐봅니다.

출렁다리가 끝나면 용추폭포로 이어지는 나무 계단의 산책로가 이어집니다. 방문객을 위해 폭포를 잘 볼 수 있는 곳에서 안전하게 사진이나 동영상을 찍기 편한 시설도 되어 있습니다. 눈을 감으면 승천하는 용울음 같은 물소리뿐입니다. 눈을 뜨면 물보라와 짙어가는 신록이 더해집니다. 눈을 뜨거나 눈을 감아도 잠시 행복한 일상을 맛볼 수 있습니다.

64) 디지털김천문화대전(http://gimcheon.grandculture.net/?local=gimcheon).

[65]

산책을 마치고 준비해 간 간식을 먹었습니다. 사과 두 개, 계란 네 개, 토마토 한 개와 작은 물병 2개가 전부였습니다. 소박한 간식이지만 수도산의 풍광과 그 수도산의 풍광과 함께 넘어가는 일몰, 시장기까지 더해서 꿀맛 같은 간식입니다. 앉아서 간식을 먹은 돌벤치 부근에는 클로버가 지천이었습니다.

간식을 다 먹은 아내가 우연히 네 잎 클로버를 발견했습니다. 순식간에 20여 개를 발견했습니다. 저도 덩달아 네 잎 클로버를 찾았습니다. 누군가는 세 잎의 행운을 찾기 위해 네 잎의 수많은 행복을 짓밟는다고도 합니다. 하지만 많은 행복 가운데 행운을 찾는 것도 행복이라는 생각을 합니다.

우리 선생님들이 평소에 하는 모든 수업이 행복이라는 생각을 합니다. 가끔 생각대로 잘되는 수업은 행운이라고 해도 좋겠습니다. 평소의 수업을 행복이라고 생각하고, 어쩌다 잘되는 수업을 행운이라도 할 수 있겠

65) 2018.6.2.(토) 경북 김천서 증산면 수도산 용추폭포 및 네잎클로버.

습니다. 행복하면 행운도 찾아올 것이고, 행운이 있으면 행복도 있을 것입니다. 결국 행운과 행복도 동행이라는 생각입니다.

수도산과 용추폭포의 행복한 여운이 채 가시지 않은 그날 밤에 오래전에 구입한 책을 뒤적였습니다. 한때 베스트 셀러였던 『단순하게 살아라』라는 책입니다. 책 상태를 보니 그렇게 애써 탐독한 흔적은 없습니다. 책장을 넘기다 보니, 중간을 조금 지난 쪽 사이에 2003학년도 대구교육대학교대구부설초등학교 5학년 2반 학생명부가 들어있었습니다. 1번인 김○○부터 32번인 황○○까지 32명 아이들의 얼굴이 주마등처럼 스쳐지나갑니다. 그 명부가 들어있는 쪽에 다음과 같은 내용이 있었습니다.

> 다음은 전문가들이 행복한 사람들에게서 발견한 행복의 7가지 전제조건들이다. ① 당신의 전부를 바쳐라. 사생활과 직장 생활을 너무 철저하게 나누는 것은 행복에 장애물이 될 수 있다. ② 지금 현재에 집중하라. 먼 미래의 일들만 목표로 일하는 것은 자신에게 도움이 되지 않는다. ③ 하고 있는 일에 집중하라. 여러 가지 일을 한꺼번에 하는 사람은 행복의 흐름을 느끼기 어렵다. ④ 자신이 하는 일을 즐기라. ⑤ 불만이 많은 동료와 함께 하지 마라. ⑥ 스스로 통제할 수 있는 직장을 구하라. ⑦ 여가 시간을 잘 보내자. 근무 시간이 여가 시간보다 잘 지나간다.[66)]

필자를 생각하니 일곱 가지의 조건 중에 여섯 번째의 조건은 해당 사항이 없습니다. 지금 이 직장을 어찌하고 새로운 직장을 구한다는 것은 불가능합니다. 교직 생활을 막 시작했거나 교대생이라면 여섯 번째 조건도 충분히 고려할 수 있겠습니다. 나머지 여섯 가지를 곰곰 생각해 보았

66) 베르너 티키 퀴스텐마허·로타르 J. 자이베르트 지음(2002), 유혜자 옮김, 『단순하게 살아라』, 서울: 김영사, pp.178~180 요약.

습니다.

먼저, '당신의 전부를 바쳐라'입니다. 나는 가르치는 것에 얼마나 많은 투자를 했을까요. 교대부초에서 교사로 근무하면서부터 지금까지 일찍 퇴근하고 늦게 퇴근하는 것이 일상이 되었습니다. 흔히 말하는 칼퇴근은 해당사항이 없습니다. 평범한 일상은 아니었습니다. 구미의 일반인 친구들은 늘 불만 아닌 불평을 하곤 했습니다. "장학사 할 때는 교감 되면 일찍 퇴근한다고 하고, 교감하니 교장 되면 일찍 퇴근한다고 하고, 과장되니 모르겠다고 하는데……. 영호야, 언제 일찍 퇴근할래?"

'지금 현재에 집중하라'와 '하고 있는 일에 집중하라'입니다. 초임 시절에 언제 교감이 되고 교장이 되겠다는 생각은 하지를 않습니다. 하루살이같이 하루하루에 충실한 생활을 했습니다. 너무 큰 이상을 가지거나 허상을 좇지도 않았습니다. 한 시간 한 시간의 수업을 소중하게 생각했습니다. 선생님의 일상은 수업입니다. 수업은 현재 하고 있는 일이었습니다. 장학사나 교감이나 과장을 하면서도 수업에 대한 끈은 놓지 않았습니다.

'자신이 하는 일을 즐겨라'와 '불만이 많은 동료와 함께 일하지 마라'입니다. 가르치는 것에 대한 즐거움은 그 어떤 즐거움과 견주어도 행복한 일입니다. 가르치는 일이 즐겁지 않고는 현재에 집중할 수가 없습니다. 간혹, 수업에 불평불만이 많은 선생님이 있습니다. 아이들이 어떻고, 학습자료가 저렇고, 즐거움보다는 불만이 가득한 말뿐입니다. 이런 이야기를 들으면 함께 기분이 나빠집니다. '향 싼 종이에 향내 나고, 생선 싼 종이에 비린내 난다'고 했습니다.

'여가 시간을 잘 보내자'입니다. 평일에는 일찍 출근하고 늦게 퇴근하니 여가 시간을 가지기가 어렵습니다. 늦은 시각에 친구들을 만나기는 다음

날이 부담스럽습니다. 주말에는 시골에 갑니다. 토요일 오전에는 혼자 시골에 가서 일을 하고 동생과 점심을 먹습니다. 오후에는 아내와 함께 가까운 곳을 산과 들을 찾습니다. 밤에는 배드민턴 운동을 합니다. 이것 또한 일정하지 않습니다. 일요일에는 아내와 누나와 함께 시골에 갑니다. '농작물은 농부의 발자국 소리를 듣고 자란다'고 합니다. 농사는 수업과 비슷한 점이 많습니다. 간혹, 사무실에서는 생각하지 못했던 수업과 장학에 대한 참신한 아이디어를 얻기도 합니다.

우리 선생님들에게 단순하게 살기의 7가지의 전제조건을 강요할 수는 없습니다. 개개인의 성향에 따라서 취사선택의 문제입니다. 워라밸(Work and Life Balance의 준말)을 강조하는 최근의 사회현상에서 볼 때, '당신의 전부를 바쳐라'는 시대착오적인 발상일 수도 있습니다. 어느 것이나 절대적인 것은 없습니다. 선생님들이 수업에서 행복을 느끼는 것도 개개인마다 다 다를 수 있습니다. 그러나 한 가지 분명한 것은 선생님들이나 학생들이나 학교생활에서 가장 많이 하는 것은 수업이라는 것입니다. 가장 많이 하는 것에서 행복을 찾아야 하는 것은 너무나 당연한 이치입니다.

> 철학자의 주장을 정리하면 다음과 같다. 인간은 누구나 '내가 누군가에게 도움이 된다'고 느낄 때에만 자신의 가치를 실감할 수 있다. 단 그때의 공헌은 눈에 보이는 형태가 아니어도 상관없다. 누군가에게 도움이 된다는 주관적인 감각, 즉 '공헌감'만 있으면 그걸로 충분하다. 그리고 철학자는 이렇게 결론지었다. 즉 행복이란 '공헌감'이라고. 분명 그 말은 일리가 있다. 하지만 그딴 것이 행복이라고? 내가 바라는 것은 그런 것이 아니란 말이다![67]

67) 기시미 이치로·고가 후미타케 지음(2015), 전경아 옮김, 『곁에 두고 읽는 니체』, 서울; 인플루엔셜, p.291.

공헌감의 관점에서 보면 행운을 상징하는 네 잎 클로버를 발견하는 것만으로는 행복을 느낄 수 없습니다. 그 클로버를 누군가에게 선물로 준다면 공헌감이 생길 수도 있겠지요. 수업의 상호작용은 당연히 공헌감이 있기 때문에 당연히 행복을 느낄 수 있습니다. 하지만 마지막에 반전이 일어납니다. 공헌감이 행복이라는 말은 일리가 있지만, 그것이 행복은 아니라고 반문합니다. 철학자가 바라는 것은 그런 것이 아니라는 것을 느낌표(!)로 마무리를 합니다.

그렇다면 무엇이 행복이라는 말인가라는 혼돈에 빠지게 됩니다. 아들러 심리학은 '지금, 여기'를 강조한다. 앞에서 소개한 행복한 사람들의 7가지 전제 조건 중에 '지금 현재에 집중하라', '하고 있는 일에 집중하라'와 일맥상통한 내용입니다. 결국 선생님의 행복은 '지금 교실의 수업'입니다.

선생님이 행복하면 수업도 행복할까?

⋮

모든 이들이 이구동성으로 이야기하는 행복의 조건이 건강입니다. 육체적인 건강도 중요하고 정신적인 건강도 중요합니다. 육체나 정신 중 어느 것이 중요하다고 우기는 것은 닭이 먼저냐 달걀이 먼저냐라는 논쟁과 다르지 않습니다. 인간 관계가 상호작용이듯이 신체와 정신 건강은 상호보완적인 관계라고 할 수도 있을 것입니다. 수학적으로 합집합의 영역이 크면 클수록 더 건강하지 않을까 하는 생각도 합니다. 다음은 수업에 대하여 여러 학교 선생님들과 나눈 생각입니다. 사전에 해당 선생님들께 글을 싣는다는 것과 실명과 익명 처리 등의 허락을 받았습니다.

선생님이 행복하면 좋겠습니다[68)]

교감 선생님.

정신없는 하루를 보내고, 이제 겨우 한숨 돌리며 어제의 울컥했던 마음을 전할 수 있을 것 같습니다. 잘 지내셨는지요?

생각해보면 2011학년도 수업공개 때 교감 선생님과의 인연이 참 의미가 있는 것 같습니다. 저도 그렇지만, 김철완 선생님과의 인연도 그렇고요. 지금 생각해보면 음악을 하던 그때 참 행복했고, 즐거웠고, 나름의 수업철학으로 임했던 것 같은데……. 요즘 이리 쫓기고 저리 쫓기는 모습이 참 그렇습니다. 어제 교감 선생님 말씀 듣고 많이

68) 제2회 참여와 소통의 교사학습공동체(PLC) 수업세미나(일시: 2016.7.20.(수), 장소: 대구광역시교육연수원) 중 제1부 수업포럼 주제발표(수업, 왜 하지?) 후 내부메일로 받은 내용임.

울컥했습니다. 먹먹한 가슴 안고 노랫소리에 교감 선생님 말씀에, 무엇보다 교감 선생님께서 선생님의 행복지수는 얼마인지, 선생님이 행복하면 좋겠다는 말씀에, 그리고 마지막 응원한다는 말씀에 눈물이 났습니다. 지금도 조용한 교실에서 눈물이 납니다. 예. 먼 발치에 계신 교감 선생님의 응원한다는 말씀에 왜 그리 마음이 먹먹하고 울컥하고 그런지 모르겠습니다. 응원해주셔서 감사합니다. 그 응원은 그 자리에 계신 모든 선생님들을 대상으로 하신 거겠지만, 저한테는 더 특별히 다가옵니다.

교감 선생님.

격려 말씀, 그리고 수업철학을 찾고 행복하라는 말씀 진심으로 감사드립니다. 나중에 인연이 또 이루어진다면 교감 선생님 밑에서 좋아하는 음악 가르치고 싶습니다. 제가 글솜씨가 없어 어제의 감동을 진정으로 전해드리지 못하는 것 같아 마음이 그렇습니다. 감사합니다.

교감 선생님,

다음에도 이런 기회가 있다면 또 응원 부탁드려도 될까요?

여름방학 잘 보내시고, 다음 기회에 또 뵙기를 기대해 봅니다.

2016.7.21.

대구북비산초 장은석 올림

장은석 선생님은 2010년 9월 1일부터 2011년 8월 31일까지 대구광역시서부교육지원청 장학사로 근무할 때 처음 만났습니다. 당시 필자는 장학, 수업, 교육과정 등의 업무를 담당했습니다. 장은석 선생님은 2010년 수업발표대회 음악과 1등급에 입상을 했습니다. 2011년 6월 29일(수)에 연구교사 교내 수업공개를 했습니다. 음악과 담당 김의주 장학사가 관외 출장을 가는 바람에 필자가 대신 참석을 했습니다.

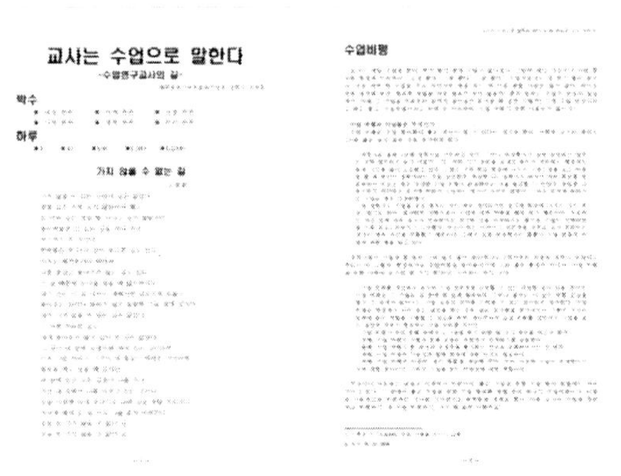

교사는 수업으로 말한다

-수업연구교사의 길-

박수

하루

가지 않을 수 없는 길

수업비평

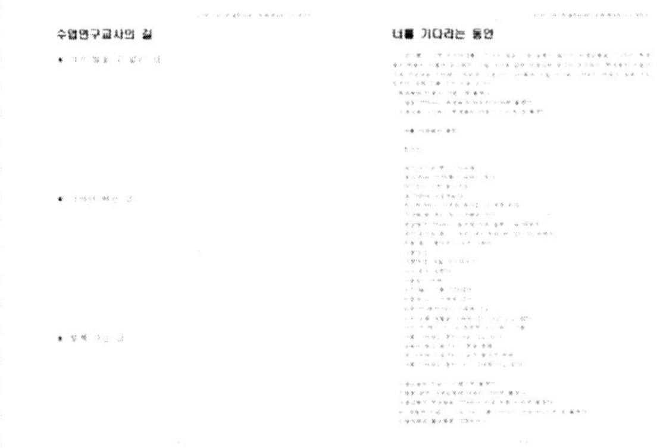

수업연구교사의 길

너를 기다리는 동안

장은석 선생님은 음악실의 모든 책걸상을 치우고 수업을 했습니다. 아이들은 바닥에 앉기도 하고 이리저리 활동을 하면서 1시간의 수업을 나누었습니다. 당시로서는 상당히 파격적인 수업이었습니다. 수업을 마치고 준비해 간 자료와 수업을 참관한 느낌을 더해서 생각을 나누었습니다. 다음은 미리 준비해 간 수업 협의회 자료입니다.

김철완 선생님도 서부교육지원청 장학사로 근무하면서 수업발표대회 참가자를 격려하기 위해 대구인지초등학교를 방문해서 처음 만났습니다. 역시 2010년에 수업발표대회 체육과 1등급에 입상을 하고 다음해에 대내외 수업 공개를 했습니다. 김철완 선생님과는 대구교육대학교대구부설초등학교에서 교감과 교사로서 1년 6개월을 같이 근무하기도 했습니다. 장은석 선생님과 김철완 선생님은 부부입니다. 부창부수(夫唱婦隨, 婦唱夫隨)라는 말이 아주 잘 어울리는 부부입니다.

김영호 과장님께

더운 여름 잘 지내고 계시는지요? 내부메일함에서 과장님의 성함을 보고 반가움과 함께 내용을 확인하고는 걱정스러움이 앞섰습니다. 제가 2016년에 과장님의 강의를 듣고 감동했던 마음을 담아 보내드렸던 편지가 과장님 책의 한 부분으로 나올 예정이라는 말씀에, 없는 글솜씨도 부끄러웠고 마치 제 속마음을 다 들켜버린 듯한 부끄러움에 며칠 동안 고민이 되었습니다. 제 편지가 과장님의 책의 한 부분을 차지할 만큼 의미가 있을까 하는 고민도 되었고요.

2016년 여름은 교실수업개선연구학교의 정책부장을 맡으며 제 나름대로 무척 힘들었던 시기였습니다. 일은 밀려오고 매일 남아서 별을 보며 퇴근하면서도 정작 아이들과 함께하는 수업에 대한 고민은 원래 그러하듯 그냥 넘겨버리는 시절이었지요. 정작 교사의 본분이 무엇인지는 잊고 남들이 흔히 말하는 일 잘하는 교사라는 별칭에 더 으쓱해했던 것 같습니다. 정작 제가 진정으로 행복한지, 나의 수업철학은 무엇인지에 대한 생각은 뒤로 보낸 채로요. 그런 저에게 수업세미나에서 과장님의 "수업철학을 찾고 행복하라"는 강의는 많은 자극이 되었습니다. 제가 그동안 무엇을 잊고 있었는지 무엇을 놓치고 있었는지…….

교사가 제일 행복한 때는 아이들과 마음이 통할 때인 것 같습니다. 가르치고 배우는 것이 서로 통하고 서로의 마음이 통하는 그때 말입니다. 이때 교사는 가르치는 것에 대한 자부심이 있어야 하고 그러기 위해서 교사 자신이 행복해야 한다고 생각합니다. 과장님의 강의는 제게 무엇을 생각해야 할지 제가 어떤 철학으로 교직 생활을 해야 할지에 대한 물음을 주셨습니다. 그리고 저는 오늘도 그러한 물음에 답하기 위해 고민하고 또 고민하고 있습니다. 반 정도의 교직생활을 남겨 놓은 지금 과장님의 메일 한 통은 다시금 저를 되돌아보고 한 번 숨 쉴 수 있는 쉼표가 되었습니다. 새로운 문장을 어떻게 써 나갈지 다시 한 번 응원을 부탁드려도 될까요?

더운 여름 기운내시고 저를 기억해주심에 감사드립니다.

2018.6.7.

북비산초 장은석 올림

배움이 바로 지식이 될 수는 있습니다. 하지만 배움이 바로 교양이나 지혜로 연결되기는 쉽지 않습니다. 선생님에게 배움이나 지식은 필요조건일 수도 있고 충분조건일 수도 있습니다. 초등교사의 산실인 전국의 전국교대에 입학하는 학생들은 배움이나 지식은 충족이 된 것 같습니다. 그런데 그 배움이나 지식이 교양이나 지혜로 얼마나 전이되고 확장하느냐의 문제입니다. 4년 동안의 대학생활로 다 전이된다고 보기는 어렵습니다. 아이들을 가르치는 현장에서도 끊임없는 배움으로 얻어진 지식이 교양이나 지혜로 얼마만큼 전이되는가에 따라 선생님의 품격이 달라지지 않겠습니까?

배우고 지식을 쌓고, 그것을 교양이나 지혜로 확장해나가는 사람은 삶이 지겨울 틈이 없다. 왜냐하면 모든 것이 전보다 한층 흥미로워지기 때문이다. 그는 다른 사람들과 똑같은 것을 들어도 사소한 데서 교훈을 찾아내고, 사고의 빈자리를 채울 정보를 얻어낸다. 그리하여 마침내 그의 삶은 더 많은 지식과 의미 있는 충만함으로 가득해진다.[69]

1+1=2라는 단순히 지식만 가르치는 선생님이 있을 수도 있습니다. 1+1=2라는 지식과 함께 교양과 지혜를 가르치는 선생님도 있습니다. 단순히 지식만 가르친다면 학교의 선생님이나 학원의 선생님이 다른 점이

69) 사이토 다카시 지음, 이정은 옮김(2015). 곁에 두고 읽는 니체. 서울: 홍익출판사. p.165.

없습니다. 지식과 함께 그 지식에 담긴 교양이나 지혜를 함께 가르치는 선생님이야말로 참 스승의 모습일 것입니다. 배움과 지식을 교양이나 지혜로 승화시켜 아이들에게 나눈 것이야말로 진정한 수업이요, 교육의 참모습일 것입니다.

작은 것도 내가 어떤 의미를 주느냐에 따라서 큰 것이 될 수도 있습니다. 아무리 큰 것이라도 내게 의미가 없는 일이라면 아주 사소한 것이 될 수도 있습니다. 선생님은 아이들의 일거수일투족이 의미의 대상입니다. 그 의미를 정확하게 이해하고 함께 해결해 나가는 것이 수업이요, 교육입니다. 그런 동행에서 아이들도 행복하고 선생님도 행복할 것이라는 믿음을 가집니다. 이런 믿음으로 아이들과 행복한 동행을 하는 선생님의 이야기입니다.

> 교감 선생님 안녕하세요.
>
> 어제 이름 적고 내 영역 그리기에서 하트모양 그린 교사 ○○○입니다. 교감 선생님의 강의는 가슴 뭉클한 책 한 권을 읽은 듯하였습니다. 저도 30년에 가까운 수업을 하면서 늘 반성하며 하루하루 감사히 지내고 있습니다. 하얀 도화지에 그려질 그림을 상상하며 조심조심 그들에게 다가갑니다.
>
> 오늘은 어제 들려주신 속옷 없는 행복의 이야기를 가지고 우리 반 친구들의 행복지수도 알아보고 0점이라 대답한 아이의 아픔도 다독여주며 서로의 고민을 털어놓는 아이들을 보며 그래도 우리 반 아이들이 부모님의 큰 사랑을 받고 있음을 안도하는 시간이었습니다.
>
> 두 시간의 강의가 어떻게 간 줄도 모르고 보냈습니다. 학교를 떠나는 그날까지 행복한 교사로서 행복을 함께 나눌 수 있는 교사가 될 것을 다짐해봅니다. 교감 선생님의 따뜻한 마음과 진심이 고스란히 전달된 시간이었습니다. 감사했습니다. 건강하시고 행복한 삶 되시길 바랍니다.

대구○○초 교사 ○○○(현 대구○○초 교사)[70]

교감 선생님, 안녕하십니까?

출근하자마자 열어본 메일함의 편지를 읽으면서 가슴 깊은 곳에서부터 감동입니다. 저는 어제 교장선생님과 한 테이블에서 열심히 강의를 듣던 교무부장 ○○○입니다.^^

근엄하고 딱딱하시던 첫인상과 달리 글쓰시는 분이 역시 다르시구나, 예민하시고 세심하시구나를 느끼며 마음으로 강의를 들었답니다. 마음을 적신 좋은 강의 감사합니다.

사실 우리 교사들이야말로 누구보다 위안과 충전과 격려가 필요한 사람이라고 생각합니다. 교감 선생님 말씀대로 내가 행복해야 아이들에게 행복한 목소리, 따뜻한 미소, 진심을 담은 격려와 배려를 줄 여력이 있다고 봅니다.

어제 강의 내용들은 건조하고 굳은 우리 교사들의 인성을 건드려 교사인 나, 그리고 나와 뗄 수 없는 수업에 대해 돌아보게 해주었고요, 따뜻한 위로와 격려의 토닥임 같은 걸 주었습니다.^^

아무튼 더운 날씨에 건강 유의하시길 바라며 따끈따끈한 메일까지 보내주심에 감사드립니다.

2016.07.13.

대구○○초등학교 교사 ○○○[71]

안녕하십니까?

○○초에서 아이들을 가르치고 있는 ○○○입니다.

지난 3월, ○○초에 오셔서 귀한 강의를 해 주셔서 처음 만나 뵙게 되었습니다. 명강의를 듣게 된 것도 좋은 일이었지만 저는 교감 선생님 저서를 선물받는 큰 행운도 누리게 되었습니다.

『수업, 너를 만나 행복해』는 평소 읽기와 쓰기를 게을리 하던 저에

70) 2016.7.6. 대구○○초등학교 수업 관련 강의를 하고, 다음날 강의 내용에 피드백을 한 것에 대하여 답장으로 받은 내용임.

71) 2016.7.12. 대구○○초등학교 수업 관련 강의를 하고, 다음날 강의 내용을 피드백을 한 것에 대하여 답장으로 받은 내용임.

게 많은 생각을 하게 한 책이었습니다. 일상에서의 기록들도 굉장히 생각할 거리가 많다는 것을 느꼈습니다('적자'생존). 그리고 아이들을 가르치는 일을 제대로 하고 있는지 자문하게 되었습니다. 얼굴이 펴지는 ○○학교에서 나는 과연 웃으며 아이들을 대했는가? 바쁘다는 핑계로 수업보다는 업무에 더 관심을 쏟지는 않았는가? 많은 물음들을 스스로에게 던지게 됩니다. 특히 '역사, 태현 행복수업 만들기' 글에서 제시해주신 여러 가지 참관 관점들을 보았을 때, 문장 하나하나가 날아와 가슴에 박히는 듯한 느낌을 받았습니다.

수업철학에 관한 내용은 연수에서 말씀하셨을 때에도 인상 깊은 부분이었는데, 저는 그동안 철학이 부재한 수업을 해왔던 것 같습니다. 교감 선생님 글을 통해 저마다 수업철학을 가지고 자신만의 수업 브랜드를 가꾸어 나가는 교대부초 선생님의 노력을 엿볼 수 있었습니다. 2009년도에 기간제 교사로 근무하게 되면서 교내 방송으로 인사를 하던 날, 줄탁동시(啐啄同時)라는 내용을 인용하여 우리말로 풀어서 아이들에게 첫 인사를 했던 것이 떠오릅니다. 지금은 그때의 초심은 사라지고 '밖에서 쪼는 것(啄)'만 하고 있는 것 같습니다("몇 쪽 피라").

생각이 바뀌더라도 행동의 변화로 이끌어 내는 것은 쉬운 일이 아니겠지요. 매일 조금씩이라도 수업에 대한 고민을 하고, 교단일기라는 거창한(?) 것은 아니더라도 하루하루 생각할 거리를 글로 남겨 보고자 합니다. 그렇게 하면 제 자신도 시나브로 바뀌지 않을까 생각해 봅니다.

강의로, 그리고 책으로 좋은 가르침을 주셔서 감사합니다. 수업!에 느낌표가 붙는 저서도 학수고대 하겠습니다. 늘 건강하시고 행복하게 지내시길 바랍니다.

2016.5.15.

대구○○초 ○○○ 드림[72)]

72) 2016.3.29. 대구○○초등학교 수업 관련 강의 중에 졸저 『수업, 너를 만나 행복해』를 받은 선생님이 보내온 것임.

수업행복 역량은 선생님의 행복지수이다

필자는 수업 관련 강의를 하면서 빼놓지 않고 하는 질문이 있습니다. 선생님의 행복지수, 수업행복지수가 얼마나 되고 그 이유는 무엇이냐는 질문입니다. 수업행복지수의 만점은 100점입니다. 수업행복지수를 객관적인 항목으로 정량화하기는 어렵습니다. 다분히 개인적이고 주관적일 수밖에 없습니다. 개개인의 감정이나 주변 여건에 따라서 점수 폭이 클 수도 있습니다.

이런 어려움에도 굳이 수업행복지수를 강조하는 것은 선생님들의 자존감을 높이고 수업에서 행복을 찾자는 의도입니다. 선생님이나 학생들이 학교에서 가장 많이 하는 것이 수업입니다. 가장 많이 하는 것에서 즐거움을 찾고 행복을 느껴야 합니다. 수업행복지수를 높이기 위해서는 내 수업에 대한 자신감이 우선입니다. 자신감이 있어야 자존감도 높아지고 수업행복으로 이어집니다.

필자의 수업행복의 시작은 대구교대 2학년 재학 시절에 교육실습 기간 중에 한 국어과 갑종 수업에서 출발합니다. 대구교육대학교 대용부설학교인 대구성당초등학교의 수업실습 교생 선생님들과 여러 학교 선생님들의 수업행복지수를 알아봅니다. 극히 짧은 기간이고 단편적인 내용이지만, 이런 것이 일상이 되면 수업행복 역량은 신장될 것이라 확신합니다.

교육실습 수업에서 평생의 수업을 디자인하다

필자는 학생으로 많은 수업을 받았고, 교원으로서 더 많은 수업을 했습니다. 추억에 남는 수업도 있지만, 전혀 기억이 되지 않는 수업이 훨씬 많습니다. 지나고 보면 좋은 추억도 당시에는 좋은 기억이 아닐 수도 있습니다. 이런 추억과 기억이 씨줄과 날줄이 되어 오늘의 필자의 수업이 짜여진 것 같습니다.

그 많은 추억과 기억의 수업에서 가장 강렬한 인상으로 남는 수업이 있습니다. 지금의 필자가 수업에 대한 관심을 가지고 활동하게 된 가장 결정적인 계기가 된 수업입니다. 대구교대 2학년이던 1982년 6월에서 7월 사이에 대구중앙초등학교에서 교육실습 기간 중에 한 국어과 수업입니다.

3. 교육실습 학교와 교육 실습생 배정 현황[73)]

(1) 사범학교 과정 교육실습

- 1959년도 부속학교 설립 이전 사범학교 과정 교육실습은 대구 시내 공립학교에 분산 8주간 연속 참관, 수업, 실무실습을 종합적으로 실시하였음.

(2) 1960년 이후 사범학교 및 2년제 교육대학 교육실습

73) 대구교육대학교 50년사(2000), p.1180.

○ 1960년 이후 1979년 이전은 대구부국 및 대구중앙국민학교에서 교육실습을 실시하였음.

○ 1980년도 이후 연도별 교육실습

연도	기간	주수	학교명	배정 인원		남	여
'80	6.2.~ 7.2.	4	대구부국 대구중앙	5학급 8학급	510	118	392
'81	6.1.~ 7.11.	6	대구부국 대구중앙	5학급 8학급	512	89	423
'82	6.7.~ 7.16.	6	대구부국 안동부국 대구중앙	5학급 5학급 8학급	180 20 399	115	484

국어과 갑종 수업(지금의 학교단위 수업) 희망자가 많아서 제비뽑기로 수업자를 결정했습니다. 남학생은 필자 혼자 희망을 했습니다. 운이 좋게도 국어과 갑종 수업자로 결정이 되었습니다. 교사용 지도서와 담임 선생님의 지도로 1차 교수·학습안을 완성했습니다. 다음에는 국어과 담당이신 손숙희 선생님의 지도로 2차 교수·학습안을 완성했습니다. 자상하고 친절하게 많은 도움을 주셨습니다. 모든 16절지 시험지에 볼펜으로 작성을 했습니다. 3차는 대구교대 국어과 김문웅 교수님께서 많은 주문과 함께 지도를 해 주셨습니다. 필자는 2차 교수·학습안으로 400여 명 앞에서 수업을 했습니다.

"칭찬은 앞에 말한 분들이 많이 하셨기 때문에 저는 하지 않겠습니다. 학습량이 너무 많아서 줄이라고 했는데, 고친 흔적이 없습니다. 그 많은 양을 한 시간에 다 하려니 주마간산식의 수업이 될 수밖에 없습니다. 교과서를 그대로 가르치는 것이 아니라 교육과정을 잘 살펴보고 가르쳐야 한다고 한 것도 반영이 되지를 않았습니다. 그리고 ……."

교생 갑종 수업(지금의 학교단위 수업) 협의회에서 마지막으로 지도 조언을 하신 대구교대 국어과 김문웅 교수님의 일성이었습니다. 10여 분 동안 질타가 이어졌습니다. 말씀 그대로 칭찬은 하나도 하시지 않았습니다. 수업 전에 이것저것 고치라고 지도한 내용이 전혀 반영이 되지 않았으니, 교수님의 기분도 썩 좋지는 않았을 것입니다. 필자도 당시에는 기분이 몹시 상했습니다.

수업을 참관한 교생, 담임 선생님의 필자평, 손숙희 선생님의 수업평에서는 모두가 칭찬 일색이었습니다. 국어과 갑종 수업 전날 체육과 갑종 수업에서 교생들이 앞다투어 수업 교생이 잘못한 점을 찾아서 꼬집었습니다. 체육과 교수님의 지도조언에서 칭찬할 것을 찾는 게 기본이 아니냐면서 호되게 직책을 한 영향도 있었습니다. 칭찬을 들은 필자는 기분이 아주 좋았습니다. 대단한 일을 했다는 자부심, 우쭐함도 숨길 수 없었습니다. 그러나 그 좋던 기분은 마지막에 김문웅 교수님의 지도조언으로 급전직하했습니다. 굳이 점수를 매긴다면 100점 만점에 가까웠다가 마지막에는 바닥에 떨어지는 그런 점수입니다. 교직 생활에서 수업행복지수를 따진다면 가장 점수 폭이 큰 수업이자 하루였습니다. 두고두고 기억에 남는 하루였습니다.

교생 갑종 수업을 하던 날 일기를 썼더라면 다음과 같이 끝맺음을 했을 것 같습니다.

1982.7.○○.(수) 맑고 더움

오후에 강당에서 교생 갑종 수업을 했다. 7월이라 무척 덥기도 하고, 400여 명이 수업을 참관해서 긴장도 많이 했다. 생각만큼 잘하지는 못했지만 후회는 없었다. 스스로 내가 장하다는 생각도 했다.

- 중략 -

협의회를 하는 데 친구(교생)들이 좋은 말로 칭찬을 해주었다. 손숙희 선생님도 그동안 수고가 많았다는 격려와 칭찬을 해 주셨다. 기분이 아주 좋았다. 그런데 마지막에 김문웅 교수님이 좋은 기분을 다 망쳐놓았다. 칭찬이나 격려는 한 말씀도 않으시고 처음부터 끝가지 나무람으로 일관하셨다. 그동안 나름대로 수업을 잘하려고 노력했는데……. 오늘은 왜 이렇게 힘들고 기분이 나쁠까?

하루 24시간은 짧다면 짧고 길다면 긴 시간입니다. 많은 일들이 일어나고 감정도 일정하게 유지가 되지 않을 때도 많습니다. 필자가 국어과 갑종 수업을 한 날은 좋았던 기분이 마지막에는 우울하게 끝이 납니다. 끝이 좋으면 다 좋다는 말이 있듯이 마무리가 잘되어야 하루가 행복한 감정으로 끝나고 다음 날을 맞이할 수 있습니다. 결국 감정의 문제입니다. 감정은 개인이 어떤 현상이나 일에 대하여 일어나는 느끼는 마음이나 기분입니다.

누구나 격한 감정을 느낄 때가 있다. 다만 누구는 감정이 식기를 기다리거나 표 나지 않게 조절할 줄 알고, 누구는 모든 사람들이 알게끔 행동한다는 차이가 있을 뿐이다. 감정을 조절하기 위해선 감정을 직시할 줄 알아야 한다. 감정은 눈앞에 펼쳐진 파도와 같다. 파도와 휩쓸릴 게 아니라 그 파도를 탈 준비를 해야 한다. 오랫동안 파도에 휩쓸려 온 사람이라면 파도를 바라보기만 해도 두려울 것이다. 따라서 감정의 파도를 타기 위해선 눈을 뜨는 연습부터 해야 한다.

아침부터 저녁까지 있었던 일들을 하나하나 떠올리고 그때마다 떠올랐던 감정들을 적어보자. 그러면 공통된 감정이 나올 것이다. 만약 세 번 이상 반복된 감정이 있다면 그것과 관련된 사건이나 생각을 적어보자.

나는 그것을 '감정 일기'라고 부른다. 감정 일기를 쓸 때 중요한 것은 마무리다. 무조건 '나는 오늘 이러이러한 감정을 느꼈구나!'로 끝내야 한다. 그렇지 않고 '왜 이런 감정을 느꼈을까?'로 끝나면 다시 한 번 감정을 격화시켜 자기 비난이나 우울감에 빠지기 쉽다. 일부러라도 물음표를 지우고 무조건 감탄사로 끝내자.[74)]

류시화의 잠언시집에 나오는 컴벌리 커버스의 「지금 알고 있는 걸 그때도 알았더라면」의 내용처럼 교생 시절에 이런 감정 일기를 알았더라면 좋았을 텐데 하는 생각도 합니다. 하지만 그때는 지금 알고 있는 것을 알지는 못했지만, 분명한 사실은 그날이 필자의 수업에서 어느 날보다도 값진 교훈과 선물을 준 날이라는 점입니다. 만약, 갑종 수업을 하는 날에 감정 일기를 알았다면 다음과 같이 끝맺음을 했을 것 같습니다.

1982.7.○○.(수) 맑고 더움

오후에 강당에서 교생 갑종 수업을 했다. 7월이라 무척 덥기도 하고, 400여 명이 수업을 참관해서 긴장도 많이 했다. 생각만큼 잘하지는 못했지만 후회는 없었다. 스스로 내가 장하다는 생각을 했다.

- 중략 -

협의회를 하는데 친구(교생)들이 좋은 말로 칭찬을 해주었다. 손숙희 선생님도 그동안 수고가 많았다는 격려와 칭찬을 해 주셨다. 기분이 아주 좋았다. 그런데 마지막에 김문웅 교수님이 좋은 기분을 다

---

74) 윤홍균(2018). 자존감 수업. 파주: 심플라이프. pp.152~153.

망쳐놓았다. 칭찬이나 격려는 한 말씀도 않으시고 처음부터 끝까지 나무람으로 일관하셨다. 그동안 나름대로 수업을 잘하려고 노력했는데……. 김문웅 교수님이 왜 그랬을까 생각을 했다. 내가 미워서 그런 것일까? 고치라고 한 것을 고치지 않아서 그런 것일까? 공개적으로 망신을 주려고 작정을 한 것일까? 아니야, 그렇지는 않을 거야. 입에 쓴 약이 몸에 좋다고 하듯이, 교수님은 칭찬을 나무람으로 대신한 것일 거야. 그래 그렇게 믿어보자. 영호야! 오늘 힘들었지! 수고가 많았구나!

그런데 30년도 더 지난 지금 생각하면 당시 수업협의회에서 들은 칭찬이나 격려는 하나도 생각이 나지를 않습니다. 김문웅 교수님 말씀만 또렷이 기억이 됩니다. 그때 강조한 학습량, 교육과정 재구성 등은 지금도 수업에서 금과옥조처럼 사용되는 중요한 내용입니다. 당시에는 그렇게 중요하다는 것을 미처 깨닫지 못했습니다.

교육실습을 마치고 대구중앙국민학교장(이승유)의 상장을 받았습니다. 교사 생활을 하면서 받은 그 어떤 상보다도 값어치가 있는 상입니다. 당시 시험지에 볼펜으로 작성한 교수·학습안을 버린 기억은 없는데 찾을 수가 없습니다. 지금의 교수·학습안과 비교도 해보고 자필의 흔적도 알 수 있는데, 무척이나 아쉽습니다. 다음은 학교장 상장과 기억을 더듬어 작성한 국어과 갑종 수업의 개요입니다.

갑종 수업 개요	갑종 수업 상장

ㅇ일시: 1982.7.ㅇㅇ.(수 ?)
ㅇ장소: 대구중앙초등학교 강당
※배구부가 있어서 강당 겸 체육관이 있었음
ㅇ학생: 6학년 ㅇ반 50명 이상
ㅇ수업: 교생 김영호
ㅇ참관: 교수,교원,교생 등 400여명
ㅇ단원명: 서울수복(?)
※1950년 6.25.전쟁으로 서울을 빼앗긴 후 9.28.에 연합군이 서울을 수복하고 광화문 중앙청에 태극기를 게양하는 내용임
ㅇ학습목표: 문단의 중심 내용을 간추려서 전체 내용 요약하기
ㅇ교수·학습 개요
· 전체 글 읽기: 개인(묵독)
· 문단의 중심 내용 찾기: 개인 및 짝(모둠?)
· 문단의 중심 내용으로 전체 내용 요약하기(모둠 및 전체
· 전체 발표 및 정리
※서울수복을 기념하는 만세 삼창을 위해서며 태극기를 대신해서 손수건을 꺼내라고 함(계획에 없는 내용이며,
학생들은 짧은 체육복을 입어서 손수건이 없었음)

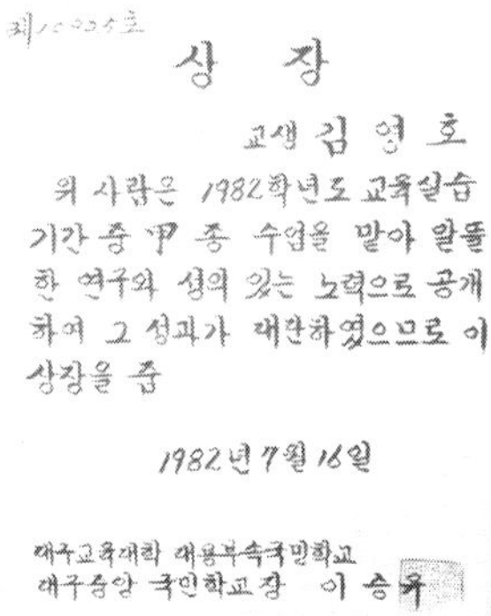
제10005호
상 장
교생 김 영 호
위 사람은 1982학년도 교육실습 기간 중 甲 종 수업을 맡아 알뜰한 연구와 성의 있는 노력으로 공개하여 그 성과가 대단하였으므로 이 상장을 줌
1982년 7월 16일
대구교육대학 대용부속국민학교
대구중앙 국민학교장 이 승우

또 한 번의 전환점이 된 것은 수업발표대회입니다. 대구관음초등학교에 근무하던 교직 경력 14년째인 1997년입니다. 당시는 교육지원청별 1차 예선을 하고, 최종 심사는 주과목(신청한 교과)인 국어와 부과목(신청한 교과 외 1과목)인 과학 수업을 한 시간씩 공개를 했습니다. 심사위원은 교장 및 전문직 각 1명입니다.

1997년 11월 17일(월)이 최종 심사일입니다. 사전 준비를 위해 하루 전인 일요일에도 출근을 했습니다. 일요일은 할아버지 제삿날이었습니다. 수업 준비를 마치고 늦게 퇴근을 해서 본가인 김천시 아포읍 대신에는 제사 시간 무렵에 도착을 했습니다. 절을 두 번씩 하고 술잔을 새로 채우는 등의 차례가 이어졌습니다. 절을 하고 나서 인기척이 없어서 엎드린 채로 좌우를 살펴보니 아무도 엎드린 사람이 없었습니다. 아차, 나는 다음 날 할 수업 생각에 세 번 연속 절을 하고 있었던 것입니다. 다음 날

수업을 무사히 마쳤습니다. 수업을 마치고 교장실에서 심사위원과 면담을 했습니다. “수업의 이론과 수업의 실제의 조화가 필요하다.”는 심사위원의 말씀이 아직도 귀에 생생합니다.

12월 초, 어느 날에 교감 선생님이 쉬는 시간에 잠시 교무실에 다녀가라는 말씀이 있었습니다. 교감 선생님은 국어과 1등급에 입상을 했다는 소식과 함께 악수를 청했습니다. 얼굴도 모르는 할아버지 음덕에 입상을 한 것 같았습니다. 교생 때 국어과 갑종 수업을 마치고 칭찬을 들었을 때처럼 기뻤습니다. 그 기쁨만큼이나 잘해야 한다는 부담도 있었지만, 즐겁게 수업을 하고 나름대로 만족하는 수업을 하려고 절차탁마했습니다.

실습의 추억은 교직생활의 디딤돌이다

누군가 혼자 하면 기억이 되고 함께 하면 추억이 된다고 합니다. 필자의 경험으로 교생실습 기간은 교직 생활의 디딤돌이 되는 매우 중요한 시기입니다. 교생 선생님들을 대상으로 특강을 할 기회가 몇 번 있었습니다. 다음은 대구교육대학교 대용·부설학교인 대구성당초등학교 교생들과 상호작용한 내용입니다.

다음은 특강을 하기 전에 교생들에게 배부하고 취지를 설명한 설문지입니다.

수업행복

2018.06.18 (월)

대구성당초등학교 수업실습 및 실무실습 교생 선생님.
평생 종사할 업에서 가장 중요한 수업을 갈고 닦는 기간입니다.
편안하게 강의 들으시고 솔직하게 표현해 주시면 고맙겠습니다.
마치고 제출해 주시기 바랍니다.
성함 등의 인적 사항은 쓰지 않습니다.
전체 내용을 정리해서 실습 마치기 전에 피드백을 해 드리겠습니다.
오늘은 참 행복한 날입니다!

2018.06.18.(월)
대구광역시남부교육지원청 초등교육지원과장 김영호 드림

⊙ 수업행복: 우리 선생님의 수업행복지수를 솔직하게 기록해 주세요. 100점 만점입니다.

구분	시점	내 점수	간단한 이유
1차	시작하고 나서		
2차	1차 협력과제 후		
3차	2차 협력과제 후		
4차	소감문을 쓰면서		

⊙ 강의를 듣고 나서: 교생 선생님의 소감을 솔직하고 간단하게 기록해 주세요.

다음은 협력과제에 대한 설명입니다. 1차 과제는 행복홀인원입니다. 교생 각자 도화지 1/2를 긴 쪽으로 3등분해서 통로를 만듭니다. 모든 교생이 통로를 이어서 김추자 교장 선생님이 들고 있는 행복홀인원이라는 종이컵에 탁구공을 넣는 게임입니다. 2차 과제는 색종이에 성명과 수어 철학을 적고 종이비행기를 만듭니다. 운동장에서 3번을 날려서 수업철학을 확인하고 마지막에는 본인을 찾아주는 게임입니다.

다음은 활동 과정의 사진입니다.

행복홀인원 설명

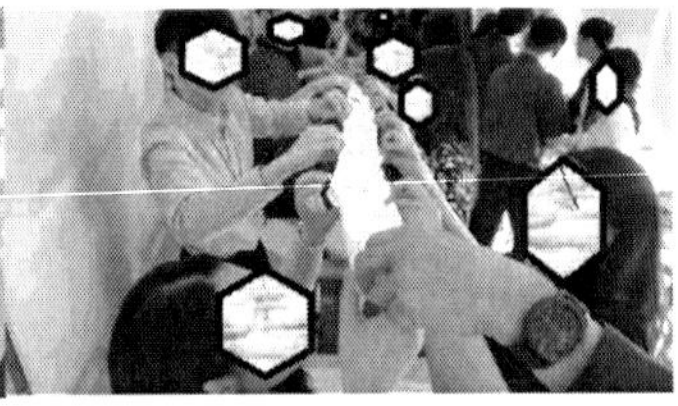

행복홀인원 시작

행복홀인원 준비

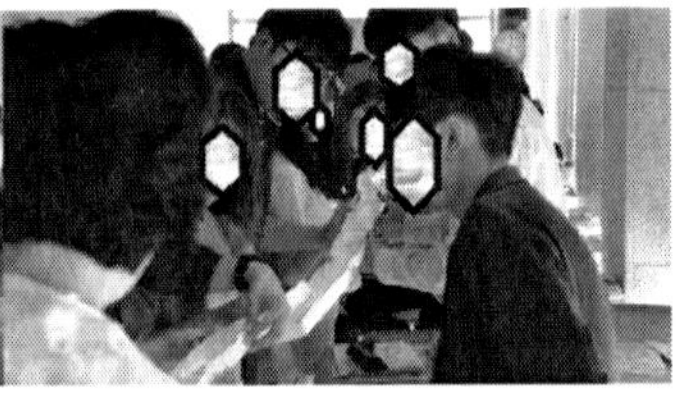

행복홀인원 마무리

수업철학을 종이비행기에

담아 하늘 높이 날리자

다음은 교생 선생님들의 행복지수[75]입니다.

연번	1차	2차	3차	4차	평균	연번	1차	2차	3차	4차	평균
1	70	72	72	73	71.75	26	80	85	85	90	85.00
2	50	55	75	★	60.00	27	30	50	55	70	51.25
3	70	71	80	78	74.75	28	65	70	80	80	73.75
4	80	70	★	★	75.00	29	75	75	75	75	75.00
5	50	60	60	70	60.00	30	76	76.3	78	80	77.58
6	20	40	60	100	55.00	31	70	75	80	90	78.75
7	55	60	55	70	60.00	32	75	80	★	100	85.00
8	75	80	85	80	80.00	33	60	62	63	70	63.75
9	70	70	★	69	69.67	34	20	19.5	15	100	38.63
10	40	70	85	88	70.75	35	70	70	80	83	75.75
11	85	90	95	100	92.50	36	30	29	80	81	55.00
12	70	65	60	70	66.25	37	80	82	82	85	82.25
13	70	70	80	90	77.50	38	60	62	65	70	64.25
14	80	80	60	100	80.00	39	50	50	40	50	47.50
15	65	65	60	70	65.00	40	50	60	30	100	60.00
16	30	40	40	80	47.50	41	30	50	60	80	55.00
17	70	71	72	73	71.50	42	90	92	94	95	92.75
18	20	30	50	100	50.00	43	60	70	55	70	63.75
19	50	60	70	80	65.00	44	80	85	85	95	86.25
20	80	85	85	100	87.50	45	50	55	65	75	61.25
21	75	76	90	100	85.25	46	40	50	50	70	52.50
22	45	55	65	80	61.25	47	70	72	75	76	73.25
23	85	45	30	90	62.50	48	85	87	88	85	86.25
24	50	70	85	95	75.00						
25	90	80	40	50	65.00	평균	61.27	65.35	67.42	82.09	69.02

75) 2018.6.18.(월) 14:50~16:30(100분) 대구성당초등학교 수업실습 교생 49명을 대상으로 강의 중 4회 행복지수 기록. ★은 점수를 기록하지 않은 표시이며 통계에서 제외함.

만점은 100점입니다. 강의 시간에 4번을 기록했습니다. 첫 번째 기록은 강의를 시작하고 바로 기록을 했습니다. 두 번째 기록은 49명 모두가 행복 올인원 협력학습을 한 직후입니다. 세 번째는 수업철학을 종이비행기에 담아서 날린 후에 기록했습니다. 네 번째 측정은 소감을 적으면서 기록한 것입니다.

첫 번째 평균은 61.27점, 두 번째 평균은 65.35점, 세 번째 평균은 67.42점, 마지막 평균은 82.09점입니다. 계속 상승하는 추세입니다. 개인별로는 내려가기도 하고 올라가기도 합니다. 처음과 마지막이 같기도 합니다. 처음보다 낮아졌다면 1차적인 책임은 강사인 저에게 있습니다. 강의 내용이나 방법이 개인 맞춤형이 되지 못했다는 반증이겠지요. 수업에서도 마찬가지입니다. 간혹 학생의 건강이나 다른 문제가 있을 수도 있습니다.

개인별로 구체적인 사례를 보면 다음과 같습니다. 25번은 90점, 80점, 40점, 50점입니다. 처음과 마지막을 비교했을 때, 30점이 내려갔습니다. 점수별 이유는 90점은 '배부르고 시원하고 오늘 수업이 어느 정도 만족스럽게 끝났다.'입니다. 80점은 '어떤 활동인지, 갑자기 왜 한 것인지 모르겠다.'입니다. 40점은 '한 가지 주제로 깊이 있게 했으면 좋겠다.'입니다. 마지막 50점은 '마치는 시간'입니다. 세 가지 경우를 생각해 봅니다. 먼저, 필자의 강의 내용이나 방법에 문제가 있습니다. 다음은 교생이 강의의 주제를 잘못 파악했을 수도 있습니다. 마지막은 앞의 두 가지 모두에 해당할 수도 있습니다. 어느 것이나 필자의 강연을 되돌아보는 좋은 사례입니다. 초등학교 교실 수업에서도 이런 경우를 얼마든지 볼 수 있습니다.

다음은 6번의 사례입니다.

☞ 수업행복: 교생 선생님의 행복지수를 솔직하게 기록해 주세요. 100점 만점입니다.

구분	시점	내 점수	간단한 이유
1차	시작하고 나서	40	교생 수업이 생각처럼 되지 않았고 계속 되는 지도강화.
2차	1차 협력과제 후	70	함께 하는 활동을 하니 신선했고 자현 과장님의
3차	2차 협력과제 후	85	칭찬는 구도 먹는 보약이다
4차	소감문을 쓰면서	88	강연 자체는 좋으나 수업에 대한 부담이 가시지

☞ 강의를 듣고 나서: 교생 선생님의 소감을 솔직하고 간단하게 기록해 주세요.

올보면 수업 참관, 지도강화가 연이어져 지쳐 있던 참나 활기를 되찾을 수 있었던 시간이었다.
활동이 가져다준 에너지도 있지만, 김영호 자현 과장님의 목소리, 표정, 말에서 얻었던 에너지가
크다. 오늘 했던 수업이 굉장히 아쉬웠는데, 남은 수업에 대해서도 걱정이 크다.
지난 실습과 비교했을 때 보람 보다는 아쉬움이, 행복 보다는 피곤함과 후회가 크다.
담임 선생님과 나의 방식에 대한 차이가 있는데 어찌 해야 할지 고민이 많다...
그래도 덕분에 바닥에 있던 기분이 수면 위로 떠오른 것 같습니다. 감사합니다.

점수 변화는 20점, 40점, 60점, 100점입니다. 20점은 교생이 할 수업이 6번이나 남은 것에 대한 걱정 때문입니다. 40점은 1차 협력학습은 성공적으로 마치고 스스로를 격려해서 높아진 점수입니다. 2차 협력과제인 수업철학을 담은 종이비행기를 날린 후에는 60점입니다. 마지막 100점은 용기를 얻었다는 내용입니다. 100분 동안의 변화로는 폭이 너무 크다는 생각입니다.

실제 교실수업에서도 이런 학생을 볼 수 있습니다. 아침에 등교하기 전에 집에서 무슨 일이 있었거나 등교하면서 친구와 다투거나 하면 수업을 시작하기 전에 굉장히 낮은 점수가 나올 수 있습니다. 아침의 그런 기분이 계속 갈 수도 있고, 극적인 반전이 일어나 위의 보기와 같이 급상승할 수도 있습니다. 결국 수업 시간의 문제입니다. 수업에서 학생들이 얼마나 만족하느냐의 문제입니다. 아침마다 담임 선생님의 교실맞이가 꼭 필요한 까닭이기도 합니다.

다음은 10번의 사례입니다.

☞ **수업행복**: 교생 선생님의 행복지수를 솔직하게 기록해 주세요. 100점 만점입니다.

구분	시점	내 점수	간단한 이유
1차	시작하고 나서	40	교생 수업이 생각처럼 되지 않았고 계속 되는 지도강화에
2차	1차 협력과제 후	70	함께 하는 활동을 하니 신선했고 지원 과장님의
3차	2차 협력과제 후	85	칭찬은 귀로 먹는 보약이다.
4차	소감문을 쓰면서	88	강연 자체는 좋으나 수업에 대한 부담이 가시지

☞ 강의를 듣고 나서: 교생 선생님의 소감을 솔직하고 간단하게 기록해 주세요.

행복홀의 수업. 참관. 지도강화가 연이어져 지쳐 있던 찰나 활기를 되찾을 수 있었던 시간이었다.
활동이 가져다준 에너지도 있지만, 김영호 지원 과장님의 목소리, 표정, 말에서 얻었던 에너지가
크다. 오늘 했던 수업이 굉장히 아쉬웠는데, 남은 수업에 대해서도 걱정이 크다.
지난 실습과 비교했을 때 보람 보다는 아쉬움이, 행복 보다는 피곤함과 후회가 크다.
담임 선생님과 나의 방식에 대한 차이가 있는데 어찌 해야 할지 고민이 많다...
그래도 덕분에 바닥에 있던 기분이 수면 위로 떠오른 것 같습니다. 감사합니다.

점수 변화는 40점, 70점, 85점, 100점입니다. 40점은 교생 수업이 생각처럼 되지 않고 계속되는 지도강화에 피곤한 상태입니다. 70점은 행복홀 인원의 함께 하는 활동을 하니 신선했고 강사의 에너지가 전해졌다고 합니다. 85점은 칭찬은 귀로 먹는 보약이라는 이유를 적었습니다. 88점은 강연 자체는 좋으나 교생으로서 해야 할 수업에 대한 부담이 가시지 않는다는 이유입니다.

교실 수업에서 선생님도 이럴 수 있습니다. 매일 반복되는 수업이나 업무에 지쳐서 아침의 행복지수가 낮아질 수도 있습니다. 오전이나 오후의 수업을 하면서 반전이 일어나 행복지수가 확 올라갈 수도 있습니다. 퇴근 시간 직전에는 행복한 학교생활을 마무리하지만, 내일의 수업에 대한 부담은 누구나 가지는 게 인지상정입니다.

다음은 14번의 사례입니다.

☞ 수업행복: 교생 선생님의 행복지수를 솔직하게 기록해 주세요. 100점 만점입니다.

구분	시점	내 점수	간단한 이유
1차	시작하고 나서	80	내일 할 일이 있어서 100점은 행복하지 않다 긴장과 설렘이 공존 속에 있는 나
2차	1차 협력과제 후	80	피곤함 속의 단비였다,
3차	2차 협력과제 후	60	피곤하다 ㅠㅠ
4차	소감문을 쓰면서	100	좋은 말씀 감사합니다!

☞ 강의를 듣고 나서: 교생 선생님의 소감을 솔직하고 간단하게 기록해 주세요.

교대부초에서 뵀을 때는 김영호 교장선생님 이셨는데, 여기서 이렇게 또 뵙게 되네요! 평소에 선생님 책을 사서 읽고 싶다는 생각을 했는데, 실습이 끝나고 꼭 읽어보도록 하겠습니다! 선생님의 말씀이 담긴 실습록을 보면서, 조금은 우울하고 걱정이 되었던 4학년 실습 때 정말 많은 힘이 되었습니다! 항상 감사드리고, 또 인연이 닿으면 뵙겠습니다!

점수 변화는 80점, 80점, 60점, 100점입니다. 처음 시작이 80점은 높은 점수입니다. 내일 수업 때문에 100점으로 행복하지는 않고, 수업실습이 긴장과 설렘의 공존 속에 있는 교생의 솔직한 자기 고백입니다. 두 번째 80점은 행복홀인원 협력과제가 피곤함 속의 단비라는 이유입니다. 60점은 쉬지 않고 이어지는 강의에 피곤하다고 합니다. 마지막은 100점으로 마무리를 했습니다.

이 교생은 시작점수가 80점으로 굉장히 높습니다. 중간에 60점으로 내려갔다가 마지막은 100점 만점입니다. 같은 교생 실습을 하면서도 굉장히 긍정적인 생각을 가지고 있음을 알 수 있습니다. 교실수업에서 선생님이나 학생이나 시작점수가 높으면 마지막 점수도 높게 나올 확률이 높습니다. 얼마나 긍정적으로 생각하느냐의 문제이기도 합니다.

다음은 36번의 사례입니다.

☞ 수업행복: 교생 선생님의 행복지수를 솔직하게 기록해 주세요. 100점 만점입니다.

구분	시점	내 점수	간단한 이유
1차	시작하고 나서	30점	피곤하다.
2차	1차 협력과제 후	29점	더 피곤하다.
3차	2차 협력과제 후	80점	마음이 따뜻해졌다
4차	소감문을 쓰면서	81점	응원을 받아서 힘이 났다.

☞강의를 듣고 나서: 교생 선생님의 소감을 솔직하고 간단하게 기록해 주세요.

고민을 하기엔 이미 늦었다 이것이 나의 길이고 최선을 다해서 나아간다

점수 변화는 30점, 29점, 80점, 81점입니다. 처음 시작이 30점으로 매우 낮은 점수입니다. 두 번째는 29점으로 더 낮은 점수입니다. 피곤하다는 이유입니다. 3차와 4차는 80점과 91점입니다. 마음이 따뜻해졌고 응원을 받아서 힘이 났다고 합니다. 소감을 보면 고민을 하기에는 이미 늦었다는 말이 있습니다. 교대를 입학한 것에 대한 고민일 것이라는 추측을 해 봅니다. 하지만 이미 되돌릴 수 없는 상황이라 주어진 현실이 자신의 길이고 최선을 다해서 전진하겠다고 합니다.

혹, 교실수업을 하시는 선생님 중에서도 이런 고민을 할 수 있습니다. '내가 왜 선생님이 되었지'라는 근본적인 질문을 스스로에게 할 수 있습니다. 하지만 그 물음은 교직에 대한 애착과 사랑이 바탕이 되는 물음이면 좋겠습니다. 전직을 생각한다거나 업을 포기하는 상황이라면 선생님이나 학생 누구에게도 도움이 되지 않을 것입니다.

다음은 41번의 사례입니다.

☞ 수업행복: 교생 선생님의 행복지수를 솔직하게 기록해 주세요. 100점 만점입니다.

구분	시점	내 점수	간단한 이유
1차	시작하고 나서	30	오늘 수업을 잘 못한 것 같아서...
2차	1차 협력과제 후	50	친구들다 함께 하니 재밌어졌다.
3차	2차 협력과제 후	60	개성을 존중하는 수업
4차	소감문을 쓰면서	80	저희를 위해 진심으로 준비 많이 해주시고 조언 많이 해주셔서 감사합니다.

☞ 강의를 듣고 나서: 교생 선생님의 소감을 솔직하고 간단하게 기록해 주세요.

오늘 첫 수업을 망쳤다고 생각했는데 선생님의 강연을 듣고 많은 위로를 받았습니다. 흔들리지 않고 피는 꽃 없듯이 저도 오늘의 경험을 좋은 교사가 되는 발판 삼아 선생님으로서의 긍지를 가지고 다음 수업 준비하겠습니다 좋은 강연 감사합니다 ^^

점수 변화는 30점, 50점, 60점, 80점입니다. 처음 시작이 30점으로 매우 낮은 점수입니다. 오전에 수업을 잘하지 못한 것에 대한 자책입니다. 두 번째는 50점으로 많이 올랐습니다. 협력과제를 친구들과 함께 하니 재미가 있어서입니다. 다음은 60점으로 10점이 올랐습니다. 마지막은 80점으로 처음보다 50점이 올랐습니다. 80점은 필자가 강의 준비와 조언을 많이 해 주어서 감사하다는 이유입니다.

교실수업에서도 선생님들이 어제 수업 때문에 첫 시간 수업의 기대감이 낮을 수도 있습니다. 이런 기대감은 반전이 필요합니다. 수업을 하다 보면 학생들과 상호작용이 잘 이루어지면서 점점 점수가 높아지고, 마지막에는 만족한 점수에 도달할 수 있습니다. 이런 만족도는 다음날 수업과 바로 직결이 됩니다. 마무리 점수는 높게 주는 게 좋을 것 같습니다.

다음은 42번의 사례입니다.

☞ 수업행복: 교생 선생님의 행복지수를 솔직하게 기록해 주세요. 100점 만점입니다.

구분	시점	내 점수	간단한 이유
1차	시작하고 나서	90	수업이 나아졌지만 많이 부족해서 마냥 좋진 X
2차	1차 협력과제 후	92	실수 없이 이어질 줄 몰랐는데 [illegible] 신기, 짜릿
3차	2차 협력과제 후	94	돌봄이 있는 수업
4차	소감문을 쓰면서	95	수업철학을 그려보고 [illegible]

☞ 강의를 듣고 나서: 교생 선생님의 소감을 솔직하고 간단하게 기록해 주세요.

한 편의 영화를 보는 것 같았다. 많이 준비하신 만큼 나라면 내가 더 [illegible] 싶을 것 같은데 그래도 영상 여러 주제를 [illegible] 보게 해주셔서 감사했다.

점수 변화는 90점, 92점, 94점, 95점입니다. 처음 시작이 90점으로 매우 높은 점수입니다. 마지막은 95점으로 만점에 가까운 점수입니다. 첫 번째는 점수는 교생 수업이 나아졌지만 많이 부족해서 마냥 좋지는 않지만, 90점이라는 높은 점수를 매겼습니다. 두 번째는 행복홀인원 활동이 실수 없이 이어질 줄 몰랐는데, 한 번에 성공을 해서 신기하고 짜릿해서 92점을 매겼습니다. 이 교생은 자존감이 높고 모든 일에 긍정적일 것이란 생각을 합니다.

교실수업에서도 선생님이나 학생들의 출발점은 매우 중요합니다. '시작이 반이다'라는 말처럼 첫 시간의 수업이 하루 동안의 수업 분위기를 좌우하기도 합니다. 긍정적인 생각에 상호작용을 할 수 있는 적절한 협력과제는 수업만족도를 향상시키는 디딤돌이 될 것입니다. 결국 수업도 선생님과 학생들의 마음에서 시작하는 상호작용입니다.

선생님의 수업행복지수는 무엇으로 결정되는가?

평소에 친분이 있는 선생님들께 부탁을 드렸습니다. 학기말이라 여러 가지로 바쁜 중에도 19분이 10일 동안의 수업행복지수를 기록해 주셨습니다. 다음은 전체 내용을 정리해서 피드백을 한 것입니다.

> 우리 선생님! 고맙습니다. 우리 아이들을 사랑과 정성으로 가르치시느라 노고가 많으십니다.
>
> 우리 선생님! 지난 10일 동안 선생님들이 수업행복지수를 기록해 주셨습니다. 소중하고 귀한 자료입니다. 함께 공유를 합니다. 간단하게 제 생각도 덧붙입니다. 어느 선생님께서 제 행복지수는 어떠냐고 물으셨습니다. 출근할 때나 퇴근할 때나 큰 차이는 없습니다. 월요일보다는 금요일이 행복지수가 높습니다. 월요일은 아무래도 좀 피곤합니다. 금요일은 주말에 대한 기대가 높습니다.
>
> 행복지수 높을 때는 수업을 보거나 수업에 대한 글을 쓸 때입니다. 지난주에는 영선초 정해일 수석 선생님의 수업을 보았습니다. 수업을 보고 협의회를 하는 내내 행복했습니다. 그 뒤에 수업을 본 소감을 메신저로 주고받으며 행복했습니다. 만점에 가까운 점수입니다.
>
> 6월 초부터 '김영호의 수업 이야기 3' 『수업. 너 나하고 결혼해』를 작성하고 있습니다. 모두가 퇴근한 사무실에 혼자 앉아서 글을 쓰는 재미도 행복지수를 더합니다. 원고는 거의 마무리가 되었습니다. 선생님들이 주신 내용도 정선을 해서 수업행복 역량에 넣을 예정입니다.
>
> 우리 선생님! 곧 여름방학입니다. 이번 여름방학에는 모든 것을 텅

비우시고 한 가지만 채우시지요. 그 한 가지는 바로 몸과 마음의 건강입니다.

늘 좋은 날입니다!

2018.7.23.(월)

대구광역시남부교육지원청 초등교육지원과장 김영호 드림

선생님의 수업행복지수

2018.07.06 (금)

우리 선생님!

오늘도 아이들을 사랑으로 가르치시느라 노고가 많으십니다. 교실은 학교 교육의 출발입니다. 그 교실이 행복으로 가득 찬 공간이면 좋겠습니다. 교실이 행복하자면 수업이 행복해야 합니다. 수업이 행복하자면 선생님이 행복해야 합니다. 수업이 행복하고 선생님이 행복하면 아이들은 당연히 행복하겠지요. 모두가 행복한 그런 교실을 소망합니다.

우리 선생님, 부탁 한 가지 드립니다.

하루에 세 번, 선생님의 수업행복지수를 기록해 보시지요. 만점은 100점입니다. 성함 등의 인적 사항은 쓰지 않습니다. 전체 내용을 정리해서 피드백을 해 드리겠습니다.

우리 선생님.

선생님들의 출근길과 퇴근길이 행복으로 충만했으면 좋겠습니다.

오늘도 참 행복한 날입니다!

2018.07.09.(금)

대구광역시남부교육지원청 초등교육지원과장 김영호 드림

⊙ 수업행복: 우리 선생님의 수업행복지수를 솔직하게 기록해 주세요. 100점 만점입니다.

구분	① 수업 전 (출근 후)	② 수업 후 (퇴근 전)	③ 가장 높은 점수	③ 가장 높은 점수일 때의 이유
7.09.(월)				
7.10.(화)				
중략				
7.19.(목)				
7.19.(금)				

⊙ 소감: 10일 동안의 수업행복지수를 기록한 선생님의 소감을 솔직하게 기록해 주세요.

선생님의 수업행복지수

ㅇ조사 기간: 2018.7.9.(월)~2018.7.20.(금), 10일간

ㅇ응답자: 16명(남여 및 교직 경력 등은 불문)

연번	7.9.(월)			7.10.(화)			7.11.(수)			7.12.(목)			7.13.(금)		
	①	②	③	①	②	③	①	②	③	①	②	③	①	②	③
1	70	60	90	60	60	90	70	60	90	70	50	80	60	60	95
2	100	80	100	80	90	90	80	80	90	90	70	95	100	90	100
3	90	95	100	60	90	95	95	90	90	85	90	92	95	95	100
4	65	75	95	80	80	85	90	75	90	85	80	★	80	85	90
5	80	90	95	90	90	90	70	90	90	100	100	100	70	60	70
6	93	90	93	90	96	96	95	93	95	91	100	100	92	95	95
7	85	90	95	90	90	95	90	90	90	85	90	95	90	95	95
8	95	95	100	95	90	95	80	80	100	80	100	100	100	100	100
9	60	70	85	45	50	80	55	90	90	60	80	90	60	60	80
10	70	90	90	90	80	95	70	90	90	90	70	90	70	90	90
11	80	70	80	★	★	★	90	80	90	90	100	100	95	85	95
12	75	85	95	85	70	95	90	95	95	95	100	100	90	85	85
13	70	40	70	70	60	70	80	50	80	60	50	60	80	60	80
14	85	80	85	80	85	85	90	85	95	85	90	90	80	85	85
15	50	80	80	80	70	80	80	80	80	80	90	90	80	60	70
16	50	70	85	60	75	80	65	90	90	90	95	95	70	80	80
평균	76.1	78.8	89.9	77.0	78.4	88.1	80.6	82.4	90.3	83.5	84.7	91.8	82.0	80.3	88.1

① 수업 전(출근 후) ② 수업 후(퇴근 전) ③ 가장 높은 점수

★ 점수 기록 않음

7.16.(월)			7.17.(화)			7.18.(수)			7.19.(목)			7.20.(금)			종합		
①	②	③	①	②	③	①	②	③	①	②	③	①	②	③	①	②	③
60	60	90	60	50	90	60	60	95	60	60	95	60	80	95	63.0	60.0	91.0
100	90	100	90	85	100	90	100	100	90	70	100	90	100	100	91.0	85.5	97.5
90	90	100	90	90	100	95	80	100	100	85	100	100	90	100	90.0	89.5	97.7
70	70	85	85	90	90	85	85	85	80	80	85	80	90	90	80.0	81.0	88.3
100	90	100	80	80	80	90	100	100	80	90	90	90	70	80	85.0	86.0	89.5
95	95	95	94	96	96	90	100	100	92	95	95	94	98	98	92.6	95.8	96.3
90	88	90	90	85	90	90	85	85	90	95	95	90	90	95	89.0	89.8	92.5
85	100	100	90	100	100	100	95	100	100	100	100	100	100	100	92.5	96.0	99.5
65	70	80	60	55	70	50	70	85	50	80	90	★	★	★	56.1	69.4	83.3
70	90	95	90	90	90	90	90	90	90	90	90	95	90	95	82.5	87.0	91.5
90	80	90	90	95	95	90	85	90	★	★	★	100	100	100	90.6	86.9	92.5
90	95	95	90	90	95	95	90	95	95	90	95	90	90	95	89.5	89.0	94.5
40	50	50	60	50	60	50	60	60	60	70	70	60	50	60	63.0	54.0	66.0
80	85	85	80	80	85	85	90	95	90	85	95	90	85	95	84.5	85.0	89.5
70	60	70	80	90	90	80	60	80	80	70	80	70	60	70	75.0	72.0	79.0
65	75	80	60	50	75	40	85	90	50	50	85	50	65	75	60.0	73.5	83.5
78.8	80.5	87.8	80.6	79.8	87.9	80.0	83.4	90.6	80.5	80.7	91.0	83.9	83.9	89.9	80.3	81.3	89.5

평균은 ① 수업 전(출근 후) 80.3 ② 수업 후(퇴근 전) 81.3으로 큰 차이가 없습니다. 개인별로는 수업 전과 수업 후의 점수가 더 높은 비율이 8:8입니다. ③ 가장 높은 점수의 평균은 89.5입니다. ①과 ②보다는 8, 9점이 높습니다.

개인별로 보면 8번은 제일 높고, 13번은 제일 낮습니다. 실제로 이런 차이가 나지를 않을 것이란 생각이 듭니다. 기준점 또는 출발점을 어느 점수에서 시작한 때문일 것이란 생각도 합니다. 수업행복지수가 개인의 정량적인 면보다는 정성적인 면이 강한 이유이기도 합니다.

다음은 10일 동안 가장 높은 점수일 때의 이유입니다. 두 선생님의 내용을 원문 그대로 옮깁니다.

- 1~2교시 연차시로 진행한 국어 수업을 마칠 때쯤, 수업 행복지수가 가장 높았다. 국어 독서단원 마지막 차시로 가장 인상 깊었던 대사 또는 장면을 소개하고, 작가에게 편지 쓰기 활동을 하였다. 학생들의 생각과 느낌을 나눌 수 있었고, 학생들의 따뜻한 마음을 느낄 수 있어서 행복했다.
- 국어 수업에서 몸짓과 표정으로 기분을 알아보는 차시 수업을 하며, 모둠별로 감정카드를 보고 행동과 표정으로 나타내면 친구들이 맞춰보는 시간을 가졌다. 즐겁게 참여하고 감정을 맞춰보는 수업이 재미있었고, 아이들도 즐겁게 참여해서 가장 높은 점수를 줬다.
- 음악 수업 시간에 학생들이 음악감독이 되어 자신이 음악감독이라면 운동회 입퇴장, 응원곡, 점심시간 곡 등을 정하고, 모둠 친구들과 협력하여 모둠 응원구호 만들기 수업을 하였다. 재밌고 창의적인 응원구호를 만드는 학생들이 많아 대견하고 수업을 한 뒤 함께 행복할 수 있었다.

○ 6교시 수업은 창체 시간으로 학급평화회의를 하였다. 학생들과 이번 한 주 동안 감사하거나 아쉬웠던 점, 제안할 점을 원으로 둘러 앉아 돌아가며 말하고, 우리 반의 문제 상황을 어떻게 개선하면 좋을지 의견을 나누었다. 함께 이야기하고, 감사를 나누고, 문제점을 해결하기 위한 방법을 찾는 시간이 좋아서 수업 행복도가 가장 높았다.

○ 학기말 성적과 업무처리로 주말동안 쉬지 못하였다. 아침 출근 길에, 차 안에 틀어놓은 라디오에서 커피소년의 「행복의 주문」 노래를 듣는데 그냥 눈물이 주루룩 흘렀다. 왜인지 모르는데, '행복해져라, 행복해져라, 행복해져라'라는 가사에 그냥 눈물샘이 터져버렸다. 그렇게 왜인지 모르는 눈물을 흘리고, 아침 7시 45분쯤 교실에 들어섰다. 그리고 시작된 하루. 오늘은 과학시간에 태블릿 PC로 학생들이 스스로 달의 표면에 대해 조사해 보고, 모둠친구들과 함께 달과 지구의 차이점 공통점을 알아본 뒤, 마지막 시간에는 지구와 달 모형을 만들어 보았다. 마지막 5교시에 모형 만들기를 했는데, 짝활동으로 한 명은 지구를 만들고, 한 명은 달을 만들고 검은 도화지를 배경으로 만든 모형을 올려놓는 활동이었다. 활동 시간이 부족하여, 마치는 시간까지 마무리 짓기가 힘들 것 같아서, 한 데까지 두고, 내일 아침 마무리를 짓자고 하니, 아무도 움직일 생각을 하지 않고, 열심히 지구와 달 모형을 만드는 모습을 봤다. 아이들이 몰입하며 활동하는 모습이 너무 대견하고 고맙게 느껴져서, 그 순간에 가장 높은 수업 행복지수 점수를 줬다.

○ 수업으로는 85점이 가장 높은 점수이고 이때는 인물의 표정, 몸짓, 말투에 유의하며 역할극 하는 국어 시간에 아이들이 소품을 활용하고, 즐겁게 참여하는 모습을 보여서 행복함. 퇴근 전 회식이 있어서 행복했음.

○ 음악 시간에 재미있다고 생각한 노래를 신나고 즐겁게 부르는 모습을 보며 행복함.

○ 과학시간 물과 공기, 토양을 보존하는 방법을 모둠토의로 찾고 무

대책을 꾸미는 활동이 좋았음.

○ 국어 10단원 마지막 차시에 자신의 경험을 만화로 표현하기 활동을 하였다. 아이들이 경험을 인물의 표정, 배경, 선의 효과를 활용하여 만화로 표현하는 모습이 보기 좋았고, 몇몇 친구들은 요즘 우리 반에서 하고 있는 활동에 대해 자신의 감정이 잘 드러나게 만화로 표현해주어서 기분이 좋았다.

○ 변형게임에 따른 전략을 학생들이 잘 이해함
○ 학생 주도적인 수업 계획을 세워 교사 부담 감소됨
○ 이해 중심게임수업 모형이 수업에 잘 적용되었음
○ 수업 중 경쟁보다 협력이 잘 이뤄졌음
○ 전략적인 사고 촉진을 위한 아이디어가 떠오름
○ 전술인지 발달을 위한 아이디어를 찾음
○ 학기말 학생주도적인 수업의 가능성을 찾음
○ 새로운 수업 아이디어에 대한 자신감이 있었음
○ 참여도가 높고 자기주도적인 수업이 기대됨
○ 잘될 거라는 막연한 기대감이 있음

다음은 10일 동안 수업행복지수를 기록한 소감입니다. 원문 그대로 옮깁니다.

○ 평소 대구교육청에서 강조하는 행복교육에 대해서는 많이 들어보고 학생들이 행복한 교실을 만들기 위한 노력은 많이 했었지만 교사인 제 자신의 행복에 대한 생각을 해본 적은 없었습니다. 그러나 수업행복지수를 기록하면서 저의 행복에 대해서 생각해 볼 수 있는 기회가 되어서 좋았습니다. 작은 행복을 발견하는 과정에서 행복이란 결국 거창하고 큰 것이 아니라 아이들과 함께하면서 소소하게 찾아오는 시원한 바람과 같은 것이라는 생각을 하게 되었습니다. 아이들이 하교하고 혼자 있는 시간, 큰 업무를 해결했을

때도 행복했지만, 지나고 나니 내가 의도한 대로 수업을 진행하고 아이들이 즐거워할 때 가장 행복한 시간이었던 것 같습니다.

○ 10일 동안의 수업행복지수를 기록해보니 학교에서 이루어지는 여러 가지 활동 중에서 학생들과 즐겁고 유의미한 수업이 이루어졌을 때 교사로서의 자존감이 가장 높아지고 행복지수가 높았던 것 같다. 즉각적으로 반응을 보이는 학생들이 있어 근무시간 중 매일 성취감으로 인한 행복을 느낄 수 있는 직업이 교사인 것 같고, 대부분의 시간을 학교에서 보내고 있는 교사의 행복지수를 높이기 위해 수업의 만족도를 높일 수 있는 자기 계발이 필요함을 느꼈다.

○ 학기말 성적 처리와 업무 처리로 정신이 없었는데, 날마다 하루를 돌아보고 기록할 수 있어서 수업 성찰이 가능했다. 이렇게 주어진 과제가 없더라도 날마다 하루를 기록해야지 다짐하지만 평상시에 바쁘다는 핑계로 10분조차 내지 못하는데, 앞으로는 적어도 하루 10분은 수업과 학급경영을 돌아보며 하루를 성찰하고 기록하는 습관을 가져야겠다는 생각을 했다. 또한 아이들이 수업 속에 깊이 빠져들고, 즐겁게 참여하고, 교사와 소통할 때 교사의 수업 행복지수가 높아진다는 것을 다시금 깨닫는 시간이었다. 그러기 위해서는 과도한 업무가 사라지고, 적어도 하루에 2~3시간 정도는 온전히 교과 학습 준비를 위해 투자하는 시간이 필요하다는 생각이 들었다. 또한 1시간 정도의 수업 성찰 시간이 필요할 것 같다. 하지만 현실은 아이들이 돌아가자마자 업무처리와 잡무들로 바쁜 나날이다. 수업을 돌아보고 내 행복지수를 돌아보는 기회를 가질 수 있어서 좋았고, 앞으로도 이렇게 내 하루 삶과 수업을 돌아보도록 노력해야겠다.

○ 수업행복지수를 써보니 내가 스스로 수업준비를 열심히 했을 때에는 매우 수업이 기대가 되면서 아침부터 수업이 기다려졌었다.

수업 시 학생들이 잘 따라 주었을 때 가장 행복지수가 높았으며 내가 준비한 만큼 아이들도 집중해 준다는 것을 알게 되었다. 교사는 역시 수업 속에서 행복을 느끼는 것이 가장 보람됨을 다시 한 번 느낄 수 있었다.

○ 늘 감사한 교직생활이지만, 더욱 더 교사인 나 자신과 아이들의 표정을 살피고 나의 마음을 들여다보게 되는 2주간이었습니다. 등교하는 아이들과 눈 맞추고, 수다를 나누는 아이들이 귀여워 보여 슬며시 웃음 짓게 될 때 '이런 느낌이 행복인거겠지?', "사랑합니다~" 인사를 나눌 때 "진짜?", "얼만큼?" 하고 되물으며 까르르 함께 웃으며 '이렇게 행복한 게 좋구나', 때로 잠을 설쳐 피곤한 날은 준비한 수업을 어떻게 열어가느냐에 따라 달라지는 아이들의 배움 모습을 보며 '교사는 정신적으로 신체적으로 항상 더 건강해야 하겠구나'를 느끼기도 했습니다. 오늘도 "선생님~"이라고 부르는 맑은 아이들의 목소리에 고개를 돌리며 눈웃음으로 대답하며 마음을 나누는 감사한 아침입니다.

○ 지난 열흘뿐만 아니라 평소에도 느낀 것입니다만, 활동이나 자료를 많이 준비하고 대안 활동까지 준비하는 등 수업 준비를 철저히 한 날은 수업 진행도 잘되고 학생들도 잘 따라와 주는데, 바빠서 지도서만 한 번 훑어보고 수업하는 날은 교사도, 학생도 나침반 잃은 배처럼 우왕좌왕하는 느낌이 들 때가 있습니다. 한 시간, 한 시간의 수업을 알차고 확실하게 준비해야 함을 절실히 느낍니다. 그와 별개로, 다인수 학급(36명)이라서 그런지, 엉뚱한 소리를 하고 수업에 방해가 되는 행동을 하는 학생의 수도 많아서 몇 명만 엉뚱한 소리를 하면 수업 전체가 산만해지는 경우가 많습니다. 그 학생들이 얌전히 있는 날은 수업이 더 매끄럽게 진행됩니다. 수업에 별 관심 없는 학생들까지 재미있게 수업에 참여시키기는 영원한 숙제인 것 같습니다.

○ 교사에게 가장 중요한 것은 수업이라는 것은 늘 생각은 해왔지만, 수업으로 인해 행복하다는 생각을 평소에 잘 가져보지 못했습니다. 수업행복지수를 기록하면서 수업으로 인해 행복해질 수 있다는 것을 느끼게 되었고, 수업과 학교생활 외의 외부적인 환경이나 요인에 의해서 나의 수업이 영향을 받는다는 것을 알게 되었습니다. 여유롭고 평온한 교사의 생활과 마음가짐이 우리 학생들에게도 행복한 수업을 할 수 있는 원동력이 될 수 있다는 확고한 믿음을 가지고 살아가야겠습니다.

○ 월요일부터 금요일까지 매번 수업 전 행복지수의 차이는 그 정도를 잘 느끼지 못했습니다. 하지만 하루 중 행복지수의 변화는 여러 상황에서 오는 원인으로 인해 지수의 변화를 느낄 수가 있었습니다. 무엇보다 나 자신이 행복한 순간보다 왜 기분이 좋지 못한가에 대한 생각으로 하루를 더 오래 보낸다는 것을 느꼈습니다. 주로 기분이 좋지 못한 수치가 나타나는 순간에는 그 전에 있었던 누군가의 말과 행동, 그리고 가족의 걱정, 지난날의 나의 과오 등으로 스스로 마음이 무거워짐을 느꼈습니다. 어느 개그맨의 말처럼 문득문득 행복한 우리들이 그 순간을 오래 지속할 수 있는 지혜가 있었으면 좋겠습니다.

○ 10일 동안 수업행복지수를 기록해 보니 수업 후 수업행복지수가 낮아지는 것을 발견할 수 있었다. 원인은 다름이 아니라 내가 수업 준비를 적게 하기 때문이 아닐까? 충분한 준비를 한 수업에는 수업이 잘 진행되어 수업행복지수가 높았지만 준비가 많이 미흡했던 수업이 있었던 날에는 수업 후 행복지수가 많이 떨어졌다. 학생들의 활동이 잘 이루어진 수업에는 행복지수가 높고 내가 주로 설명을 하고 진도를 위해 빠르게 나갔던 수업에는 끝나고 마음이 별로 좋지 못했다. 아이들의 주도적인 학습을 도와주는 연습과 그를 위한 수업준비가 필요하다는 것을 느꼈다.

○ 하루의 행복지수를 생각해본 건 처음이었다. 2주간 행복지수를 기록한 결과를 보니 대부분의 시간을 학교에서 아이들과 보내고 있지만 아이들과 함께 행복한 순간이 많지 않았다. 그리고 수업에서 행복을 느끼는 시간도 있긴 하지만 동료교사들과 함께 있는 시간도 많았다. 수업 계획을 미리 세우고 수업을 했을 때는 나도 만족한 수업이 되었으며 아이들도 활기차고 행복해 보였다. 매일 똑같은 반찬과 밥만 먹는 것보다 새로운 반찬과 밥을 먹을 때 더 밥맛이 좋은 것처럼, 아이들에게 신선함을 불어넣어 주고 활기찬 교실을 만드는 교사가 되어야겠다. 역동적이고 활기찬 아이들을 보면 나도 행복해질 것이다.

○ 출근하면서 또는 출근 직후에 행복지수가 높은 날은 준비한 수업에 대한 기대와 설렘, 아이들과의 만남 자체 때문인 것 같다. 그러나 업무처리나 수업 준비를 마친 퇴근 전이 대체로 행복지수가 높다. 퇴근 전 행복지수가 낮은 날은 생각했던 것과 달리 흘러간 수업, 수업을 방해한 몇몇 아이들과의 실랑이, 탐정놀이('선생님, 실내화 없어졌어요', '제 지우개가 없어졌어요', '누가 제 거 망가뜨렸어요'와 같은 소소한 사건 해결)로 번아웃된 상태로 퇴근을 맞기 때문인 것 같다. 아침의 행복지수를 퇴근 때까지 유지할 수 있는 방법이 없을까? 고민해 본다.

○ 학교에 있으면서 나는 교사로서 언제 행복할까? 협력학습이 잘되었을 때, 아이들의 다툼이 없을 때, 복잡한 업무를 마무리했을 때, 질문이 많을 때, 수업과 업무를 마무리하고 퇴근할 때, 교실에 등교하는 아이들이 방긋 웃으며 인사할 때 행복하다고 생각했습니다. 행복을 생각하며 아침마다 책상 위에 있는 문구를 다시 읽어봅니다. "난 아이들을 행복하게 하려고 교실에 들어간다." 교사인 저도 매일 행복하게 하려고 교실에 들어가고 싶습니다.

○ 퇴근 전의 수업행복지수가 그다음 날 출근 후의 행복감까지 어느 정도 영향을 주고 있는 것으로 보이며 퇴근 전의 수업행복지수는 그날 수업에 대한 교사의 주관적 만족감과 밀접한 관계가 있는 것 같습니다. 또한 그날 수업에 대한 교사의 주관적 만족감은 교사의 수업에 대한 학생들의 만족감과도 연결되어 있습니다. 즉, 학생들의 수업행복지수와 교사의 수업행복지수는 비례관계가 있는 듯하며, 수업행복지수가 좋아질 것이라는 교사 스스로의 기대감 또한 본인 및 학생들의 수업행복지수에도 영향을 줄 듯합니다. 10일간 수업행복지수를 기록하기 위해 수업을 되돌아보며 새로운 아이디어와 이를 이용한 다양한 활동을 구안하는 과정이 즐거웠습니다.

○ 수업행복지수를 기록하다 보니 교사가 언제 행복하게 되는지를 다시 한 번 생각하게 되었습니다. 교사가 행복한 수업은 대단한 것이 아니라, 아이들의 반응이나 표정 그리고 리액션에서 오는 경우가 많았습니다. 예전에는 수업을 학생이 행복하기 위해서 잘해야 한다고 생각했는데, 지금 생각해보면 수업을 잘하고 싶은 것도, 몰입하고 재미있는 수업을 하고 싶은 것도 어쩌면 다 교사 좋으려고 하는 것이 아닌가 하고 생각합니다. 이제부터 저부터 행복해지는 수업을 해서 제가 가르치는 학생들까지도 행복해지는 수업을 해야겠습니다.

대부분의 선생님은 아이들과의 수업에서 행복을 찾고 있었습니다. 수업의 준비와 실제 수업, 수업 뒤의 여운이 선생님의 기분을 좌우합니다. 간혹 선생님들과의 관계 설정에 어려움이 있기도 합니다. 행복인 세 잎 클로버 속에서 행운인 네 잎의 클로버를 찾듯이, 일상의 행복인 수업에서 가끔은 행운을 찾는 것도 행복일 것입니다.

교감자격연수생의 수업행복지수는 얼마인가?

다음은 2018년 대구광역시 초등 교감 자격연수 대상자 33명을 대상으로 한 수업행복지수입니다. 2018년 7월 25일 수요일 오전에 2시간 강의를 하는 동안에 기록한 것입니다. 전체 내용을 정리해서 다음날 피드백을 한 것입니다.

꿈·희망·행복을 가꾸는 남부교육!

교감 선생님이 행복해야

2018.07.25.(수)

"혼자 하면 기억이 되고, 둘이 하면 추억이 된다."

"빨리 가려면 혼자서 가고, 멀리 가려면 함께 가라"

누군가는 먼저 시작을 해야 한다. 누군가는 앞장을 서야 한다. 누군가는 함께 멀리 가기 위해 동행이라는 출발선을 준비해야 한다. 학교에서 그 누군가는 누가 되어야 하겠는가? 나하나 꽃피어 온통 꽃밭이 되게 하고, 나하나 물들어 온 산이 활활 물들게 하는 것은 바로 교감의 역할이 아닐까? 가끔은 흔들리기도 하겠지만, 세상 어느 것인들 흔들리지 않는 게 있겠는가?

나하나 꽃피어	흔들리며 피는 꽃	나하나 물들어

타산지석(他山之石)하는 교감이다. 남의 사소한 장점에서도 내게 필요한 것을 찾는 혜안을 가진다. 동료나 선후배의 수업에서 내게 필요한 것을 찾는다.

반면교사(反面教師)하는 교감이다. 남의 허물에서 나를 돌아보고 바른 길을 찾는 심미안을 가진다. 남의 수업에서 부족한 부분을 내게 필요한 것으로 만든다.

취사선택(取捨選擇)하는 교감이다. 많은 것을 하려하기보다는 꼭 필요한 것을 취해서 집중하는 지혜를 가진다. 포기하는 용기, 선택과 집중의 용기를 가진다.

절차탁마(切磋琢磨)하는 교감이다. 쉼 없이 자기연찬을 한다. 가장 좋은 교육은 본보기가 되는 것이다. 교감의 모든 언행은 수업장학이다.

우리 교감 선생님들을 응원합니다.

우리 교감 선생님들의 수업장학을 응원합니다.

우리 교감 선생님, 부탁 한 가지 드립니다. 오늘 강의 중에 세 번, 교감 선생님의 수업행복지수를 기록해 보시지요. 만점은 100점입니다. 성함 등의 인적 사항은 쓰지 않습니다. 전체 내용을 정리해서 피드백을 해 드리겠습니다.

우리 교감 선생님, 선생님들의 출근길과 퇴근길이 행복으로 충만했으면 좋겠습니다.

오늘도 참 행복한 날입니다!!

2018.07.25.(수)

대구광역시남부교육지원청 초등교육지원과장 김영호 드림

☞ **수업행복**: 우리 교감 선생님의 수업행복지수를 솔직하게 기록해 주세요. 100점 만점입니다.

구분	점수	간단한 이유
시작 후		
마치기 전		
최고점		

☞ **소감**: 우리 교감 선생님의 소감을 솔직하게 기록해 주세요.

교감자격연수생의 수업행복지수

- 조사 기간: 2018.7.25.(수) 10:00~12:00
- 대상자: 2018 초등 교감자격연수 대상자 33명
- 응답자: 30명(남여 및 교직 경력 등은 불문)
- 설문지: 2쪽 참조

연번	시작 후	마치기 전	최고점	평균	연번	시작 후	마치기 전	최고점	평균
1	40	82	93	71.7	17	85	88	94	89.0
2	85	95	98	92.7	18	80	90	90	86.7
3	85	90	97	90.7	19	85	90	95	90.0
4	70	95	100	88.3	20	98	99	99	98.7
5	60	80	85	75.0	21	80	93	95	89.3
6	90	98	98	95.3	22	90	95	★	92.5
7	95	100	100	98.3	23	80	90	★	85.0
8	90	100	100	96.7	24	99	100	100	99.7
9	80	99	100	93.0	25	70	95	95	86.7
10	50	90	95	78.3	26	80	95	95	90.0
11	95	96	98	96.3	27	80	95	95	90.0
12	85	85	95	88.3	28	70	90	85	81.7
13	80	100	100	93.3	29	80	90	90	86.7
14	80	90	90	86.7	30	80	90	95	88.3
15	94	96	96	95.3	평균	81.2	93.2	95.5	90.0
16	100	100	100	100.0					

★ 점수 기록 않음

전체 평균을 보면 시작 후는 81.2점, 마치기 전은 93.2점, 최고점은 95.5점입니다. 세 가지의 평균은 90.0점인데 최저점이 없기 때문에 큰 의미는 없는 것으로 보입니다. 시작 후와 마치기 전을 비교하면 12.0점이 상승했습니다.

시작 후를 보면 최고점은 16번의 100점이고, 최저점은 1번의 40점입니다. 마치기 전의 최고점은 4, 7, 8, 13, 16, 24번의 100점입니다. 평균의 최고점은 16번의 100점이고, 최저점은 1번의 71.7점입니다.

개인의 기준점이나 출발점을 어느 점수에서 시작하느냐에 따라서 결과가 많이 달라질 것이란 생각이 듭니다. 수업행복지수가 개인의 정량적인 면보다는 정성적인 면이 강한 이유이기도 합니다. 일정 시간이나 기간 동안 점수 폭이 얼마나 되는지를 알아보는 것도 중요합니다. 개인적인 환경, 강의나 수업의 영향을 파악할 수 있습니다.

다음은 시작 후의 점수에 대한 이유입니다. 원문 그대로 옮깁니다.

- ○ 신체적·정신적으로 많이 힘드네요. (개인적인 일)
- ○ 진로교사보다 교과전담으로 수업을 하니 아이들과 함께 수업해서 행복함
- ○ 관문 통과, 여기 이 자리에
- ○ 과제평가, 분임평가로 머리가 뒤죽박죽
- ○ 분임 발표 준비, 협의회
- ○ 좋은 분들과 좋은 연수를 듣게 되어서
- ○ 좋은 컨디션, 아침에 분임과의 화기애애한 분위기, 강의에 대한 설레임
- ○ 기대
- ○ 귀한 연수를 시작하게 되어서
- ○ 목적 달성의 길이지만 험난하다.
- ○ 시험 부담 외에는 모든 것 Good!
- ○ 지명된 것 기쁘지만 경쟁, 시험에 대한 부담이 커서
- ○ 학교 현장에서 학생을 직접 가르치는 경험이 현재는 없음
- ○ 시작이 상쾌하지만 과제에 대한 부담도 있다.
- ○ 원하고 목표하던 교감자격연수 대상자로 선정되어서, 건강이 좋지 않아서 -6점 ⇒ 94점

- 이 자리에 앉아 있음에 감사합니다.
- 조금 피곤해서
- 학기 중 교무 업무 하지 않고 연수 받아서 좋다. 연수 시험에 대한 부담 -20
- 분임 후 길이 보이는 것 같아 좋은데 오랜만에 머리 쓰니 피곤하다.
- 그냥 삶이 즐겁다. 이상하게 교감 연수도 즐겁다.
- 교감 연수를 받는다는 기대감
- 가르치다가 배우는 입장이 되어 90% 행복합니다.
- 분임토의, 음악
- 연수에 대한 기대감, 업무로부터의 탈피, 시원한 연수 환경
- 어려운 주제라 부담이 됨
- 분위기 좋은 연수, 하지만 과제, 평가로 부담스러움
- 학생 지도의 부담감이 크다.
- 학생들과 함께 놀이학습을 하기 때문

다음은 마치기 전의 점수에 대한 이유입니다. 원문 그대로 옮깁니다.

- 오늘도 잘하고 있다고 긍정의 에너지를 계속해서 넣고 있어서
- 남은 2학기 더 아이들과 함께 행복한 수업할 수 있도록 노력하겠습니다.
- 잘될 것 같은 생각이 듦
- 오전 수업 종료, 밥 먹고 휴식
- 교감의 역할
- 앞으로의 교감 생활에 많은 도움이 될 것 같아서
- 마음의 힐링, 용기, 자신감이 생김(여유+용기)
- 감사합니다.
- 좋은 결과를 기대하기에(결과는 마음의 성장)
- 기왕 들어선 길 흔들리며 피는 꽃이 되어보자. 완벽할 수는 없

지만!

- ○ 수업장학에 대한 자신감이 없다. 잘할 자신이 없다.
- ○ 미래학교의 교감으로 근무할 때 도움이 되는 유익한 정보가 많았습니다.
- ○ 편하고 부담 없는 수업이었다.
- ○ 더 알게 되어서 충만감이 생겨서
- ○ 오전 수업 끝나고 점심시간이 기다리고 있어서
- ○ 연수를 통해 회복이 되어서
- ○ 과장님 좋은 강의에 좋은 교감으로 될 것을 다시 한 번 다지게 되었습니다.
- ○ 좋은 강의, 점심시간
- ○ 아직도 즐겁다.
- ○ 약간의 불안한 마음이 편안해짐
- ○ 나는 김영호 선생님처럼 될 수 없을 것 같아요.
- ○ 다양한 사례, 격려, 방향 제시
- ○ 마음이 편안해짐
- ○ 감동받았다.
- ○ 걱정 없이 무소의 뿔처럼 꾸준히 가라.
- ○ 오늘은 대부분 학생이 리코더 연주를 잘했다.

다음은 최고점에 대한 이유입니다. 원문 그대로 옮깁니다.

- ○ 집밥 밥상 편지글을 보고 나서……. 나도 수업교사 만들고 싶다.
- ○ 궁금한 질문에 답을 받아서
- ○ 연수에 빠져 웃고, 행복함
- ○ 수업장학을 바라보는 교감의 자세를 알게 되어서
- ○ 모든 것이 충분하다. 이대로라면 걱정이 없겠다는 편안함
- ○ 손병두 교생 근황과 글, 마음 접하여 반갑고 행복했습니다.
- ○ 오늘처럼 좋은 연수, 감동적인 연수를 들을 수 있어서

○ 과장님 강의가 매우 공감!
○ 승진……. 관리자의 길을 열심히……. 훌륭하게 이름이 기억되는
○ 여러 고비를 넘기고 이 자리에 온 것이 감사합니다. 주변분들, 부모님, 모두 감사
○ 기도 빵빵하게 하고 늘 감사와 에너지 충전
○ 음악과 좋은 말씀을 듣게 되어서
○ 마지막 마무리
○ 되돌아보기, 앞을 보기
○ 내일도 즐거울 것이다.
○ 할 수 있다는 자신감
○ 학교 현장에서의 팁 제공
○ 강사님의 솔직함
○ 답은 먼 곳이 아닌 가까이에 있음을 새삼 느꼈다.
○ 마칠 때 제일 기분 up↑
○ 리코더 최고의 부진 학생 '○○'이가 나를 데리러 왔다.

다음은 교감 선생님들의 솔직한 소감입니다. 원문 그대로 옮깁니다.

○ 오늘도 바쁜 하루가 시작되었지만, 교감 선생님의 긍정적인 에너지를 받아서 다시 힘을 내 봅니다. 감사합니다.
○ 마음이 따뜻한 소통하는 교감이 되도록 노력하겠습니다. 사랑합니다. 감사합니다.
○ 이 시간. 이 자리에 앉아 있을 수 있어서 행복하고(85), 15점은 알 수 없는 상황에 남겨 두고……. 강의를 다 듣고 나니 〈응원〉을 받아 왠지 모르게 잘될 것 같아서, 90점이다. 즐기자, 지금…….
○ 연수를 받으면서 평소 고민되던 문제들에 대해 다시 한 번 생각도 하고, 내려놓는 방법도 배우고, 조동화 시인의 「나 하나 꽃 피어」의 꽃이 되어 학교를 변화시킬 수 있도록…….

○ 첫 교감으로 발령 받으면 어떻게 해야 하나? 항상 걱정되는 것을 아주 명쾌하게 주변 이야기를 엮어 알려 주셔서 감사합니다.

○ 수업장학을 할 때 수업자의 입장에서, 사랑과 용기를 불어넣어 줄 수 있는 역량 — '역사용'을 가장 많이 길러야겠다. 수업친구 만들기도 꼭 해보고 싶다. 다양한 자료와 경험을 알려주셔서 도움이 많이 되었다. 감사합니다.

○ 이 자리에 온 것만도 감사하다. 연수의 환경, 프로그램 모든 것이 감사하고 충분하다. '나도 할 수 있겠구나…….', '이렇게 하면 될 것 같아…….' 등 조금씩 준비해가는 마음에서 스스로 절로 용기와 행복감이 든다.

○ 선생님, 아이들 존중하는 사람 되겠습니다. 늘 변함없으시길 기원합니다. 감사합니다.

○ 처음부터 잘하는 사람은 없다. 모르면 배우고 알아가면서 성장하는 행복한 실천하는 사람이 되고 싶다.

○ 흔들리며 피는 꽃……. 나 하나 꽃피어!

○ 가슴에 쿵! 사랑의 메시지가 달려온 것 같습니다. 다부지게 신발끈을 매고 달려가야겠다고 생각합니다. 할 수 있어!

○ 누구보다도 학생이 선생님, 학부모 생각하는 교감이 되어 행복한 학교, 누구나 가고 싶은 학교가 될 수 있도록 하겠습니다.

○ 자그마한 것도 기록으로, 사진으로 남겨서 되새겨 보는 것이 좋겠다.

○ 수업에 관한 철학을 굳건하게 세워야겠다. 오직 아이들을 사랑하고 위하고 믿는 마음으로 1년을 시작하고 감당했는데 조금 더 구체적으로 우리 아이들에게 맞는 방법을 고민하고 찾아야겠다. 지금 내가 비우고 있는 4일 동안의 시간 동안 우리 귀염둥이들은 어떻게 지내고 있을까. 지금 이 순간은…….

○ 새로운 책임을 지는 과정이 쉽지 않은 것 같습니다. 연수를 통해 역량이 길러져서 좋은 선배로서 유능한 관리자로 학교 교육에 도움이 되는 사람(人)이 되도록 즐겁게 임하겠습니다.

○ 앞으로 남은 교직 생활 보람 있게 할 수 있도록 다짐하는 계기가 되었습니다.

○ 과거도 현재도 미래도 소중하다. 나도 너도 우리 모두 소중한 이 세상.

○ 내가 느끼는 행복감이 주변으로 번져나가면 좋겠다.

○ 늘 자신감 없던 내가 이번 연수를 받게 되어 걱정 반 기대 반이었다. 장학에 대한 수업 후 할 수 있다는 마음이 생김.

○ 절차탁마해야 되겠습니다. 언제나…….

○ 강의실 들어왔을 때 틀어주신 음악만으로도 한층 up됨을 느꼈다. 사소한 배려, 아주 작다고 생각하는 준비가 누군가에게는 큰 응원이 될 수 있음을 새삼 느꼈다.

○ 편하게 행복한 마음으로 좋은 팁을 많이 배우도록 하겠습니다. 지금의 에너지를 미래의 학교에도 전달되기를 바라며…….

○ 좋은 교감이 되어야겠다. 선생님을 배려하는…….

○ 감사합니다. 백반 같은 수업처럼 백반 같은 편안한 강의였습니다.

○ 다년간 현장 관리자로서의 경험들을 잘 들었습니다. 수업이 본질, 집밥처럼 항상 있어야 하는 수업, 수업이 삶의 연습장이 되고 발전되는 방향의 조력자가 될 것임. 실천자가 되겠습니다.

○ 행복한 학교를 만드는 데 한 몫을 하고 싶다.

○ 많이 반성하는 시간이었습니다. 현장에서 열심히 해야겠다는 다짐을 다시 해 봅니다.

○ 지명 연수 대상자가 된 기쁨은 잠시……. 새로운 책임감과 관리자로서의 지금까지 교직 생활, 이 자리에 오기까지의 나의 교직 생활을 되돌아보게 하는 과정(시간)이었습니다. 언제나 고민하시고 지원해 주시려는 강사님(과장님)의 마음이 강의 곳곳에 묻어나 있어 좋았습니다. 화면 한 장면 장면과 선곡 노래 한 곡 한 곡도 흐트러지지 않게 많은 의미가 담겨 있음을 느낍니다. 감사드립니다.

교감자격연수생의 행복지수 평균은 다른 집단에 비해서 조금 높습니다. 교감자격연수 대상자가 되어서 성취감, 자아효능감 등이 높기 때문일 것입니다. 학교의 일상인 수업이 이랬으면 좋겠습니다.

네 번째 이야기

수업문 역량이란 무엇인가?

수업문은 교실을 열자는 것입니다.

교실을 열자는 것은 선생님의 수업을 열자는 것입니다.

선생님의 마음을 여는 것이 수업문을 여는 디딤돌입니다.

수업문이 굳게 닫힌 교실왕국을 버립시다.

수업문이 활짝 열린 교실천국을 소망합니다.

활짝 열린 수업문은 우리 모두의 행복문입니다.

수업문 역량은 집밥 같은 수업이다

누군가와 수업에 대한 이야기를 나누는 것은 즐거운 일입니다. 그 누군가는 선배나 동료 또는 후배가 될 수도 있습니다. 제자나 아들뻘이 되는 선생님이라도 상관이 없습니다. 교직에 있다면 누구라도 상관이 없이 공감대를 형성할 수 있습니다. 김태현 선생님이 주장하는 수업친구입니다.

필자는 수업친구가 제법 많습니다. 퇴임하신 분 중에는 제 졸저의 서평을 이메일이나 카톡으로 보내주시기도 합니다. 동기 중에는 수업친구가 몇이 있습니다. 아무 때나 수업에 대한 이야기로 상호작용합니다. 가끔씩 막혔던 물꼬가 터지는 기쁨을 맛보기도 합니다. 후배는 수업친구가 꽤 많습니다. 이런저런 인연으로 만난 사이입니다. 상호작용이 잘됩니다.

필자의 가장 어린 수업친구는 영주중앙초등학교 손병두 선생님입니다. 교직 경력 4년째인 새내기 선생님입니다. 손병두 선생님의 수업실습 때 수업소감문에서 집밥 같은 수업을 보았습니다. 그 뒤로 선생님과 가끔씩 소식을 주고받습니다. 수업친구인 손병두 선생님과 주고받는 이야기 속에서 우리 선생님들의 집밥 수업으로 수업문을 열어 보시지요.

수업은 정성 가득한 집밥이다

필자는 언제부터인지 집밥 같은 수업을 이야기합니다. 좋은 수업은 집밥 같은 수업이어야 한다고 주장합니다. 집밥은 반찬이 특별하지도 많지도 않습니다. 준비하는 데 시간이 많이 걸리는 것도 아닙니다. 그러나 그런 집밥이 하루아침에 되는 것은 아닙니다. 달인의 법칙에 나오는 10,000시간은 아니더라도 수많은 시행착오와 노력이 함께했을 것입니다.

집밥 같은 수업, 말은 쉽지만 실천하기는 만만치가 않습니다. 특별하거나 많은 학습자료도 없이 좋은 수업을 하기는 쉽지가 않습니다. 집밥 같은 수업을 할 때 특별하거나 많은 자료를 찾을 필요는 없습니다. 무엇보다도 먼저 교육과정을 정확하게 이해해야 합니다. 성취기준은 무엇이며 어떻게 목표에 도달할 것인가를 생각합니다. '교육과정-수업-평가'가 연속성과 일맥상통이 필요한 것입니다. 장기적인 계획이 필요합니다. 집밥 같은 수업을 하기 위해서 프로젝트학습이 필요한 이유입니다.

필자는 수많은 공개 수업을 했습니다. 모두가 다 공개를 하는 것이 아닌 것은 거의 자청을 한 공개수업입니다. 교생 실습 때부터 갑종 수업(현재의 학교단위 수업)을 자청했습니다. 학교에 발령을 받아서도 공개수업을 자청했습니다. 그 후에도 동학년 수업이나 수업발표대회 등을 거치면서 많은 공개 수업을 했습니다. 한 시간의 공개 수업을 위해서 많은 시간을 투자했습니다.

본격적인 공개 수업은 1999년 3월 1일부터입니다. 대구교육대학교대구부설초등학교에 교사로 근무하던 6년 동안입니다. 1년에 교생 실습 8주가 있으며 시시때때로 방문하는 외부 손님들을 위한 공개도 있습니다. 1999년 수업실습 때 극과 극인 수업을 학반 교생들에게 공개를 했습니다. 한 시간은 전부 파워포인트로만 수업을 했습니다. 한 시간은 자료는 하나도 사용을 하지 않는 수업을 했습니다. 협의 시간에 교생들은 필자의 의도를 알아차렸습니다.

장학사로 근무하면서도 공개수업은 끝나지 않았습니다. 장학지도를 할 때는 선생님들의 수업을 참관하고, 필자도 한 시간의 수업을 공개했습니다. 교감이나 초등교육지원과장으로 근무하면서 수업 컨설팅이나 강의를 할 때도 직접 수업을 하는 시간을 가집니다. 그런 뒤의 수업협의나 강의는 훨씬 자연스럽고 상호작용이 잘 이루어집니다.

다음은 집밥 같은 수업이 왜 필요한지를 잘 보여주는 교생 선생님의 소감문입니다.

가정식 백반 같은 수업[76)]

오늘 3교시에 김혜진 선생님 수업을 참관하였다. 부초에 올 때마다 느낀 건데 김혜진 선생님은 참 인상이 좋으신 것 같다.

김혜진 선생님의 수업은 지금까지 참관실습 수업과는 많이 달랐다. 그냥 교생이 없을 때 본인이 원래 하시던 수업 같았다. 화려한 교구도 없었고, 평소 하던 아이들의 토의학습을 그냥 다가가서 피드백을 해 주신다는 느낌이 강했다.

76) 대구교육대학교대구부설초등학교 4학년 1반 '2014. 수업실습' 교생 손병두 당시 대구교대 4학년, 현 경북 영주초등학교 교사. 제목은 필자가 본문 중에서 발췌함.

김혜진 선생님의 수업은 잘 차려진 가정식 백반 같다는 느낌이 든다. 김, 김치, 고등어구이와 같이 소박한 반찬들은 화려하고 자극적인 음식이 아니다. 그리고 밥과 함께 먹으면 든든하고 안정감이 든다. 그리고 계속 꾸준히 먹으면 몸에도 좋다.

김혜진 선생님의 수업은 평범한 백반인데도 정성이 느껴진다. 그래서 그 수업을 계속 들으면 학생들은 건강하고 바르게 자랄 것 같다는 느낌이 든다. 나도 나의 식사 한 끼를 화려하지 않아도 정성스레 준비하고 싶다.

글의 내용을 한 번 음미해 보겠습니다. 전체적으로 참 잘 쓴 글입니다. 크게 네 문단으로 구성하였습니다. 각 문장도 그리 길지 않습니다. 한 문장이 너무 길어지면 핵심 파악이 힘들어집니다. 간결하면서도 함축성을 지닌 문장입니다. 더 중요한 것은 수업을 보는 관점이 아주 좋다는 것입니다. 집밥 같은 수업이라는 말이 나옵니다. 지금까지의 참관 수업과는 많이 달랐다고 합니다. 지금까지 본 수업은 어떤 수업이었을까요? 저는 좀 과장이 되기는 해도 이렇게 유추를 해 보았습니다.

어느 참관 수업은 불고기집 음식 같은 수업이었습니다. 기름진 음식에 기본 반찬도 많은 음식입니다. 화려하고 자료도 많은 수업이었을 것입니다. 또 다른 수업은 뷔페 음식 같은 수업이었습니다. 온갖 음식이 다 나옵니다. 저는 뷔페 음식은 먹고 나면 뭘 먹었지 하는 아쉬움을 느끼곤 합니다. 화려하고 많은 자료의 수업입니다. 수업참관 마치고 돌아서면 허전합니다. 손병두 선생님의 생각이 이랬을 것이란 생각을 해 봅니다.

선생님들은 어떤 수업 하시겠습니까? 맛있고 건강한 집밥에서 제일 중요한 것은 무엇이겠습니까? 저는 손병두 선생님이 말한 정성이라고 생각합니다. 수업도 마찬가지입니다. 방법적인 면은 조금 부족해도 그리 문제

될 것 없습니다. 선생님의 정성, 지극정성이면 집밥 같은 수업을 하실 수 있습니다.

선생님들이 이런 수업을 하는 데는 용기가 필요합니다. 수업장학을 하는 교장, 교감 선생님의 관점도 변해야 합니다. 평소에 하는 수업이나 나눔(공개) 수업의 간극이 좁아져야 합니다. 사실 아직까지도 평소 수업과 나눔(공개) 수업의 간극이 제법 있는 것이 사실입니다. 이런 간극을 좁히고 또 좁혀서 궁극적으로는 같아져야 합니다. 어쩌면 그것이 수업문 역량의 궁극적인 도달점이 될 수도 있습니다.

집밥 같은 수업이 되어야 수업문이 열릴 수 있습니다.

수업문이 열려야 집밥 같은 수업이 자리를 잡을 수 있습니다.

집밥 수업과 수업문은 서로의 그림자이자 거울입니다.

집밥 수업과 수업문은 동행입니다.

집밥이 그리워 수업에서 집밥을 찾다

손병두 선생님은 가끔씩 전화와 문자를 주고받는 수업친구입니다. 앞의 글은 강의할 때 반드시 사용하는 자료입니다. 사진도 받아서 함께 사용하기도 했습니다. 어느 날 문득 손병두 선생님의 수업이 궁금해졌습니다. 교생으로 수업참관을 했을 때의 생각을 지금은 어떻게 수업에 반영하고 있는지 궁금했습니다. 또, 지금은 수업에 대해서 어떤 생각을 가지고 있는지도 궁금했습니다. 그래서 이메일을 보냈습니다.

> 영주중앙초등학교 손병두 선생님.
>
> 잘 지내시지요.
>
> 6학년 1반을 담임하시느라 노고가 많으시겠습니다. 어느 학년을 담임해도 다 의미가 있겠지만 6학년 담임은 의미가 더할 것이라는 생각이 듭니다. 저는 6학년 담임은 13번 했습니다. 당시에는 힘든 일도 많았지만, 지나고 나니 모두가 아름다운 추억입니다. 그래서 담임을 하려면 6학년 담임을 하라는 말이 있는가 봅니다. 제가 6학년을 담임할 때의 아이들과 손병두 선생님이 담임하는 지금의 아이들은 많이 다를 것이란 생각도 듭니다.
>
> 손병두 선생님.
>
> 선생님께서 대구교육대학교대구부설초등학교에서 교생 실습 중에 작성하신 수업 소감문은 명문(名文)입니다. 화려한 수식어는 없어도 수업을 어떻게 볼 것인가를 명약관화하게 보여주는 문장입니다. 제가 강의를 할 때도 '교생 선생님이 어떻게 그런 생각을 했을까' 하는 칭찬을 합니다. 그 문장을 듣고 보는 사람들은 모두가 그렇다는 맞장구를 치기도 합니다.

손병두 선생님.

경력이 4년 차이니 1급 정교사 자격연수는 아직 받지 않았을 것으로 생각됩니다. 하지만 수업에 대한 열정은 누구보다도 대단할 것으로 확신합니다. 궁금한 점이 많아서 선생님께 이메일을 드립니다. 선생님 수업을 참관하고 싶지만 좀 어렵네요. 언젠가는 그런 날도 있을 것이란 희망을 가져봅니다. 몇 가지 질문을 드립니다. 질문이라기보다는 선생님 수업이 궁금해서 자문자답하는 심정으로 드립니다.

먼저, 수업실습을 할 때 집밥 같은 수업, 정성 등의 주옥 같은 용어가 들어간 소감문을 어떻게 작성하게 되었는지 궁금합니다. 대구교육대학교대구부설초등학교에서 교사로 6년, 교감으로 2년을 근무하면서 수많은 소감문을 봤지만, 선생님의 수업 소감문 같은 것을 보지 못했습니다.

다음은, 손병두 선생님의 지금 수업은 어떤지도 궁금합니다. 영주중앙초등학교 6학년 1반의 학생들과 어떤 수업을 만들어 가는지 궁금합니다. 수업에 대한 생각이나 교직 생활에 대한 생각까지 함께 어우러질 수도 있겠습니다.

마지막으로, 앞으로 손병두 선생님의 수업은 어떤 수업일까 궁금합니다. 선생님이 추구하는 수업이 궁금합니다. 선생님이 생각하는 교직 생활이 궁금합니다. 그런 수업, 그런 교직 생활을 추구하면서 어떤 노력을 할 것인지도 궁금합니다.

손병두 선생님.

선생님의 수업을 응원합니다.

선생님의 교직 생활을 응원합니다.

2018.6.4.(월)

대구광역시남부교육지원청 초등교육지원과장 김영호 드림

하루가 지나기도 전에 손병두 선생님이 답장을 보내왔습니다. 그동안의 경험을 더해서 원숙한 선생님의 생각을 담아왔습니다. 그동안의 궁금중도 많이 풀렸습니다. 이메일에는 교생 실습록은 집에 일찍 가려고 힘을 빼고 써서 잘된 것 같다고 했습니다. 이번 것은 책에 실릴지도 모른다고 생각하니 힘이 들어가고 잘 쓰려고 하니 더 부족한 게 아닌가 하는 겸손한 말씀도 있었습니다.

김영호 초등교육지원과장님, 혹시 실례가 되지 않는다면 이 편지글에서는 교감 선생님이라고 불러도 될까요? 지금은 교감 선생님이 아닌 더 높은 위치에서 다른 선생님들을 위해 도와주시고 계시지만, 제 기억 속의 교감 선생님께 이야기하는 것이 더 편하게 이야기를 전해드릴 수 있을 것 같아서요~ 양해는 아직 받지 않았지만, 허락해주실 것이라 믿고 제가 못 해드린 이야기를 시작해볼까 합니다.

먼저, 교감 선생님께 감사하다는 말을 먼저 드리고 싶어요. 교감 선생님께서 각종 연수에 제 참관록을 소개해 주셔서, 오랫동안 연락하지 못했던 동료 선생님들이나 후배들에게 '글 잘 읽었다, 요즘 어떻게 지내냐?'는 연락이 종종 옵니다. 교감 선생님 덕분에 옛 동료 선생님들과 '누가 더 힘든 교직생활을 보내고 있는지'에 대해 토론(?)도 하며 서로의 근황도 이야기할 수 있었습니다. 또 비루한 제 참관록을 좋게 봐주시고, 다른 분들에게 소개도 해주셔서 때로는 부끄럽지만 감사한 마음을 더 많이 가지고 있습니다.

교감 선생님께서 제 참관록에 '집밥'이라는 단어가 갑자기 왜 나왔는지 궁금해하셨죠? 사실 저는 아이러니하게도 '집밥'을 자주 먹지 못했습니다. 고등학교 때 첫 번째, 대학교 때 두 번째 대구교대 기간 모두 기숙사 생활을 했기에 집밥을 아주 가끔씩만 먹습니다. 그런데 기숙사 밥을 먹어 본 사람이라면 누구나 느끼는 것인데, 기숙사 밥은 전체적으로 맛이 없지만, 특히 생선요리가 정말 맛이 없습니다. 대량의 생선을 빠른 시간에 요리하는 기숙사 생선요리를 먹다가, 집에 가서 엄마가 해주는 갈치구이를 먹으면 정말 같은 생선인 것이 믿기지 않을 정도로 맛있습니다.

엄마의 갈치구이와 김혜진 선생님의 수업은 많이 닮았습니다. 김혜진 선생님은 화려한 활동이나 교구보다는 따뜻한 목소리, 학생의 말을 잘 들어주는 경청과 같은 정성으로 학생들을 대해주셨습니다. 매운 양념이나 조미료 대신, 정성으로 아들에게 요리해 주시는 엄마의 집밥이 그래서 생각이 났나 봅니다.

그런데 교감 선생님께서 편지에 제 수업을 한 번 참관하고 싶으시다고 하셨습니다. 그런데 다른 사람에게는 보여줘도 교감 선생님께는 절대 제 수업을 보여드리고 싶지 않습니다. 사실 저의 지금 수업은 집밥보다는 인스턴트 음식에 더 가깝거든요…….

제가 삼 년 전 영주로 발령이 나서 처음으로 자취를 시작했습니다. 처음 해보는 자취라 처음에는 자취에 대한 로망 때문에 요리를 시도했었습니다. 그런데 오래가지 못했습니다. 결과에 비해 시간이 너무 소요가 되더라고요. 장 보고, 재료 다듬고, 요리하고, 설거지를 하고 났더니 2시간은 훌쩍 넘겼습니다. 그 시간이 너무 아까운 찰나에, 인스턴트 즉석식품의 편리함과 자극적인 맛을 접하니, 저는 특별한 일이 아니면 요리를 잘 하지 않습니다.

갑자기 뜬금없이 이런 이야기를 왜 하냐 하면, 제 수업 방식이 앞의 요리 이야기와 너무나 비슷하거든요. 교생실습 때 좋은 동기유발 하나를 생각해 내기 위해 몇 시간을 고민하던 제 모습은 사라지고, 인디스쿨에서 다른 선생님의 좋은 활동만 쏙쏙 뽑아 쓰는 교사로 변했습니다. 또 자극적인 맛에 길들여진 혀처럼, 수업에서 재미라는 가치를 중요시 여겨 활동이나 놀이 위주 수업을 많이 하다 보니, 학생들에게 배움이 일어나기 보단 놀이만 하다 끝난 수업이 많습니다.

저도 종종 실습록을 다시 읽으며 집밥 같은 수업을 하려고 시도했었습니다. 그런데 그런 수업은 의욕만으로 할 수 있는 것은 아니었습니다. 집밥이 맛있으려면 기본적으로 간을 하는 능력, 조리에 대한 이해도가 있어야 하는 것처럼 집밥 같은 수업은 차분한 수업 분위기를 만들 수 있는 교사의 리더십, 전달력 있는 목소리 같은 능력들이 필요했습니다. 그런데 그 능력들이 부족하다 보니, 저는 '재미'라는 MSG를 수업에 많이 치며 제 부족한 수업능력을 감추려고 했던 것 같습니다.

그런데 제 부족한 점이 지난 삼 년 간은 직접적으로 드러나진 않았습니다. 비교적 작은 규모의 학교여서 학생 수도 많지 않았고, 젊은 선생님이 몇 분 없어서, 젊은 선생님이란 이유만으로도 아이들이 잘 따라주었거든요.

그런데 올해 학교를 바꾸고 처음으로 6학년 담임을 맡았습니다. 큰 학교라 한 반에 31명이나 되었고, 그 학생들은 작년에 더 젊은 선생님들을 담임으로 접해 저는 더 이상 젊은 선생님이 아니었습니다. 친절한 선생님이었던 저는 올해 만만한 선생님이 되었습니다. 또 수업에 재미있는 활동이나 게임이 포함되어 있지 않으면 수업을 안 듣는 학생들이 많아졌습니다. 이러한 학생들에게 실망한 저는 더욱 표정이 굳고 규칙만을 강조하게 되고, 학생들은 '저 쌤 왜 저래?'라며 실망한 채 더더욱 저의 테두리를 벗어나고 저는 화를 내는 악순환이 반복되었습니다.

그러던 요즘 아래와 같은 카톡을 하나 받았습니다.

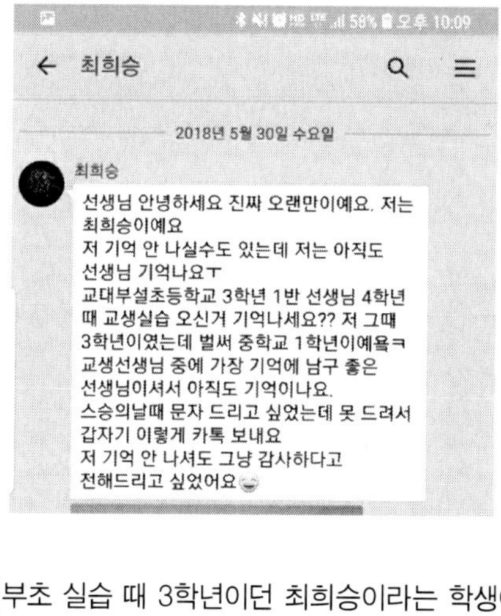

4학년 교대부초 실습 때 3학년이던 최희승이라는 학생이 이제 중학생이 되어 갑자기 연락이 왔습니다. 희승이는 제가 너무나 예뻐하던 학생이어서 기억을 하지만, 희승이가 저를 기억할 줄은 몰랐습니

다. 교대부초 학생들은 졸업 때까지 70명이 넘는 교생들을 접하니까요.

내일 학교 가기 싫어서 늦게 잠을 청하던 제가, 이 카톡 받고 다시 힘이 났습니다. 교생 때 희승이를 예뻐했던 만큼 올해 우리 반 애들을 다시 한 번 예뻐해 보기로 마음을 먹었습니다. 또, 지금 당장은 김혜진 선생님의 집밥 같은 수업은 못하지만, 놀이나 활동과 같은 MSG를 조금 치더라도 아이들이 밥 한 공기는 먹게 하고 싶습니다. 계속 식사를 준비하다 보면 저도 언젠간 저만의 집밥을 잘 준비할 수 있지 않을까요?

제가 만족할 만한 집밥을 차릴 수 있을 때 그때 김영호 교감 선생님을 꼭 초대하겠습니다. 그럼 그때까지 건강하시고, 대구에 있는 제 동기들에게 든든한 초등교육지원과장님이 되어주시길 바라며 저는 물러나보도록 하겠습니다.

2018.6.4.

영주중앙초 교사 손병두 올림

손병두 선생님, 수업문을 열다

손병두 선생님의 답장을 받고 무척 기뻤습니다. 선생님의 수업에 대한 열정이 그대로여서 좋았습니다. 교생 때와 달라진 환경에서 고민하면서도 솔직하게 자신을 드러내 주어서 더 고마웠습니다. 용혜원 시인의 강의 중에 "혼자 하면 기억이 되지만 둘이 하면 추억이 된다."는 말을 들었습니다. 손병두 선생님은 수업으로 아이들과 좋은 추억을 만들어 가겠구나 하는 생각이 들어서 기분이 좋았습니다.

수업친구로서 만난 손병두 선생님과 이런 이야기를 나눌 때를 상상해 봅니다.

김영호: 손 선생님 언제 수업 보여주실 거예요?
손병두: 조금 더 기다리셔야 되는데요.
김영호: 언제까지 기다릴까요?
손병두: 언제까지라는 말씀을 드릴 수는 없는데요.
김영호: 그러지 말고 내일 당장 수업을 보여 주세요.
손병두: 너무 부끄러워서…….
김영호: 뭐가 그리 부끄럽다는 건가요?
손병두: 집밥 같은 수업이 아닌데요.
김영호: 집밥 같은 수업이 아니면 어떤 수업인데요.
손병두: 부끄럽지만 MSG 수업인데요.
김영호: 그런 수업을 보는 것도 괜찮은데요.

손병두: 그래도 그렇지, 그런 수업을 보여 줄 수는 없습니다.

여기까지 쓰고 나서 오후 3시 무렵에 손병두 선생님과 전화 통화를 했습니다. 6학년 담임이라 6교시 마치고 아이들 하교하면 나면 3시 정도가 됩니다. 수업 이야기를 하다가 결혼 이야기로 통화를 마쳤습니다.

손병두: 교감 선생님, 아니 과장님.
김영호: 그냥 교감 선생님 하세요. 아니면 선생님으로.
손병두: 예, 그러겠습니다.
김영호: 수업, 언제 보여주실래요.
손병두: 아, 저, 그게 5년 내로는 될 것 같습니다.
김영호: 5년, 기다리지요. 약속했어요. 자취하시지요.
손병두: 예, 자취합니다.
김영호: 아직 여자 친구는 없어요.
손병두: 예, 아직 혼자입니다.
김영호: 여자 선생님도 많은 텐데요.
손병두: 여자 선생님들은 다 남자 친구가 있더라고요.
김영호: 그 선생님들 제 강의를 들었으면 달라졌을 텐데.
손병두: 제 다른 모습을 보면 그렇지 않을 텐데요.
김영호: 사람은 좋은 면만 봐도 다 보지 못해요.
손병두: 그렇지요.
김영호: 아이들도 좋은 면만 봐주면 나무랄 일 없어요.
손병두: 방금도 아이들에게 화내고 마쳤는데요.
김영호: 다 좋은 면만 있을 수는 없지요.
손병두: 교생 때의 이상이 꼭 현실은 아니네요.
김영호: 결혼하게 되면 꼭 연락주세요.
손병두: 예, 결혼하게 되면 주례 1순위로 생각하고 있습니다.
김영호: 예, 저도 주례는 경험이 있어요.

통화를 마치고 손병두 선생님의 결혼식 주례를 할 행복한 상상을 했습니다. 손병두 선생님 결혼식 주례를 하기 전에 수업을 보는 소망이 이루어지길 기대합니다. 2년 전에 처음 주례를 한 경험을 더듬으며 미래의 주례사를 작성해 보았습니다.

이 좋은 날, 멋진 선남선녀의 결혼을 맞은 양가 부모님들께 축하를 드립니다. 아울러, 바쁘신 중에도 왕림해 주신 일가의 친지, 그리고 모든 하객 여러분들께 신랑, 신부를 대신해서 감사의 말씀을 드립니다.

먼저, 하객 여러분들께 오늘의 주인공인 신랑, 신부를 간단하게 소개해 드리겠습니다.

신랑 손병두 군은, 한평생 근면성실하게 살아오신 손○○ 선생님과 ○○○ 여사님의 장남입니다. 초등교육의 산실인 대구교육대학교에서 훌륭한 학교 교육을 마치고 ○○초등학교에서 2세 교육에 헌신하고 있는 훌륭한 선생님입니다.

신부 ○○○ 양 역시, 일생을 근면성실하게 살고 계시는 ○○○ 선생님과 ○○○ 여사님의 장녀입니다. 신부 역시…….

제가 좋아하는 시 중에, 김춘수 시인의 「꽃」이란 시가 있습니다. 잠깐 낭송해 드리겠습니다.

내가 그의 이름을 불러 주기 전에는
그는 다만
하나의 몸짓에 지나지 않았다.
내가 그의 이름을 불러 주었을 때
그는 나에게로 와서
꽃이 되었다.

언제 들어도 참 좋은 시입니다. 신랑, 신부 두 사람이 이렇게 만났습니다. 학창 시절에 처음 선후배로 만났습니다. 그렇게 만난 인연이 서로에게 꽃이 되어, 오늘 이렇게 나란히 서서 부부의 연을 맺고 있습니다.

신랑, 신부에게 드리는 첫 번째 부탁입니다.

앞으로 살면서도 서로에게 꽃이 되는 마음 잊지 말고, 고이 간직하며 실천하라는 것입니다. 신랑은 신부를, 신부는 신랑을 먼저 배려하고 서로에게 먼저 져주는 마음 자세가 필요합니다. 상대보다 내가 먼저 그의 꽃이 되고, 의미가 되리라 다짐했던 것처럼, 그렇게 사랑하면서 예쁘게 살아가길 당부 드립니다.

두 번째 부탁입니다.

효를 실천하라는 것입니다. 신랑, 신부가 오늘 이 자리에 설 수 있었던 것은, 모두 양가 부모님들의 사랑과 헌신 덕분입니다. 흔히, 자식을 낳아봐야 부모님의 은혜를 조금이라도 알 수 있다고 합니다. 신랑, 신부가 부모님께 효도하는 마음과 실천하는 것을 보면서, 곧 태어날 자식 또한 효도하게 될 것입니다.

세 번째 부탁입니다.

"용기와 두려움은 한 이불을 덮고 잔다."라는 말이 있습니다. 생활하면서 약간의 두려움은 용기를 가지는 데 도움이 되기도 합니다. 용기는 두려움을 극복하는 힘을 말하는 것입니다. 그 힘의 원천은 바로 건강입니다. 몸과 마음이 건강하면 어떤 어려운 일도 극복하고, 서로에게 꽃이 되는 행복한 생활을 할 수 있습니다. 그런 두려움과 용기로 초등교육에 정진해 주기 바랍니다.

- 하략 -

20○○.○○.○○.(○)

주례 김영호

집밥 같은 수업, 누군가는 해야 합니다. 그 누군가가 우리 선생님들 모두였으면 좋겠습니다. 혼자 가면 길이 되고 함께 가면 역사가 된다고 했습니다. 누군가가 먼저 시작한 길 모두가 동행이면 좋겠습니다.

집밥 같은 수업, 언젠가는 해야 합니다. 그 언젠가가 지금이면 좋겠습니다. 내일 또 내일 하다 보면 오늘은 없습니다. 어제는 오늘이라는 지금이 있어서 역사가 되고 전통이 됩니다. 내일은 오늘이 있기에 미래이고 희망입니다. 어제와 오늘 그리고 내일은 결국 동행입니다.

집밥 같은 수업, 누군가는 언젠가는 해야 합니다. 그 누군가는 우리 모두이고, 그 언젠가는 오늘이면 좋겠습니다. 그 누군가 그 언젠가 우리 모두의 수업문이 활짝 열리기를 소망합니다. 그 수업문 우리 선생님들 가슴에 있습니다. 집밥 같은 수업으로 수업문이 활짝 열리는 교실, 수업문이 활짝 열려 집밥 같은 수업이 충만한 교실을 꿈꿉니다.

수업문 역량은 선생님의 거울이다

수업문 열기가 어려운 것은 누구나 공감합니다. 수업을 보여주는 선생님의 입장에서는 보여줄 것이 없다는 부담감이 있습니다. 수업 참관자의 입장은 멋쩍다는 부담감이 있습니다. 수업자와 참관자가 편안한 수업친구가 아니고서는 피차간에 부담이 됩니다. 그래서 수업을 할 때 학습자료의 부담에서 벗어나는 것이 중요합니다.

수업하는 선생님 자신은 가장 좋은 학습자료입니다. 선생님 본인의 사진이나 소장하고 있는 물건이나 그 사진입니다. 아이들이 아주 좋아합니다. 특정 사이트의 보여주는 자료가 아닌 바로 우리 선생님이기 때문입니다. 수업이라는 상호작용에 동행하는 아이들도 마찬가지로 너무나 좋은 학습자료입니다. 이렇게 선생님이나 아이들의 학습자료로 활용하기 위해서는 사전 준비가 철저해야 합니다. 프로젝트학습이 필요한 이유입니다.

학습자료가 없는 수업입니다. 흔히 '맨입수업'이라고 합니다. 예전에는 학습자료도 없이 선생님의 일방적인 설명식 수업이 많았습니다. 이런 수업은 지양해야 합니다. 학습자료가 중요한 게 아니고 학생들의 생각과 상호작용을 얼마나 활발하게 끌어낼 수 있느냐의 문제입니다.

선생님 자신은 가장 좋은 학습자료인가?

수업의 시작과 끝은 바로 선생님과 아이들의 눈 맞춤의 상호작용입니다. 우리 선생님들이 학습보조 사이트를 끊어야 학생활동 중심 수업이 정착됩니다. 끊어야 협력학습이 내실화가 되고, 진정한 수업문이 열립니다. 그리고 무엇보다도 좋은 학습자료는 선생님 자신입니다. 선생님 자신의 사진, 소장하고 있는 물건의 사진은 무엇보다도 좋은 학습자료입니다.

선생님의 학습자료[77]

왼쪽의 사진은 필자가 대신초등학교 6학년 때의 사진입니다. 1970년대의 사진입니다. 초등학교의 개인 사진으로는 졸업앨범의 사진 외에는 유일한 것입니다. 당시에는 전국소년체육대회 열기가 대단했습니다. 시도

77) 왼쪽은 경북 김천시 아포읍 대신초등학교(2015년 폐교) 6학년 시절 사진, 가운데는 폐교된 대신초등학교 운동장에 망초풀만 가득한 모습(2015.8.15.), 오른쪽은 대구광역시교육청 장학사 시절(2013.8.23.) 대구매곡초등학교에서 수업 컨설팅에 앞서 공개한 시범수업 장면임.

별 등위뿐만 아니라 경상북도에서 시군교육청간의 경쟁도 치열했습니다. 이 사진은 소년체전대비 우수 선수 명부에 붙인 사진입니다. 당시 김천시 교육청에서는 학교에서 실시한 체력검사에서 1급과 특급을 받은 학생들을 대상으로 가을에 김천초등학교에서 2차 체력검사를 했습니다. 2차 체력검사에서 1급 이상을 받은 모든 학생을 대상으로 만든 명부입니다. 필자는 2차 체력검사에서 특급을 받았습니다. 당시 종목은 100미터 달리기, 멀리뛰기, 오래달리기(600미터), 던지기, 턱걸이, 왕복달리기, 윗몸일으키기, 윗몸앞으로굽히기입니다. 운동기능체력 위주의 측정으로 운동선수 조기 선발에 초점이 있습니다.

지금은 교육부에서 학생건강체력평가시스템(Physical Activity Promotion System; PAPS)을 개발하여 건강 관련 체력 위주로 측정하는 것으로 학생 개개인의 건강체력 측정에 초점이 있습니다. 심폐지구력 측정에는 왕복달리기, 오래달리기-걷기, 스텝검사가 있습니다. 유연성 측정에는 앉아윗몸 앞으로 굽히기, 종합 유연성 검사가 있습니다. 근력·지구력 측정에는 (무릎 대고) 팔굽혀펴기, 윗몸받아올리기, 악력검사가 있습니다. 순발력 측정에는 50미터달리기, 제자리멀리뛰기가 있습니다.

이 사진을 보면 이구동성으로 어릴 때 제법 잘살았는가 보다라는 말을 합니다. 하얀 티셔츠를 입어서 그런 생각이 든다고 합니다. 사진을 선입관을 가지고 얼핏 봐서 그런 것 같습니다. 자세히 보면 티셔츠의 목 부분 지퍼는 고장이 나 있습니다. 그리고 이것은 제 옷이 아닙니다. 열 살 위인 큰 누나의 옷입니다. 제 위로 누나가 세 분이 계시니, 이 옷은 제가 네 번째 입는 것입니다. 그 시절 어느 집이나 그랬듯이 옷 물려입기 하는 사진입니다.

그리고 이 사진에는 1970년대의 시대상이 잘 나타나 있습니다. 까까머리입니다. 제가 대신초등학교 6학년을 다닐 때는 6학년만 해도 100명이 넘었습니다. 남자 아이들이 절반 정도 되었는데, 한 명 빼고는 모두 까까머리였습니다. 지금의 초등학생과 비교하면 확연한 차이를 알 수 있습니다. 앞의 옷 물려입기와 함께 시대상을 잘 나타내고 있습니다.

오른쪽 사진은 방금 보신 사진하고는 40년 이상 차이가 납니다. 2013년 8월 23일 대구매곡초등학교 4학년 4반 교실에서 찍은 사진입니다. 대구광역시교육청 창의인성교육과 장학사로 근무할 때입니다. 대구매곡초등학교에서 수업컨설팅 요청을 받고, 수업을 한 시간 하고 선생님들과 이야기를 나누겠다고 했습니다. 4학년 4반 아이들과 처음 만나서 10여분 정도 소통을 하고 수업을 했습니다. '속옷 없는 행복'이라는 짧은 글을 가지고 국어 수업을 했습니다. 그때 선생님 한 분이 사진을 찍어주셨습니다. 그때의 사진입니다. 졸저 『수업? 너를 기다리는 동안』의 표지 사진이기도 합니다.

가운데 사진은 폐교된 대신초등학교의 운동장에 망초풀이 무성한 모습니다. 필자가 왼쪽의 사진일 때에는 상상도 할 수 없는 일입니다. 사진 세 장이 묘한 느낌을 줍니다. 초등학생이었던 필자는 시나브로 50을 훌쩍 넘겼습니다.

사진은 각각 한 장씩 학습자료로 활용해도 유용합니다. 두 장씩 사용해도 무방합니다. 세 장을 동시에 사용하면 많은 생각과 질문을 할 수 있습니다. 선생님 자신은 누구보다도 무엇보다도 좋은 학습자료입니다.

필자의 초등학교 사진은 다음과 같이 사용할 수 있습니다. 국어과 문학 영역이 있습니다. 문학 작품을 공부할 때 시대적인 배경을 알아볼 수 있습니다. 옷 물려입기와 머리 모양으로 그 시대상을 유추할 수 있습니다. 지금 학생들이 파마를 즐겨하는 것하고는 아주 대조적인 장면이 될 것입니다. 미술 시간이면 정밀 묘사 공부를 할 수도 있겠지요.

제 사진 세 장을 보여드린 이유를 아시겠지요. 선생님은 가장 좋은 학습자료입니다. 선생님을 내려놓으시면 아이들은 좋아합니다. 학습보조 사이트보다 훨씬 좋습니다. 왜 그럴까요? 바로 우리 선생님이기 때문입니다. 선생님, 오늘 퇴근하시면 앨범에서 사진 몇 장 준비하십시오. 가능하면 초등학교 사진과 최근의 사진은 꼭 준비하십시오. 내일 아무 시간이고 활용해 보십시오. 아이들의 반응에 깜짝 놀라실 것입니다. 두고두고 사용하실 수 있는 좋은 자료입니다. 선생님, 선생님은 살아 있는, 언제 어디서나 활용 가능한 최고의 학습자료입니다.

선생님의 학습자료[78]

오른쪽은 필자의 차량 사진입니다. 왼쪽 사진은 20년을 동고동락한 애차인 무쏘의 계기판입니다. 659,012킬로미터입니다. 지구의 둘레가 4만 킬로미터 정도이니, 지구를 16번 이상 돌고 돈 거리입니다. 지구에서 달까지 갔다가 돌아오는 거리이기도 합니다. 오른쪽은 무쏘가 폐차장으로 견인되어 가는 장면입니다. 두 사진은 2017년 6월 12일에 찍은 것입니다.

폐차를 했지만 차량에 큰 문제가 있었던 것은 아닙니다. 엔진 소리도

78) 왼쪽은 필자의 차량 운행 기록(2017.6.12.월. 659,012㎞), 오른쪽은 필자의 차량 폐차장 가는 길(2017.6.12.월.)

좋고 미세먼지도 기준치를 초과하지는 않았습니다. 20년이 되다 보니 고장이 아닌 고장이 대부분입니다. 사람이 나이가 들면 연골에서 소리가 나는 것과 같은 증상이 대부분이었습니다. 구미에서 대구까지 20년 동안 출퇴근의 동반자였습니다. 시골에서는 성능 좋은 농기계였습니다. 친인척 자취생의 이삿짐을 옮기는 단골이기도 했습니다. 그런 흔적들을 지우기에는 너무나 많은 정이 들었습니다.

이 사진으로도 많은 공부를 할 수 있습니다. 폐차장으로 가는 차에게 이별 편지를 쓰면 국어수업이 됩니다. 달린 거리와 하루 평균 주행 거리 등은 수학수업입니다. 미세 먼지 등의 환경수업을 할 수 있습니다. 생산과 소비라는 관점에서는 사회수업이 됩니다. .정밀묘사나 특징이 나타나게 그리면 미술수업입니다. 이런 한 시간의 수업보다는 여러 과목을 융합하는 프로젝트 수업이 어울릴 것 같습니다. 프로젝트명으로 '무쏘의 일생', '무쏘의 흔적을 찾아서' 등도 어울릴 것 같습니다.

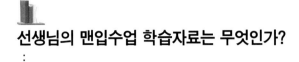

선생님의 맨입수업 학습자료는 무엇인가?

맨입: 선생님, 맨입으로만 수업하시네.

수업: 뭐, 잘못된 것이라도 있습니까?

맨입: 그래도 그렇지. 학습자료가 하나라도 있어야…….

수업: 학습자료, 그런 것 필요 없어요.

맨입: 학습자료가 필요 없다는 말인가요?

수업: 예, 필요 없어요.

맨입: 학습자료가 필요가 없다니, 이해가 되지 않아요.

수업: 내가 바로 학습자료인데 더 이상 무슨 자료가 필요해요.

예전에 이런 생각과 대화를 한 기억이 납니다. 아무런 학습자료 없이 교과서만으로 수업을 하는 것을 통칭해서 '맨입수업'이라고 했습니다. 이런 수업이 문제가 되는 것은 자료가 없다는 점보다는 교사의 일방적인 설명인 강의식 수업이라는 점에 있습니다. 교사가 아무런 자료가 없는 수업을 하더라도 학생들의 학생활동 중심의 협력학습이 이루어진다면 '맨입수업'이라는 오명을 뒤집어쓰는 일은 없을 것입니다.

중학교 2학년 때 지리를 가르치신 선생님은 괘도를 전혀 사용하지 않았습니다. 1970년대 교실에서 괘도는 좋은 학습자료 가운데 하나였습니다. 지리 선생님은 괘도 대신에 우리나라 지도를 직접 그렸습니다. 선생님의 분필은 백두산에서 시작해서 서해안, 남해안, 동해안을 거쳐서 시작점인 백두산에 정확하게 이어집니다. 실제 지도와 매우 흡사한 데다

크기를 마음대로 조절할 수 있는 장점도 있었습니다. 마무리는 제주도와 울릉도, 독도 등 섬을 그려 넣는 것입니다. 완성된 지도에는 학습목표에 따라 산, 강, 산, 평야, 도시가 화룡점정을 찍습니다. 학생들은 선생님이 지도를 그릴 때마다 감탄을 연발했습니다. 선생님은 분필 한 자루인 맨입수업이었지만, 그 어떤 수업보다도 생동감 넘치는 지리수업이었습니다. 한 가지 아쉬운 점은 한 시간의 대부분이 선생님의 설명인 수업이었지만, 시대적인 상황과 60여 명이 넘는 학생을 고려하면 탓할 것도 아닙니다.

맨입: 선생님, 자료도 없는 수업인데 참 재미있네요.
수업: 그래요? 뭐가 재미있지요?
맨입: 자료가 없는데도 수업의 대부분이 아이들의 활동이네요.
수업: 예, 흔히들 학생활동 중심 수업이라고 하지요.
맨입: 비결이 무엇인가요?
수업: 학습자료는 없지만, 학습자료를 준비하는 것보다 훨씬 많은 준비가 필요해요.
맨입: 그건 또 무슨 말씀인가요?
수업: 학습자료를 찾는 대신에 아이들이 어떤 활동을 하고 어떤 질문을 하지 등의 생각을 많이 해요.
맨입: 선생님은 학습자료는 전혀 사용하지 않는가요?
수업: 그렇지는 않아요. 꼭 필요한 자료는 활용을 해야지요.
맨입: 실제 그런 경험이 있는가요?
수업: 오래 전에 보결수업을 한 것을 일기로 쓴 것을 보세요.

보결수업[79]

2학년 4반에 보결수업을 들어갔다. 1교시에는 교장 선생님이 동화 구연을 해 주셨다. 등굣길 쓸고 학생 맞이하고 운동장을 한 바퀴 돌고 들어오니 교무실이 분주했다. 2학년 4반 선생님이 병가라는 것이었다. 강사를 구할 수가 없다고 했다. 내가 들어갈 테니 전화하지 말라고 했다.

2교시에는 운동장에서 합동체육을 했다. 반끼리 학생 수가 같지 않아서 마지막에는 내가 한 바퀴를 뛰었다. 오랜만에 운동장을 달렸다. 4반 중에 4등이다.

3교시에는 생활수학을 했다. 4교시에는 도서관에 가서 책을 보고 마지막에는 '아' 자로 시작하는 낱말을 만들었다. 함께 하니 28개가 나왔다. 몇 번 따라 읽고 외워서 말하기도 했다.

급식실에서 점심을 같이 먹었다.

5교시에는 국어책에서 낱말 찾기, 읽기 등을 했다. 내 이름도 찾아보게 했다. 좋아라 했다.

스승의 날에 네 시간 수업을 했다.

4교시의 '아' 자로 시작하는 낱말을 만들기와 5교시의 국어책에서 낱말 찾기는 교과서 외에는 다른 학습자료는 필요가 없습니다. 국어과 성취기준 [2국04-04] '글자, 낱말, 문장을 관심 있게 살펴보고 흥미를 가진다.'에 근거한 수업입니다.

'아' 자로 시작하는 낱말 만들기는 학습장에 생각나는 대로 써 보게 합니다. 다음은 짝활동과 모둠활동을 하고 전체활동을 합니다. 이때 아이들이 생각을 시간을 충분히 줍니다. 개별활동보다는 짝활동에서 더 많

79) 2014.5.15.(목) 대구태현초등학교 교감 재직 시 2-4 보결수업 일기.

은 낱말을 찾습니다. 짝활동보다는 모둠활동, 모둠활동보다는 전체활동에서 더 많은 낱말을 찾습니다. 최종 28개의 낱말이 만들어졌습니다. 생각의 확장과 협력이 동행한 결과입입니다. 학습자료는 필요하지만 과유불급입니다.

초등단원평가 시정해주세요~[80]

작성자ㅇㅇㅇ 작성일 2018.07.10 13:12

최근 초등학교 시험이 없어지면서 초등학교에서 단원평가를 많이 치게 됩니다. 그런데 선생님들께서 아이스크림 홈런 사이트에서 문제를 출력해서 단원평가를 하다 보니 초등생 어머님들이 아이스크림 홈런이라는 공부방에 학습 신청을 하는 분위기가 매우 강합니다. 아이스크림 홈런 사이트에서 교사들이 보는 단원평가 내용과 교사 학습자료가 같아서 어머님들이 특정 학습형태를 추구하는 분위기가 있는 것은 잘못된 것이 아닐까요? 학습자료는 상황에 따라 사용할 수 있지만 단원평가를 아이스크림 홈런이라는 특정 페이지에서 출력하여 평가를 하면 그 공부방을 다니는 아이들은 그 문제를 풀어볼 수밖에 없고 점수 차이는 분명히 나타나게 됩니다. 학부모로서 이것은 교육청에서 시정이 가능하지 않을까 해서 제안해 봅니다. 학교 단원평가의 경우 특정 업체에서 나온 문제로 평가하기보다는 전체 학교 학생 대상이므로 신중을 기할 수 있도록 부탁드립니다.

학부모님이 완곡한 표현을 했지만, 초등학교 수업과 평가 방법에 대한 정문일침입니다. 요약하면 수업을 할 때는 특정 업체의 사이트를 사용하는 것을 이해하지만, 단원평가를 할 때 특정 업체 사이트의 문제를 그대

80) 대구광역시교육청 홈페이지(http://www.dge.go.kr)의 '참여마당→자유게시판' 8129번 글.

로 활용하는 것은 이해할 수 없다는 것입니다. 행간에 숨은 뜻까지 생각한다면 수업도 특정 사이트를 많이 활용한다는 것입니다. 그 연장선에서 평가도 그 사이트를 이용한다는 것입니다. 일면만 보면 수업과 평가의 일체화라고 할 수도 있습니다. 가르치는 것과 평가하는 것이 맥락을 같이 하는 것이지요.

하지만 수업을 할 때도 가능하면 특정 사이트를 활용하는 것은 아주 제한적이어야 합니다. 특정 사이트를 수시로 활용하는 것은 또 다른 일제식 수업의 다름 아닙니다. 평가에서는 특정 사이트의 문제를 그대로 사용하는 것은 있을 수 없는 일입니다. 일제식 지필평가(흔히 말하는 일제고사)는 하지 않거나 축소되는 게 현실입니다. 그러면 단원평가나 그 외의 모든 평가는 학생의 평가 결과에 기록되게 됩니다. 당연히 선생님의 가르친 것과 일맥상통하는 평가가 이루어져야 합니다. 결국은 '교육과정-수업-평가-기록'의 일체화가 이루어져야 합니다.

아이들의 삶은 가장 적절한 학습자료인가?

2018년 7월 18일 수요일 오후에 대구영선초등학교 정해일 수석 선생님의 수업을 참관하고 협의회에 참석을 했습니다. 5학년 도덕과 프로젝트 학습입니다. 개정 교육과정의 취지나 시대적인 흐름을 봐서는 프로젝트 학습이 대세입니다. 수업문을 활짝 여는 데 가장 효율적인 학습법이기도 합니다.

정해일 수석 선생님의 수업에서 가장 인상적인 것은 학습자료입니다. 모두가 해당 반 아이입니다. 한 명은 도움반 아이이고, 다른 한 명은 씨름부 아이입니다. 이야기 구성은 수석 선생님이 하고, 그림은 다른 선생님이 힘을 모았다고 합니다. 선생님의 협력이자 수업친구인 셈입니다. 아이들의 집중도에 놀랐습니다. 학습자료가 같이 공부하는 친구이기 때문입니다.

다음은 정해일 수석 선생님의 교수·학습안의 일부입니다.

> 아울러 도덕교과시간에 대한 관념도 바꾸어 줄 필요가 있습니다. 도덕교과시간은 도덕공부를 하는 시간이 아닙니다. "도덕 시간에 도덕 공부를 하지 않는다니 도대체 무슨 말이야?" 하실는지 모르겠습니다. 왜 저는 이러한 아이러니컬하고도 역설적인 말을 할까요. 도덕 공부를 하는 시간은 아이들 삶의 모든 장면이기 때문입니다. 아이들은 도덕 시간에 도덕 공부를 하는 것이 아니라 도덕 이외의 모든 시간에 도덕 공부를 합니다. 아이들은 학교에서 도덕시간 이외에 다른

수업시간, 쉬는 시간에 학원에서, 집에서 도덕적 삶을 스스로 실천하고 공부합니다. 도덕교과시간은 이렇듯 자신의 도덕적 삶을 실천한 것을 정리해 보고 서로 이야기 나누어 보는 또 다른 삶의 장면의 지극히 작은 한 부분일 뿐입니다.

자, 그러면 한 학기 동안 도덕시간의 프로젝트 운영과정에 대하여 알기 쉽게 설명하도록 하겠습니다.

프로젝트의 단계 및 구조

순서	프로젝트 단계	시기별 단계구분	상담 및 보완활동	차시
1	도덕시간에 대한 관념 설문조사활동	프로젝트 준비기	생활지도 및 과정 중심평가	1
2	자신의 과거에 대한 존재론적 탐구			1
3	이 단원을 공부하기로 한 이유	프로젝트 중점 운영기		2
4	이렇게 실천해 볼 거예요			3
5	친구들과 함께 나누기			3
6	이렇게 성찰해 봅니다			1
7	총괄평가 및 발표회(덕목교육)	프로젝트 정리기 프로젝트	총괄평가	3
8	국가교육과정 보완교육 및 모범사례 공유		본차시 16/17	3

위의 표는 프로젝트 단계를 알기 쉽게 구조화한 것입니다. 프로젝트는 크게 3시기 8단계의 구조를 갖추고 있습니다. '프로젝트 준비기-프로젝트 중점 운영기-프로젝트 정리기'의 3시기에 맞도록 단계는 8단계로 구분되어 있습니다. 총 17차시, 한 학기 동안 도덕교과 운영시간과 동일하게 짜여 있습니다. 상담 및 보완 활동을 둔 이유는 도덕 교과가 도덕 시간 동안만 도덕을 고민하고 도덕시간 이외에는 잊어버리고 삶을 사는 기형적인 관념을 심어주지 않기 위한 것이며 수시로 상담을 진행합니다. 때로는 수업시간 중에서도 상담과 평가가

이루어집니다.

중점 운영기는 학생들이 집중적으로 자신의 삶의 문제를 설정하고 나름의 가설을 세워 실천을 해보고 성찰을 하는 핵심 활동시기입니다. 총괄 평가 및 발표회 이전에 미리 덕목에 대한 교육을 실시하지 않습니다. 그 이유는 여태까지 도덕과 교육과 같은 '성실이란 이런 것이야, 교과서에 있는 대로 선생님이 말씀하신 대로 실천해야 하는 것이야'라는 인격교육론의 함정을 벗어나기 위해 구체적인 삶의 장면에서 덕목의 의미를 스스로 찾아가며 학습할 수 있도록 하기 위한 것입니다. 원래 우리의 삶은 구체적인 것에서 추상적인 것에 대한 사고와 성찰로 이어지는 것이 인간 본성 그대로의 모습이기 때문입니다. 아이들은 어른들이 '이렇게 해'라고 하여 성장하는 것이 아니라, 자신이 선택한 행위를 곱씹어 보는 성찰활동을 통하여 도덕적으로 성장합니다. 덕목의 의미는 누군가에 의해 규정되어 오는 것이 아니라 자신의 삶에서 추상화되어야 합니다.

교육과정 보완활동은 모범사례를 소개하여 덕목에 대한 심화된 이해를 돕고, 아이들이 잘 선택하지 않는 단원이 있다면, 예컨대 통일과 관련된 단원을 집중적으로 다루어 줍니다. 반드시 아이들이 선호하는 단원이 있고 무시되기 쉬운 단원이 있게 마련입니다. 이렇게 무시되는 단원의 경우 보완활동을 통하여 따로 덕목에 관하여 생각하고 사고할 수 있도록 수업을 따로 구성하여야 국가 교육과정과 어긋나지 않게 되는 것입니다.

수업을 마친 교실에서 아이들의 결과물을 그대로 두고 수업협의회가 이어졌습니다. 인사말을 하라는 것을 한사코 사양했습니다. 색다른 경험이었습니다. 수석 선생님이 바이올린 연주로 시작했습니다. 수석 선생님은 시설에 사는 아이의 사연을 이야기할 때는 목이 메어서 더 이상 이야기를 잇지 못했습니다. 몇 분이 편안하게 이야기를 주고받았습니다.

다음날 일찍 출근을 해서 교수·학습안과 사진을 중심으로 소감을 작성해서 정해일 수석 선생님께 들렀습니다.

대구영선초등학교 정해일 수석 선생님

2018.07.19.(목)

대구영선초등학교 정해일 수석 선생님.

고맙습니다.

정해일 수석선생님의 연주만 듣고 수업 협의회를 마쳤으면 했습니다. 수업의 감동을 그대로 간직하고 싶었습니다. 이런저런 이야기를 나누지 않아도 수업을 참관한 선생님이면 이심전심이었을 것이란 생각도 들었습니다.

정해일 수석선생님의 수업을 보면서 역사용 역량, 수업철학 역량, 수업행복 역량, 수업문 역량을 생각해 보았습니다. 네 가지 역량은 제가 늘 주장하는 역량입니다. 역사용은 역지사지, 사랑, 용기입니다. 선생님이기 이전에 사람이면 누구나 가져야 할 기본소양이기도 합니다. 수업철학은 내 수업의 근본을 생각하자는 것입니다. 수업행복은 수업에서 행복을 찾자는 것입니다. 수업문은 언제라도 누구에게라도 교실문이 활짝 열리는 것입니다.

정해일 수석선생님과 아이들에게서 역사용을 보았습니다. 선생님의 수업철학은 더 말할 필요도 없을 것 같습니다. 창가의 전문서적을 보니 선생님의 수업은, 수업 이론과 실제가 잘 어우러지는 이유를 알 것 같았습니다. 시간 내내 선생님이 아이들이 행복해 보였습니다. 40분, 1시간의 수업만 행복해도 하루가 행복하고 일주일이 행복할 것이라는 생각도 해 봅니다. 화려하지도 많지도 않은 학습자료이지만, 적재적소에 꼭 필요한 학습자료이기에 언제나 수업문을 활짝 열 수 있을 것 같았습니다. 그 자료가 우리 선생님과 아이들이기에 더 좋았습니다.

수업을 보는 내내 행복했습니다. 정해일 수석 선생님도 행복해 보였습니다. 아이들도 행복해 보였습니다. 참관하시는 선생님들도 행복해 보였습니다. 모두가 행복한 교실이었습니다. 이런 행복한 교실이 되기까지 정해일 수석 선생님의 노고가 대단히 많으셨으리라 생각합니다.

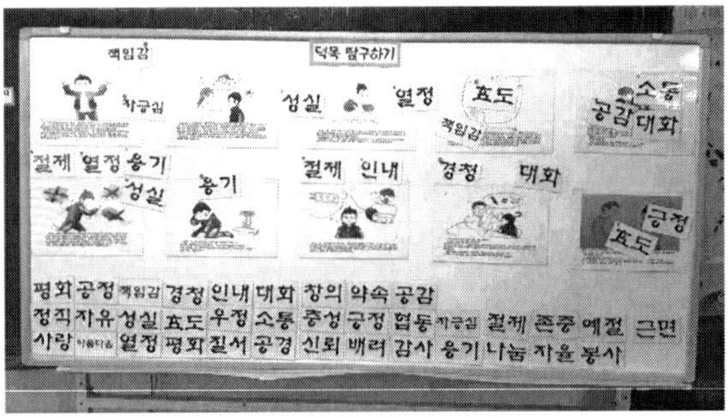

수업에 깜짝 등장하신 이운발 교장 선생님, 오정아 도움반 선생님, 박종일 씨름부 코치 선생님, 세 분께도 감사의 말씀을 드립니다. 세 분의 역할이 있었기에 아이들의 삶 이야기가 더 아름답고 행복합니다. 아이들은 스스로의 삶을 살아가지만, 그 '스스로'가 될 수 있도록 상호작용하는 게 우리 선생님들입니다. 선생님들의 노고와 열정에 감사를 드립니다. 수업에 등장한 ○○○, ○○○ 두 아이는 우리 선생님들의 사랑 덕분에 '스스로'를 느끼고 체험하면서 내 삶을 '스스로' 만들어 가고 있습니다.

아이들이 포스트잇에 쓴 글입니다.

"용기란? 부끄러워하지 않고 용기 있게 행동하는 것입니다."

"용기란? 내가 할 수 없어도 한 번 도전해 보는 것입니다."

"○○란 내가 친구랑 싸우고 나서 참는 것."

"내가 생각하는 용기란? 아무리 힘들거나 지쳐도 힘을 내서 살아가는 것. 망설이는 일이 있어도 솔직하게 말하는 것."

우리 아이들 자세히 보고 오래 보면 모두가 사랑스러운 인격체입니다.

정해일 수석 선생님을 응원합니다.

정해일 수석 선생님의 수업을 응원합니다.

대구영선초등학교 이운발 교장 선생님, 전혁진 교감 선생님

고맙습니다.

이운발 교장 선생님, 전혁진 교감 선생님의 말씀과 표정에서 긍지와 자부심을 보았습니다. 오늘 정해일 수석 선생님 같은 수업이면 교실수업개선이라는 정책은 더 이상 시행하지 않아도 될 것 같습니다. 함께 수업철학을 공유할 수 있는 선생님들이 계신 영선초의 교장, 교감 선생님은 참으로 행복하시겠습니다.

그런 공유가 있기까지 교장, 교감 선생님의 노고가 무척이나 많으셨으리라 생각됩니다.

세상만사 그저 얻어지는 게 있겠습니까?

꽃도 흔들리면서 필 것이며 사랑도 흔들리면서 더 진실한 사랑이 되겠지요.

2학기에도 교실수업개선을 위해서 좋은 자리 나누어 주시기 바랍니다.

대구영선초등학교 교육가족 여러분!

혼자 하면 기억이 되고 둘이 하면 추억이 된다고 합니다.

혼자 가면 길이 되고 함께 가면 역사가 된다고 합니다.

함께 하는 길 추억이 되고 역사가 되길 기원합니다.

수업은 즐겁고 행복해야 합니다.

선생님이 행복하고 학생도 행복해야 합니다.

우리 대구영선초등학교 선생님들을 응원합니다.

우리 대구영선초등학교 선생님들의 수업을 응원합니다.

늘 좋은 날입니다!

2018.07.19.(목)

대구광역시남부교육지원청 초등교육지원과장 김영호 드림

수업 참관 소감을 보내자 연이어 정해일 수석 선생님이 답장을 주셨습니다. 새로운 수업친구가 생겼습니다. 기분 좋고 행복한 일입니다.

과장님 안녕하십니까.

대구 영선초 정해일입니다. 보잘것없고 여물지 못한 제 수업을 깊이 들여다보시고 제 안의 속마음을 어떻게 그렇게 좋게 읽어 주셨는지 몸 둘 바를 모르겠습니다.

여태껏 수업을 하면서 많은 교장 선생님, 교감 선생님, 연구교사, 수석교사 분들에게 피드백을 받아왔지만, 이런 영혼이 담긴 평가는 받아보지 못했습니다.

저는 어제 수업이 조금 과욕을 부려서 아이들 활동이 적어진 데에 대한 반성을 하고 있습니다. 두 이야기 다 제게는 너무 소중했기에 고민하다가 조금 무리이긴 하지만 "진정성으로 밀고 나가자" 하는 결론을 내렸습니다. 그런데 많은 선생님들께서 제 마음을 많이 읽어 주시고 공감해 주셔서 너무 감사한 시간이었습니다.

과장님께서 쓰신 글은 제가 평생 간직해야 할 역사적인 보물인 것 같습니다. 제가 어떻게 보답을 해 드려야 할지요. 너무나 황송하고 또 감사드립니다. 더운 날 건강조심하시며 하시는 일 모두 잘되기를 기원드립니다.

대구 영선초등학교 정해일 올림

다시 정해일 수석 선생님께 답장을 했습니다. 이렇게 몇 번의 대화나 메신저가 오고가면 상대방의 수업철학을 알 수 있습니다. 얼굴을 맞대지 않아도 얼마든지 상호작용이 가능합니다. 정해일 수석 선생님은 어떻게 생각하실지 모르지만, 저는 좋은 수업친구가 생겼습니다.

대구영선초등학교 정해일 수석 선생님.

고맙습니다.

선생님이면 누구나 좋은 수업을 꿈꾸지만 바람대로 잘되지 않는 게 현실입니다. 막연하게(?) 10년, 20년 선생님을 했다고 수업이 잘되는 것도 아닙니다. 그저 세월만 간다고 다 잘되는 것은 아니겠지요. 수업에 대한 고민, 열정, 성공과 실패의 경험 등등을 경험하면서 비로소 좋은 수업을 찾는 게 아닌가 하는 생각이 듭니다.

그런 선생님들에서 수석 선생님의 존재는 때로는 등불이 되기도 하고, 디딤돌이 되기도 하고, 거울이 되기도 할 것입니다. 제 아내도 경북에서 초등학교 음악과 수석교사를 4년 동안 했습니다. 지금은 건강상 이유 때문에 수석교사를 포기하고 행복한 담임 활동을 하고 있습니다.

저는 수업을 참관할 때 몇 가지를 꼭 지키려고 노력합니다.

먼저, 수업 10분 전에는 교실에 들어갑니다. 늦어도 5분 전에는 들어갑니다. 수업을 시작한 후에 들어가는 것은 선생님과 아이들에 대한 큰 실례라고 생각합니다.

다음은, 교수학습안도 수업 참관 전에 다 보고 들어갑니다. 수업 중에는 교수학습안을 보지 않습니다. 메모도 하지 않습니다. 제 경험상 참관자들이 무엇인가 필기를 하면 수업자는 궁금해집니다. '뭘 적을까? 내가 뭘 잘못한 게 있나' 등등입니다. 대신에 사진을 찍습니다. 수업 후에 사진만 보면 그 장면을 재생하는 데 어려움은 없습니다. 동영상이 있으면 금상첨화겠지요.

그리고, 교실의 분위기를 매우 중요하게 생각합니다. 수업은 선생님과 아이, 아이와 아이 간의 상호작용입니다. 그 상호작용은 분위기를 좌우합니다. 크게는 전체적인 분위기도 보고, 작게는 한 아이 한 아이의 활동도 매우 중요합니다. 그러니 수업은 결코 쉬운 게 아닙니다.

그리고 제가 교감을 할 때 수업협의회를 하면 다음의 세 가지 질문만 합니다.

저는 마지막에 하지를 않고, 제일 먼저 질문을 합니다. 먼저, "선생님의 수업철학은 무엇이며 그 수업철학을 어떻게 수업에 반영하고 있습니까?" 쉽게 답변을 합니다. 그리고 수업철학을 나누는 것은 행복한 일입니다. 교감이나 교장이 마지막에 하게 되면 그 말이 곧 결론이 되는 경우가 많습니다. 교장, 교감이 수업장학을 잘하지만, 마지막에 결론을 내리는 듯한 발언은 재고를 해 볼 문제입니다.

다음은, "선생님의 수업에서 본인이 생각하기에 잘했다고 생각하는 것과 보완했으면 하는 것은 무엇인지요?" 수업자 자신이 제일 잘 알 수 있습니다.

마지막으로, "OOO의 평소 수업과 오늘 수업에서의 활동은 어떤지요?" 여기서 OOO는 공부를 힘들어하는 아이입니다. 수업을 참관하기 전에 학반의 학생을 미리 파악하고 들어갑니다. 아이 눈으로 수업보기의 관점과 일맥상통합니다. 그렇다고 그 몇 아이만 보는 것은 아닙니다. 전체적인 분위기를 중요하게 생각합니다.

정해일 수석 선생님.

두 가지 부탁을 드립니다.

먼저, 수석님 휴대전화 번호를 부탁드립니다. 제 번호는 010-OOOO-OOOO입니다.

다음은, 보내 드린 〈대구남부교육-40 파일〉을 제 졸저에 싣는 것을 허락해 주시겠습니까? '김영호의 수업 이야기 3' 『수업. 너 나하고 결혼해(가제)』에 전재하는 것입니다 글, 학교, 성명, 사진 등 전부입니다. 책 내용은 95% 이상 작성을 했습니다. 8월말이나 9월초에 발간할 예정입니다. 전적으로 선생님의 판단에 따라 결정합니다.

대프리카의 염천이지만 수업행복지수는 염천보다 훨씬 높을 것 같습니다.

고맙습니다.

김영호 드림

다시 답장을 받았습니다.

장학관님 안녕하십니까.

어제 저는 너무 놀랐습니다.

일개의 평교사에게 그렇게 장문의 평가를 해 주신다는 것, 저로서는 정말 영광입니다. 어떤 뜻으로 어떤 곳에 쓰시든 저는 장학관님의 뜻을 받들도록 하겠습니다.

저는 어제 교육청에 출장을 갔다가 너무 좋은 나머지 그 주옥같은 글들을 퇴근길 차 안에서도 읽고 읽고 또 읽었습니다. 너무 좋았습니다.

하필 우연히 어머니께서 집에 방문을 하셨는데 저는 그 글을 보여드리고 싶어서 얼른 보여 드렸습니다. 어머니는 한참을 눈물을 글썽거리셨습니다.

어머니와 학교에서 아픈 추억이 있었습니다. 초임 발령지에서 저는 열심히 해 볼 거라고 7시 20분이 되면 학교에 도착을 했습니다. 하루는 어머니에게 제 교실을 보여드리고 싶었습니다. 어머니는 너무 좋아하시며 제 차를 타고 7시 20분에 학교에 도착을 하니 주사님께서 계셨습니다.

제 어머니를 알 턱이 없는 주사님은 학교에 일찍 나오는 제가 너무 싫었나 봅니다. 그래서 저는 어머니가 저 먼 발치에서 지켜보고 계신데 주사님께 심하게 야단을 맞는 모습을 보여 드리고 말았습니다. 그 다음부터 어머니는 학교에 제가 대접을 잘 받고 있는지를 매번 물어보셨습니다.

저도 가슴이 너무 아팠습니다. 저는 잘 대접받고 주사님과 오해도 풀고 했지만, 어머니는 그게 아니었나 봅니다. 또 그 말씀을 하시며 정말 대접 잘 받고 있는지 자꾸 생각이 난다고 그러십니다.

그 글을 어머니는 읽고 또 읽고 눈물을 글썽 거리셨습니다. "이제 안심이 된다. 이렇게 높으신 분이니 수업을 보고 이렇게 긴 글을 우째 적어 주시노?" 하시며 너무 자랑스러워 하셨습니다.

장학관님 저에게 정말 큰 은혜를 주셨습니다. 앞으로 더욱 열정적으로 열심히 아이들과 함께하겠습니다.

제 전화번호는 010-0000-0000입니다.

더운 여름날 건강 조심하십시오. 다음에 또 뵙겠습니다.

영선초 정해일 올림

다시 답장을 보냈습니다.

정해일 수석 선생님

먼저 감사의 인사를 드립니다. 허락해 주셔서 고맙습니다.

교육계에서 누구보다도 존중을 받고 존경을 받아야 할 대상은 바로 선생님입니다. 아이들과 함께 수업이라는 매개체로 씨름하는 우리 선생님들 말입니다. 교육에서만큼은 출세라는 개념이 없었으면 좋겠습니다. 교감, 교장을 하고 장학사, 장학관, 교육장을 하는 것이 더 이상 출세의 개념이 아니면 좋겠습니다. 아이들의 좋은 교육을 위한 역할 분담이라는 생각이면 좋겠습니다. 점점 더 그런 방향으로 나가고 있는 것 같기도 합니다. 언젠가는 그렇게 되겠지요.

주사님 말씀을 보니 저도 생각이 나는 일화가 있습니다. 대구태현초등학교 교감으로 근무할 때의 일입니다. 교사 시절부터 일찍 출근하는 게 일상이 되었습니다. 장학사를 할 때는 일찍 출근하고 늦게 퇴근하는 게 일상이었습니다. 교감 때도 장학사 때와 비슷했습니다. 보통 7시 정도면 출근을 했습니다.

한번은 출근을 하니 6시 30분 정도가 되었습니다. 현관문에 보안장치도 해제하지 않은 시간이었습니다. 숙직을 하시는 분이 정색을 하시며 "이렇게 일찍 오시면 숙직하는 사람 불편해서 어떡합니까?" 라는 불평을 들어야 했습니다. 뒤에 제 진심을 알았는지 사이좋게 지냈습니다. 빗자루로 교문 주변을 쓸고 아이들을 맞는 모습을 보고 진심을 알았나 봅니다.

그 주사님은 제가 교문 주위를 쓸고 아이들을 맞는 시간을 마칠 때에 퇴근을 했습니다. 보안 업체에서 고용한 밤근무만 하는 분이었지요. 어느 날은 퇴근길에 "교감 선생님은 앞으로 큰 일 하실 겁니다." 하는 덕담도 주셨습니다.

교실이 튼튼하고 행복해야 건강한 학교입니다. 교장, 교감 선생님의 의지에 따라 학교의 문화가 많이 달라지기도 합니다. 특히, 수업에서는 더 영향이 많습니다. 하지만 결국은 교실 수업을 직접 하는 선생님들의 몫입니다. 수업은 선생님의 마음에서 출발합니다. 정해일 수석 선생님께서 그런 선생님들의 마음 잘 읽으시고 지원해 주시기 바랍니다. 이미 그렇게 하고 계시다고 들었습니다.

오늘도 행복한 날입니다. 드린 파일과 주고받은 내용도 가감 없이 책에 싣겠습니다.

고맙습니다.

2018.7.20.(금) 김영호 드림

다시 답장이 왔습니다. 수업에 사용한 모든 자료를 보내왔습니다. 자유롭게 사용을 해도 좋다고 했습니다.

도움반 학생에 대한 내용입니다. 수석 선생님이 아이 한 명 한 명에게 얼마나 관심과 정성을 기울였는가를 알 수 있습니다. 아이와 많은 이야기를 나누고 무엇이 필요한가를 잘 파악했습니다. 그리고 아낌없이 주는 나무같이 사랑과 정성을 기울였습니다. 세상 어디에도 없는 학습자료입니다. 수업문이 활짝 열리는 학습자료입니다.

수업준비가 철저하면 수업이 여유로운가?

2018년 8월 3일부터 2박 3일 동안 민우 회원 12명은 경남 거창군 북상면 황점 마을의 계곡에서 여름 야영을 했습니다. 월성계곡의 마지막 마을인 황점은 해발 600여 미터에 위치한 20여 가구의 작은 마을입니다. 공휴일이면 덕유산을 종주하는 등산객들로 붐벼 대형 관광버스가 수십 대씩 주차를 하기도 합니다.

민우회에서는 지난해에 이어 올해에도 황점에서 여름 야영을 했습니다. 지난해에는 대형 천막에서 2박 3일의 야영을 하느라 여성 회원들이 고생을 많이 했습니다. 올해에는 미리 야영지 부근의 펜션 방 2개를 예약해서 여성 회원들의 숙소로 사용을 했습니다. 남자들은 천막에서 자거나 다리 밑에서 밤새 물소리를 자장가 삼아 짧은 여름밤을 보냈습니다.

필자는 사전에 야영지 부근의 예초 작업을 두 번 했습니다. 처음은 2018년 6월 13일 지방선거일이고 두 번째는 7월 29일입니다. 며칠 전에는 김진오, 이상훈, 박경흠 회원이 민물고기를 많이 잡았습니다. 하루 전에는 송애환, 김진오 회원이 대형 천막과 바닥용 플라스틱 깔판을 설치했습니다. 여자 회원들은 2박 3일 동안 먹을 장을 보았습니다.

당일에는 1톤 트럭과 승용차로 7명이 먼저 출발을 하고 뒤이어 4명이 합류를 했습니다. 야영 준비를 마치고 아침은 라면과 자두잼을 바른 빵으로 해결을 했습니다. 송애환, 김진오 회원은 통영에 가서 각종 해산물을 공급해 왔습니다. 식사 시간 이외에는 삼삼오오 산행을 하거나 담소를 나누거나 잠을 청하기도 했습니다. 조금 덥다고 느끼면 그대로 계곡물에 들어갔다가 잠시 양지에서 몸을 말리기도 했습니다. 그리 급할 것도 없고 꽉 짜여진 것도 없는 느릿하고 느슨한 일정이었습니다.

여자 회원들은 밤늦게 600여 미터 떨어진 숙소로 내려가서 다음 날 늦은 아침이 되어서야 야영지로 올라왔습니다. 남자 회원들은 미리 아침을 먹고, 여자 회원들의 따끈한 아침밥을 준비했습니다. 야영 기간 동안 식사 준비는 주로 남자 회원들이 했습니다. 누구는 밥을 하고, 누구는 반찬을 준비하고, 누구는 뒷정리와 설거지를 했습니다. 역할을 정하지는 않았지만, 역할 분담이 잘되었습니다.[81)]

81)

야영의 핵심은 밤입니다. 모든 불이 꺼진 야영지에서 밤하늘을 올려다 보는 장관은 뭐라 표현하기 어려운 감흥을 주었습니다. 바람 소리, 물소리와 함께 하는 밤하늘의 별은 금방이라도 쏟아질 듯이 가까이 다가오곤 했습니다. 알퐁스 도데의 『별』에 나오는 밤하늘이 이런 모습이었을 것이란 상상을 하곤 했습니다. 필자는 '김영호의 수업 이야기 3'이 누군가

81) 왼쪽은 경남 거창군 북상면 황점마을 계곡으로 위쪽(북)으로 1,400미터 이상인 삿갓봉, 무룡산이 있고, 오른쪽(서)으로는 남덕유산(1,507미터), 앞쪽(남쪽)으로 월봉산(1,281미터) 등이 백두대간을 형성하고 있다. 오른쪽은 계속 옆의 야영 베이스 캠프.

에게는 황점마을 밤하늘의 별과 같은 존재가 되었으면 참 좋겠다는 생각을 했습니다. 그런 밤은 이내 새벽이 되고, 1,000여 미터가 훌쩍 넘는 주변의 산은 안개가 자욱합니다.

이런 두 밤을 보내고 마지막 날은 일찍 점심을 먹고 짐을 정리했습니다. 가장 좋은 야영은 흔적을 남기지 않는 것입니다. 약간의 아쉬움을 남겨두고 산 몇 개를 넘고 넘어서 구미에 도착했습니다. 간단히 목욕을 하고 해단식을 했습니다. 여흥기가 발동을 해서 노래방으로 자리를 옮겼습니다. 필자는 오랜만에 애창곡인 조용필의 「킬리만자로의 표범」을 불렀습니다.

> '먹이를 찾아 산기슭을 어슬렁거리는 하이에나를 본 일이 있는가? 짐승의 썩은 고기만을 찾아다니는 산기슭의 하이에나. 나는 하이에나가 아니라 표범이고 싶다. 산정높이 올라가 굶어서 얼어 죽는 눈 덮인 킬리만자로의 그 표범이고 싶다.'

이렇게 시작하는 가왕 조용필의 노래 「킬리만자로의 표범」입니다. 노래에 나오는 산은 아프리카 탄자니아에 있는 킬리만자로산입니다. 킬리만자로산이 어디 있느냐고 질문하면 대부분 케냐라고 답합니다. 한때 텔레비전 동물의 왕국 주 무대가 케냐 국립공원이었던 영향이 큰 것 같습니다. 1990년대의 노래로는 아주 파격적인 곡입니다. 조용필의 노래는 이외에도 실험적이고 선구자적인 노래가 많습니다. 저는 「킬리만자로의 표범」을 많이 듣고 따라 부르기도 했습니다. 조용필은 이 노래를 불러서 2001년에 탄자니아 정부로부터 외국인으로는 최초로 문화훈장을 받기도 했습니다.

2004학년도에 대구교육대학교대구부설초등학교에서 3학년 2반담임을 했을 때의 일입니다. 아침이면 제가 좋아하는 노래를 반복해서 들려주었습니다. 「향수」, 「내가 만일」, 「사람이 꽃보다 아름다워」, 「킬리만자로의 표범」 등입니다. 아이들의 의지와는 상관없이 노래를 듣고 따라 부르기도 했습니다. 당시 3월 말의 일입니다. 여학생이 가방을 메고 교실을 막 들어서고 있었습니다. 조용필의 「킬리만자로의 표범」이 막 시작되고 있었습니다. 그 여학생은 '먹이를 찾아 산기슭을 어슬렁거리는'이라는 시작 부분을 무의식적으로 따라 부르면서 자리에 앉았습니다. 가랑비에 옷 젖는다고 합니다. 순 우리말인 시나브로를 떠올리기도 했습니다. 반복해서 듣고 습관이 되는 것은 참 무서운 것이라는 생각도 들었습니다.

필자가 민우회 이야기를 하다가 이 「킬리만자로의 표범」 이야기를 하는 이유를 아시겠습니까? 여러 선생님들은 킬리만자로의 표범이 되셔야 합니다. 킬리만자로의 하이에나가 되어서는 안 됩니다. 물론 표범이나 하이에나나 조용필의 노래 「킬리만자로의 표범」에 나오는 동물입니다.

선생님은 수업 시간에 어떤 학습 자료를 사용하시는지요? 별 학습 자료를 사용하지 않는다는 분들도 있습니다. 또, 어떤 분들은 늘 같은 학습 자료(특정한 학습보조 사이트)를 사용한다는 분들도 있습니다. 제 생각에는 후자보다는 전자였으면 좋겠습니다. 후자인 선생님들은 늘 사용하는 학습보조 사이트가 있습니다. 여러 종류가 있는 것으로 알고 있습니다. 처음 접하신 분들은 참 신기하기도 하고, 대단한 자료라는 생각을 하실 수도 있습니다. 실제로 한 시간 수업을 클릭 몇 번으로 하실 수 있습니다. 칠판에 판서를 할 필요도 없습니다. 아이들도 편합니다. 별 활동 없이 텔레비전만 보고 있으면 한 시간이 저절로 갑니다.

선생님, 아직도 이런 수업 하시는 분 있으신가요? 아마 이런 수업을 하시는 분은 거의 없을 것으로 생각합니다. 혹, 아직도 이런 수업하시는 분 있으시면 당장 학습보조 사이트를 끊으십시오. 학습보조 사이트는 아이들과 상호작용을 하지 않습니다. 일방적으로 먹여주기만 합니다. 학습보조 사이트를 활용하시면 선생님은 클릭 선생님 그 이상도 그 이하도 아닙니다.

누가 뭐래도 수업에서 가장 중요한 것은 선생님 자신입니다. 학습보조 사이트를 끊으면 선생님의 눈에 우리 아이들이 보입니다. 아이들의 눈에는 우리 선생님이 보이고 친구들이 보입니다. 협력학습뿐만 아니라 다른 수업도 마찬가지입니다. 수업의 시작과 끝은 바로 선생님과 아이들의 눈 맞춤으로 시작하는 상호작용입니다. 대구협력학습에는 더 이상 학습보조 사이트는 존재할 이유가 없습니다.

'수업 준비를 위해 노심초사하는 선생님을 본 적이 있는가? 쉽고 쉬운 학습보조 사이트를 거들떠보지도 않는 선생님을 본 적이 있는가? 교육과정을 수없이 탐독을 하고, 우리 아이들 한 명 한 명에 맞는 학습자료를 준비하는 선생님을 본 적이 있는가? 나는 하이에나가 아니라 표범이고 싶다. 나는 표범 같은 선생님이고 싶다.'

2018. 민우회 하계연수 계획

□ **연수 개요**

○ 주제: 건사우(건강 사랑 우정)

○ 목적: 민우회원 친목 도모 및 100세 시대 대비 건강 증진

○ 기간: 2018.8.3.(금)~8.5.(일)

○ 장소: 경남 거창군 북상면 황점 마을 일대(아래 지도 참조)

○ 대상: 민우회원 12명, 찬조출연 약간 명

□ **연수 일정**

○ 준비물: 2박 3일에 필요한 모든 물품

○ 세부 일정

일자	시간	내용
8.3.(금)	06:00~09:00	구미 출발
	09:00~11:00	준비
	11:00~14:00	오찬
	14:00~17:00	입실, 휴식
	17:00~20:00	만찬
	20:00~	휴식
8.4.(토)	06:00~09:00	조찬
	09:00~11:00	휴식
	11:00~14:00	오찬
	14:00~17:00	휴식
	17:00~20:00	만찬
	20:00~	휴식
8.5.(일)	06:00~09:00	조찬
	09:00~11:00	휴식
	11:00~14:00	퇴실, 오찬
	14:00~15:00	정리
	15:00~17:00	황점 구미
	17:00~	?

※ 담당은 별도로 정하지 않음. 각자 능동적이고 적극적인 참여를 바람. 특히, 여성분들 배려를 위해 남성분들의 분발해 주시길 소망합니다.

※ 야영지 및 펜션 약도

○ 야영지: 8각 타원 안

○ 여성 전용 펜션: 원모양 안 (나무와 숲, 010-9611-6395), 야영지서 약 5분(600여 미터)
입실: 당일 14:00 이후, 퇴실: 당일 12:00 이전

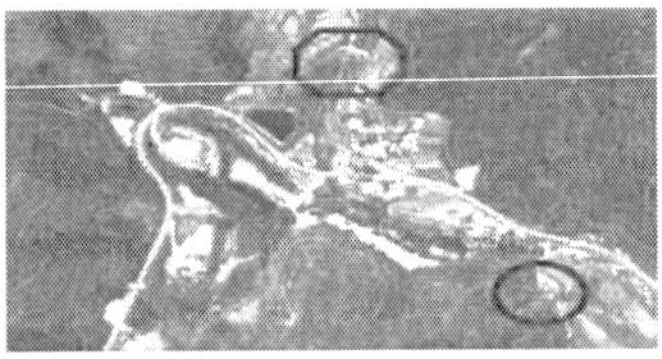

※ 수산물 매입

- 통영(통영수협 도천위판장, 055-646-3225, 04:00 활선어 경매 시작)
- 황점마을—통영, 146.5킬로미터, 1시간 46분 소요

민우회의 하계 야영은 느릿하고 느슨한 진행이었지만, 사전 준비를 철저히 했습니다. 특별하거나 화려한 음식이 있는 것도 아닙니다. 평소의 집밥에서 한두 가지 메뉴를 추가한 것이 전부입니다. 철저한 준비 덕분에 주제와 목적에 맞는 2박 3일을 보낼 수 있었습니다.

우리 교실의 수업도 철저한 준비를 하되 여유가 있었으면 좋겠습니다. 교육과정 성취기준에 대한 명확한 이해와 아이들을 정확하게 파악하는 것, 적절한 학습자료 등은 준비입니다. 수업 준비가 철저하면 실제 수업에서 허둥대지 않고 여유를 가질 수가 있습니다. 준비는 곧 여유입니다. 이런 여유는 수업문이 열리는 지름길이기도 합니다.

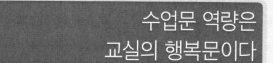

수업문 역량은 교실의 행복문이다

1990년대 열린교육 열풍이 불었습니다. 누군가는 "열린교육의 첫걸음은 교실문부터 여는 것."이라고 하기도 했습니다. 아쉽게도 좋은 취지와는 다르게 얼마 지나지 않아서 흔적도 없이 사라졌습니다. 교실문부터 열어야 한다는 그 기본정신은 지금도 공감이 갑니다.

교실문은 여는 것은 수업문을 여는 것의 시작입니다. 학생들의 안전을 위해서 교실 앞뒤의 출입문 중에서 어느 한 곳은 안이 들여다보이도록 되어 있습니다. 간혹, 여기도 학생들 작품이나 게시물로 막은 교실이 있습니다. '교실 왕국'이라는 말도 있습니다. 왕국이라는 말의 중심이 학생이면 좋겠습니다. 선생님들 마음의 문을 여는 것은 수업문을 여는 진정한 첫걸음입니다.

구미봉곡초등학교는 경상북도 교육청 창조학교입니다. 미래학교 모델을 개발하고 있습니다. 남대구초등학교는 남대구형 프로젝트 수업으로 수업문을 열고 있습니다. 대구교육대학교대구부설초등학교는 교육부상설연구학교이자 교학상장 상시 수업 공유가 이루어지는 학교입니다. 줄탁동시의 실험을 시작하는 대구대봉초등학교입니다. 네 학교의 수업문으로 들어가 보겠습니다.

창조적인 미래학교의 산실, 구미봉곡초등학교

⋮

교육지원청의 장학사들의 존재 가치는 바로 장학입니다. 장학의 꽃은 수업입니다. 장학사들이 직접 수업을 할 일은 많지 않습니다. 주로 수업을 보고 평을 하는 일이 대부분입니다. 모두가 수업발표대회에서 검증 받은 수업의 달인입니다. 하지만 학교 맞춤형 지원장학을 위해서는 수업장학 역량을 강화해야 합니다.

장학, 장학사의 존재 가치입니다![82]

대구광역시남부교육지원청(이종순 교육장)은 '장학, 장학사의 존재가치입니다!'라는 슬로건으로 2018학년도 전반기 초등학교 맞춤형 지원장학을 시작했다. 초등 장학사 5명은 4월 16일부터 6월초까지 초등학교 66교의 희망을 받아 전일제 46교와 반일제 20교[83]에 대한 맞춤형 지원장학을 실시한다.

학교 맞춤형 지원장학을 실시하기 전에 장학사별로 지원학교에 대한 현안을 파악하고, 교육과정과-수업-평가 중심의 지원장학을 위한 역량강화 연수를 실시했다. 이번 연수는 교육지원청 차원에서 최초로 기획한 것으로 2018년 3월 초에 시작하여 전반기 지원장학 직전인 4월 13일에 구미봉곡초등학교 현장방문 연수로 마무리를 했다.

초등장학역량 강화 연수는 2018년 대구광역시교육청 초등장학의

82) 대구광역시교육청 보도자료, 2018.4.16.
83) 학교별 전·후반기 중 전일제(08:30~16:30) 1회, 반일제(14:00~16:30) 1회 실시함.

방향인 교사의 수업 역량 강화와 연구 역량 강화에 착안하여 마련된 것으로 크게 4단계로 진행했다.

1단계는 자기장학 및 동료장학이다. 초등장학사들은 2018년 대구광역시교육청 및 남부교육지원청 초등장학 계획을 면밀히 살펴본 후에 전년도 담임학교의 장학 결과를 분석하였다. 또한 장학자료와 관련 서적 등을 탐독하는 등 자기장학 및 동료 장학사와 소통하는 시간을 가졌다. 장학사의 존재 가치를 생각하는 시간이었다.

2단계는 전문가 초빙 연수이다. 3월 12일(월)에는 성당초 김추자 교장, 3월 13일(화)에는 남대구초 안영자 교장을 강사로 초청하여 학교 현장 의견 수렴 및 교육과정-수업-평가의 일체화 연수를 실시했다. 먼저, 강사가 준비한 원고를 중심으로 구체적인 사례를 들어 설명을 하고, 저녁식사를 마친 후 자유롭게 질의응답하는 시간을 가졌다. 교육과정-수업-평가의 일체화에 대한 역량을 신장시키는 계기가 되었다.

3단계는 선진학교 현장방문 연수[84]이다. 4월 13일(금)에 '미래학교 모델 계발 창조학교'를 운영 중인 구미봉곡초등학교를 방문했다. 오전에는 3개 학반 수업을 참관했다. 오후에는 창조학교 운영에 대한 학교장의 설명을 듣고 수업에 대한 자유로운 의견을 나누는 시간을 가졌다. 교육과정-수업-평가에 몰입할 수 있는 교육환경을 타산지석으로 삼을 수 있는 좋은 기회였다.

4단계는 지원장학 업무협의회이다. 4월 12일(목)에 장학사별 업무를 중심으로 지원장학 사례를 공유하고 현안에 대한 자유로운 의견을 나누었다. 이종순 교육장은 역량강화 연수와 사전준비를 바탕으로 학교별 맞춤형 지원장학을 할 것을 당부했다. 역량강화 연수를 피드백하고 장학사 개개인이 지원장학을 위한 각오를 다지는 시간이었다.

84) 구미봉곡초등학교의 사정으로 3단계 연수를 제일 마지막에 실시함.

4단계 역량강화 연수 중에서 3단계인 현장방문 연수 학교를 정하는 것이 제일 어려웠습니다. 오전에 수업참관을 하고, 오후에는 수업협의를 하는 일정입니다. 대구 시내 학교를 대상으로 하기에는 피차간에 조심스럽고 부담이 가는 게 사실이었습니다. 그래서 경상북도교육청 창조학교인 구미봉곡초등학교를 생각했습니다. 2월에 봉곡초 황석수 교장 선생님께 허락을 받았습니다. 다음은 구미봉곡초 현장연수를 마치고 쓴 글입니다.

> 미래학교의 모습은 어디 멀리 있는 것이 아니었습니다. 우리 마음속에만 있는 게 아니었습니다. 바로 구미봉곡초등학교가 미래 학교 그 자체였습니다.'미래학교 모델 개발 창조학교' 구미봉곡초등학교 교육가족 모든 분들께 감사를 드립니다.
>
> 학교 방문을 허락하시고 교육활동에 얼굴 타신 황석수 교장 선생님, 고맙습니다. 학교 안내와 전체적인 진행을 해 주신 장영택 교감 선생님, 고맙습니다. 함께 수업참관 하시고 따뜻하게 맞아주신 차영주 수석 선생님, 고맙습니다. 창조학교 운영 안내와 바삐 움직여 주신 이동훈 연구부장 선생님, 고맙습니다. 수학 수업을 나누어 주신 김인철 선생님, 고맙습니다. 화석 발굴 프로젝트 수업을 나누어 주신 김병섭 선생님, 고맙습니다. 우리 역사 프로젝트 수업을 나누어 주신 김경하 선생님, 고맙습니다. 따뜻하게 맞아주신 분들과 반갑게 인사를 나눈 학생들에게도 고마움을 전합니다.
>
> 김인철 선생님, 수업 잘 보았습니다. 아이들과 눈높이를 같이 하시는 모습이 인상적이었습니다. "고마워요." "협력해요."
>
> 수학수업이자 인성수업이었습니다. 교육부에서 늘 강조하는 인성교육 중심수업이었습니다. 김인철 선생님의 수업을 응원합니다.
>
> 김병섭 선생님, 수업 잘 보았습니다. 선생님은 자신감이 넘치고 학생들은 무척이나 즐거운 수업이었습니다. 참관하는 저희들도 함께 할 수 있어서 좋았습니다. 모두가 함께 배움을 나누는 행복한 시간이

었습니다. 김병섭 선생님의 그동안의 노고가 저절로 느껴지는 수업이었습니다. 김병섭 선생님의 수업을 응원합니다.

김경하 선생님, 수업 잘 보았습니다. 6학년의 어색함을 볼 수 없는 활기찬 수업이었습니다. 최근의 우리나라 정세와도 맞물린 좋은 수업이었습니다. 누군가 역사는 되풀이된다고 했듯이 말입니다. 선생님의 자신감, 철학을 느낀 수업이었습니다. 김경하 선생님의 수업을 응원합니다.

85)

구미봉곡초 5분, 대구남부교육지원청 6명이 함께 한 자리에서 많은 울림을 받았습니다. 저는 지금까지 수업을 잘하라고만 했습니다. 잘할 수 있는 환경을 만들어 주는 데는 인색했습니다. 저 자신을 되돌아보는 좋은 시간이었습니다. 교감 선생님의 염화시중 미소가 참 좋았습니다. 연구부장님의 창조학교 설명은 자부심이 넘쳐났습니다. 수업을 나누어 주신 3분 선생님의 말씀에는 행복이 묻어났습니다.

점심시간에 학교 게시판을 보았습니다. 「가장 받고 싶은 상」을 보았습니다. 제가 강의할 때 꼭 이용하는 시입니다. 역지사지의 예를 들 때 사용합니다. 봉곡 교육가족도 마찬가지일 것입니다.

마치고 나오면서 이런 생각이 들었습니다. '학교의 미래가 이런 모

85) 구미봉곡초에서 장학역량 연수를 마치고.

습이어야 한다.', '우리 대구의 현재는 어떤 모습인가?', '우리는 어떻게 바꿀 수 있을까?', '우리는 장학을 어떻게 해야 하는가?', '아니, 왜 장학을 하지?' 등등의 생각이 떠나질 않았습니다. 약간 혼란스럽기도 했습니다. 하지만, 가슴 뿌듯한 경험이었습니다. 미래학교의 모습을 보았기 때문입니다. 필요한 것이 가까이에 있었습니다. 바로 구미봉곡초등학교입니다

창조학교 이야기를 보았습니다. 핵심역량을 기르는 프로젝트학습 '창조학교 이야기'(2016), 핵심역량을 기르는 프로젝트학습 '창조학교 이야기'(2017), 초등교육의 새로운 도전! 창조학교 운영 사례 '창조학교 이야기'(2018), 구미봉곡교육 이야기도 보았습니다. 2018학년도 즐겁게 배우며 새로움에 도전하는 '구미봉곡교육 이야기'. 모든 게 '이야기'로 끝맺음을 하고 있습니다.

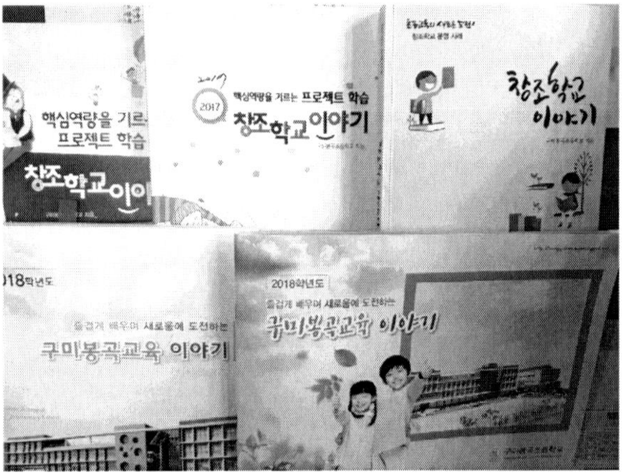

'아직'과 '이미' 사이 분명 구미봉곡초등학교의 현재 모습은 '아직' 우리가 꿈꾸던 미래학교의 전부는 아닙니다. 미래학교 실현을 위해 학교 안팎에서 해결해야 할 과제가 여전히 많기 때문입니다. 그러나 현재의 제도, 인적구성, 주어진 예산 범위 안에서 미래학교의 모습을 '이미' 만들어 가고 있습니다. 이를 증명하듯 학생들과 교사들은 배움

을 즐깁니다.[86)]

'이미' 구미봉곡초등학교는 역사입니다. 구미봉곡초등학교 교육가족 모두가 함께 만들어가기 때문입니다. 구미봉곡초등학교의 '이미'가 민들레 홀씨 같은 역할이기를 기대합니다. '아직'인 많은 초등학교에게 말입니다. 구미봉곡초등학교의 '이미'를 응원합니다. '이미'를 이어갈 더 많은 '아직'을 응원합니다.

구미봉곡초등학교의 수업문은 이미 열려 있습니다. 그 '이미'가 아직 수업문이 열리기를 준비하는 많은 학교에 도움을 주기를 응원합니다. 민들레꽃은 하나지만, 그 홀씨는 많은 꽃을 피우게 합니다. 구미봉곡초등학교의 수업문이 민들레 홀씨 같은 역할을 하기를 응원합니다.

86) 구미봉곡초등학교(2018). 창조학교 이야기. p.339.

프로젝트학습의 성지, 남대구초등학교

남대구초등학교(교장 안영자)는 대구교대와 인근에 위치한 10학급에 160여 명의 학생이 재학 중인 소규모 학교입니다. 2006학년도부터 6년 동안 대구광역시교육청 창의성교육 정책연구학교를 운영했습니다. 2012 학년도에는 창의·인성교육 연구학교를 운영했습니다. 2007, 2013, 2017 전국 100대 교육과정 최우수교에 선정되었습니다. 2017학년도부터는 교육과정 특화형 모델학교를 운영 중입니다. 2006년부터 시작한 프로젝트 학습은 전국의 많은 초등학교에 전파되었으며 프로젝트학습의 메카이기도 합니다.

필자는 대구의 초등학교 중에 남대구초등학교를 가장 많이 방문했습니다. 대구광역시교육청 장학사로 근무할 때는 창의·인성 연구학교 운영 협의를 위해 자주 방문을 했습니다. 교감으로 근무할 때도 수업공개를 할 때는 참관을 했습니다. 대구광역시남부교육지원청에 초등교육지원과 장으로 근무를 하면서도 방문할 기회가 많았습니다.

남대구초등학교는 2017년 7월 20일에 대구교육연수원 대강당에서 '교육과정-수업-평가의 일체화 적용 사례 워크숍'을 개최했습니다. 학부모와 교사, 교육관계자 등 500여 명이 참석을 하여 대성황이었습니다. 연구학교 운영도 아닌 모델학교를 운영 중인 단위 학교에서 하기 어려운 일이었습니다. 남대구초에서 10여 년 이상 지속·발전적으로 운영 중인 프로젝트학습과 교육 공동체의 헌신의 과정이자 결과였습니다.

다음은 워크숍을 참관하고 남대구초등학교 교육가족에게 보낸 자료입니다.

> 걱정 많았습니다.
> 기말고사 없어진 부분에.
> 지금 오신 어머니들도 우려가 있어서 사실 제가 모시고 왔습니다.
> 그리고 오늘 저의 선생님들의 발표를 보고 나니까 영화의 한 장면이 생각났습니다.
> 뭣이 중한디.
> 인스턴트 교육이 아니고,
> 사골같이 과정이 중요한 음식으로 아이들을 교육하는 선생님을 믿고, 저는 남대구초등학교에 내일도 아침에 밥 먹여 아이들을 잘 보내도록 하겠습니다.

'교육과정-수업-평가'의 일체화 적용 사례 워크숍 마지막에 학부모 대표가 말씀하신 내용입니다.

최고의 찬사입니다.

더 이상 어떤 수사가 필요하겠습니까?

남대구교육가족 교장, 교감 선생님. 여러 선생님.

고맙습니다.

어제 발표를 하신 선생님, 함께 준비하신 선생님.

모두가 주인공입니다.

함께 하시니 오래오래 멀리 가실 수 있을 것입니다.

문득 이런 생각이 들었습니다.

남대구초등학교 교육가족은

'학부모-학생-교직원'이 일심동체구나.

남대구초등학교 선생님들의 열정을 응원합니다.

남대구초등학교 선생님들의 수업을 응원합니다.

늘 좋은 날이시길 빕니다.

고맙습니다.

2017.07.21.(금)

대구광역시남부교육지원청 초등교육지원과장 김영호 드림

2017년 9월 20일에는 PBL(Problem Based Learning) 수업 공개를 했습니다. 초등학교 교원 및 교육전문직 500여 명이 참석하는 성황을 이루었습니다. 3학년 이상 전 학반이 수업을 공개하고, 학년군별 수업 나눔의 시간을 가졌습니다.

다음은 2017년 9월 20일에는 PBL 수업 나눔을 참관하고 남대구초등학교 교육가족에게 보낸 자료입니다.

"와, 남대구초등학교 수업 너무너무 잘합니다."

"지난번 수업을 볼 때보다 너무나 발전해서 놀랐어요."

"신규 선생님들도 너무나 노련하게 수업을 해서 놀랐어요."

"수업 참관 오신 선생님들이 너무 많았어요."

등등은 어제(2017.9.20.수.) 남대구초등학교 수업을 참관하신 두 분[87]과 많은 분들이 이구동성으로 하신 말씀입니다. 저는 다른 곳에 출장이 있어서 수업은 참관하지 못했습니다. 못내 아쉽지만, 다음 기회는 놓치지 않겠습니다.

어제의 그런 수업이 있기까지 남대구 교육가족 모든 분들의 노에 감사를 드립니다.

가을걷이 하는 농작물이 그저 영글겠습니까? 그저 시간만 간다고 영근 것은 아닐 것입니다. 부지런한 농부가 때에 맞게 씨를 뿌렸을 것

87) 대구광역시남부교육지원청 교육장 이종순, 대구광역시남부교육지원청 교육지원국장 정은순.

입니다. 농부의 발자국 소리는 매일같이 듣고 자랐을 것입니다. 한결 같은 햇볕, 조금은 애태웠던 비, 가끔씩 친구가 되어 주었던 바람, 심심할 틈이 없었던 새소리 등등이 함께 힘을 모았을 것입니다.

어제의 수업이 바로 그런 과정이었을 것이라는 생각입니다. 자신과의 싸움, 동료와의 끊임없는 협의와 협력, 교장·교감 선생님의 지원이 있었을 것입니다. 함께 생활하는 학생들과의 상호작용은 언제나 한결 같았을 것입니다. 그런 과정에서 힘들 때도 있었을 것입니다. 포기하고 싶을 때도 있었을 것입니다. 하지만 그런 과정이 있었기에 어제의 수업은 더 의미가 있었을 것입니다.

남대구교육가족의 열정을 응원합니다.
남대구교육가족의 수업을 응원합니다.
수업은 학교 존재의 시작입니다.
수업은 선생님의 존재 가치입니다.
일교차가 매우 심합니다.
건강관리 잘하시기 바랍니다.
건강하셔야 수업도 잘하실 수 있습니다.
늘 좋은 날이시길 빕니다.
고맙습니다.

2017.09.21.(목)

대구광역시남부교육지원청 초등교육지원과장 김영호 드림

남대구초등학교 교육가족의 열정과 헌신으로 2017년 전국 100대교육과정 최우수학교에 선정되었습니다. 남부교육지원청에서는 남대구초등학교, 대구신서초등학교, 대구용전초등학교가 전국 100대 교육과정 우수학교에 선정되었습니다.

다음은 100대 교육과정 우수학교에 선정된 세 학교 교육가족에게 보낸 내용입니다.

남대구초등학교, 대구신서초등학교, 대구용전초등학교

교육가족 모든 분들께 드립니다.

고맙습니다.

지난주에 2017년 전국 100대 교육과정 우수학교 현장실사를 마치셨지요.

노고 많으셨습니다. 실로 대단한 일입니다.

사실 대구에서 교육과정 우수학교에 선정되는 것도 쉬운 일이 아닙니다. 또, 우리 교육지원청 예선을 통과하는 것도 매우 어렵습니다. 우리 남부교육지원청의 학교 수준이 워낙 높기 때문입니다. 그러다 보니 심사하시는 분이 애를 먹었다는 후문입니다.

이런 과정을 거치면서 현장실사까지 마치셨습니다. 앞으로 2차 심사 중 종합심사가 있습니다. 3차 심사인 최종심사도 남아 있습니다. 지금까지의 과정이 있기까지 교육가족의 노고가 대단하셨을 것입니다. 진인사대천명이라고 했습니다. 이제 결과를 가다리는 일만 남았습니다.

현장실사에서 심사 위원들도 매우 만족하고 감동을 받았다고 합니다. 심사위원들과 면담을 마치고 울먹인 선생님도 있었다고 합니다. 학부모님들은 전화 면담을 마치고 자랑스러워했다고 합니다. 대면 면담을 한 학생들도 우리 학교가 자랑스러웠을 것입니다.

교육과정 우수학교는 교육가족 모두가 함께 만들어 가는 것입니다. 혼자서나 몇몇이서 그럴싸한 보고서를 꾸미는 과정이 아닙니다. 함께 고민하고 열정을 불사르는 그런 과정이었습니다.

지금까지 힘든 일도 많았을 것입니다. 하지만 노력하지 않고 힘들지 않고 이루어지는 게 어디 있겠습니까? 꽃도 흔들리면서 젖으면서 핀다고 합니다.

남대구초, 신서초, 용전초 교육가족의 열정을 응원합니다.

겨울 초입입니다. 건강관리 잘하시기 바랍니다. 건강하셔야 교육과정 운영도 수업도 잘하실 수 있습니다.

늘 좋은 날이시길 빕니다.

고맙습니다.

2017.11.22.(수)

대구광역시남부교육지원청 초등교육지원과장 김영호 드림

남대구초등학교의 프로젝트수업과 수업문은 이미 활짝 열려 있습니다. 남대구초등학교의 프로젝트수업과 수업문이 아직도 프로젝트 수업과 수업문에 대해 고민하는 학교에 많은 도움을 주기를 응원합니다.

교학상장 상시 수업 공유의 메카, 대구교육대학교대구부설초등학교

⋮

대구교육대학교대구부설초등학교의 '교학상장 상시 수업 공유' 이야기입니다. 교대부초는 대구교육대학교 학생들의 교육실습이 연중 이루어집니다. 갑작스런 국내외 방문객의 수업 참관이 있습니다. 또한, 대구의 선생님들을 위해 항상 수업문이 열린 학교입니다.

개인적으로 교대부초에 교사로 6년, 교감으로 2년을 근무했습니다. 교감으로 근무를 할 때는 하루에도 몇 번씩 교실을 둘러보았습니다. 필요한 교육 장면은 사진으로 남기기도 했습니다. 다음은 교대부초를 떠나면서 선생님들께 드린 글의 일부입니다.

> 사랑하는 우리 대구교육대학교대구부설초등학교 선생님!
>
> 고맙습니다. 벌써 2년이라는 세월이 훌쩍 지났습니다. 특별히 무엇을 했다는 기억은 없습니다. 다만, 지난 2년 동안 이런 것들을 추억의 한편에 담았습니다. 2014.4.1.인성교육중심 협력학습 전국워크숍은 대성황을 이루었습니다. 개교 이래 최대인 1,400여 분이 경향각지에서 본교를 방문해 주셨습니다.
>
> 그 전에 오랜 기간 사용하던 교수·학습안을 대대적으로 수정을 했습니다. 시대상을 반영하여 수업철학을 반영했습니다. 대구초등배구 3연패를 했습니다. 지금까지 전무한 기록이고, 어쩌면 후무한 기록도

될 수 있을 것입니다. 밤늦게 교무실이나 연구실에 함께한 야식도 잊을 수 없습니다.

방학에는 학교에서 집밥(학교밥)을 함께 나누었습니다. 이런 집밥 같은 수업, 집밥수업을 기대합니다. 철마다 어김없이 돌아오는 교생실습도 중요한 일상이었습니다. 우리 교대부초의 아주 중요한 일상입니다. 이런 것들은 우리 교대부초이기에 가능한 일이었습니다.

사랑하는 교대부초 선생님. 저 때문에 많이 힘드셨지요. 시도 때도 없이 교실을 드나들었습니다. 어떤 반에서는 빈자리에 앉아서 함께 수업에 참여하기도 했습니다. 자주 사진을 찍기도 했습니다. 우리 교대부초이기에 가능한 일이었습니다. 진심으로 고맙다는 말씀을 드립니다.

그리고 돌고 돌아서 제 귀에 들어 온 말이 있습니다. “우리 교감 선생님은 우리가 어느 수준까지 하길 원하는지를 몰라서 힘들다.” 듣고 보니 저도 공감이 갑니다. “수업철학이다.”, “대한민국에서 수업을 제일 잘하는 학교이다.”, “집밥 같은 수업이다.” 이런 부탁 또는 주문을 한 것 같습니다. 익숙한 것 같지만 아주 낯선 말이기도 합니다. 하지만 처음부터 익숙한 것은 없습니다. 낯섦이 되풀이되면 익숙함이 됩니다.

그리고 이런 부탁을 ‘절차탁마(切磋琢磨)’ 시리즈로 드렸습니다. 소통의 기본은 상호작용인데 제 일방적인 전달일 수도 있었겠다는 아쉬움이 듭니다. 소통은 관계입니다. 관계의 최고선은 겸손이라고 합니다. 저는 얼마나 겸손했는지 되돌아봅니다.

우리 교대부초 선생님. 지금 어떤 길을 가고 있습니까? 앞으로 어떤 길을 가고 싶으십니까?

가지 않을 수 없던 길

도종환

가지 않을 수 있는 고난의 길은 없었다
몇몇 길은 거쳐오지 않았어야 했고
또 어떤 길은 정말 발 디디고 싶지 않았지만
돌이켜 보면 그 모든 길을 지나 지금
여기까지 온 것이다
한 번쯤은 꼭 다시 걸어보고픈 길도 있고
아직도 해거름마다 따라와
나를 붙잡고 놓아주지 않는 길도 있다
그 길 때문에 눈시울 젖을 때 많으면서도
내가 걷는 이 길 나서는 새벽이면 남모르게 외롭고
돌아오는 길마다 말하지 않은 쓸쓸한 그늘 짙게 있지만
내가 가지 않을 수 있는 길은 없었다
그 어떤 쓰라린 길도
내게 물어오지 않고 같이 온 길은 없었다
그 길이 내 앞에 운명처럼 패여 있는 길이라면
더욱 가슴 아리고 그것이 내 발길이 데려온 것이라면
발등을 찍고 싶을 때 있지만
내 앞에 있던 모든 길들이 나를 지나
지금 내 속에서 나를 이루고 있는 것이다
오늘 아침엔 안개 무더기로 내려 길을 뭉턱 자르더니
저녁엔 헤쳐온 길 가득 나를 혼자 버려 둔다
오늘 또 가지 않을 수 없던 길
오늘 또 가지 않을 수 없던 길

응원합니다.
사랑하는 교대부초 선생님. 선생님, 오늘도 좋은 수업 하시느라 노고 많으셨지요. 오늘 수업은 어떠셨습니까? 선생님 마음에 드셨는지요. 혹, 마음 불편하신 일은 없었습니까? 아이들의 상호작용은 잘되었는지요. 선생님과 아이들의 눈 맞춤은 몇 번이나 하셨습니까? 선생님, 내일은 오늘보다 더 좋은 수업하실 수 있습니다. 아이들도 상호작용 더 잘할 것입니다. 마음 불편하고 속상하실 일도 없을 것입니다. 선생님과 아이들 눈 맞춤도 더 많아질 것입니다. 선생님도 수업에 만족할 것입니다. 선생님, 수업은 언제나 선생님 편입니다. 수업은 선생님이 좋아하든 싫어하든 따라다닙니다. 내일 당장 사표를 내지 않는 한 수업은 언제나 선생님 편입니다. 선생님의 수업은 선생님의 그림자처럼 선생님을 따라다닙니다. 선생님, 수업을 내 상대편으로 만들지 마시고, 내 편으로 만들어 보시지요.

선생님, 수업은 선생님 마음먹기 나름입니다. 세상 모든 일은 하는 사람의 마음먹기에 달려 있습니다. 선생님, 선생님의 수업에서 행복을 만나시기 바랍니다. 그 행복한 수업을 만들어가는 일등공신은 바로 선생님이십니다. 선생님, 문을 열어주세요. 선생님 마음의 문을 열어주세요. 학생들 마음의 문을 열어주세요. 선생님, 선생님 교실의 문을 열어주세요. 문이 열린 교실, 수업이 행복한 교실을 꿈꿉니다. 선생님, 우리 교대부초 선생님을 응원합니다. 선생님, 우리 교대부초 선생님의 수업을 응원합니다.

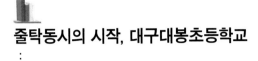

줄탁동시의 시작, 대구대봉초등학교

2018년 6월 22일 금요일 오전에 대구대봉초등학교 박경애 교장 선생님과 통화를 했습니다. 아주 반갑고 신나는 통화였습니다. 대봉초등학교 프로젝트 공개 수업에 초청한다는 내용이었습니다. 학교 전체가 공개를 하는 것은 아니고, 5학년 3반 안은정 선생님의 프로젝트 수업이라고 합니다. 아무리 바쁜 일이 있더라도 꼭 참관하겠다는 약속을 했습니다.

다음은 2018년 6월 22일 금요일 오후에 대구대봉초등학교 5학년 3반 프로젝트 수업을 참관하고 교육지원청으로 돌아와서 박경애 교장 선생님과 안은정 선생님께 드린 내용입니다.

대구대봉초등학교 박경애 교장 선생님, 안은정 선생님, 5학년 3반 학생 및 학부모님들께

- 도종환의 「흔들리며 피는 꽃」 생략 -

대구대봉초등학교 5학년 3반 학생 여러분!

고맙습니다. 오늘 여러분들의 행복한 수업을 보고 너무나 기분이 좋았습니다. 스스로 계획하고 실천한 내용을 발표하는 모습에 모두가 행복했습니다. 악수를 오래 한 친구(이름을 물어보지 못해서 미안해요)도 기억에 남아요.

지금은 4차 산업혁명 시대라고 합니다. 인지지능, 사물 인터넷 등이 중요하다고 합니다. 하지만 그것보다도 중요한 것은 협업(협력)과 공유입니다. 학생 여러분들이 그런 협력과 공유의 모습을 보여주었어요. 참 고마운 일입니다. 2학기에도 좋은 수업을 함께 나누어 주세요.

대구대봉초등학교 5학년 3반 학부모님 여러분!

고맙습니다. 오늘 귀하고 자랑스러운 아들, 딸, 손녀의 수업 잘 보셨지요. 모두들 미소가 그치질 않았습니다. 특히, 소녀의 머리 손질을 하시는 할머니의 가슴 따뜻한 사랑도 함께 보았습니다. 거듭 감사를 드립니다. 학부모님, 학교를 믿어 주시고, 교장 선생님과 담임 선생님을 믿어 주십시오. 충분히 믿음이 가시지요. 믿으시는 만큼 더 잘하십니다.

대구대봉초등학교 5학년 3반 안은정 선생님!

고맙습니다.

귀한 수업에 초대해 주셔서 안목을 넓히는 좋은 기회였습니다.

어디 연구학교나 선도학교도 아니면서 수업을 보여주셔서 너무나 고맙습니다.

선생님은 제가 늘 강조하는 역사용 역량(역지사지, 사랑, 용기), 수업철학 역량, 수업행복 역량, 수업문 역량을 겸비하셨습니다.

선생님의 수업이 참 행복해 보였습니다. 선생님도 행복하고 학생들도 행복하고 참관자도 행복한, 우리 모두가 행복한 수업이었습니다. 2학기에도 좋은 수업 나누어 주시기 바랍니다.

대구대봉초등학교 박경애 교장 선생님!

좋은 자리에 초대해 주셔서 고맙습니다. 교장 선생님의 말씀과 표정에서 긍지와 자부심을 보았습니다. 함께 수업철학을 공유할 수 있는 선생님들이 계신 대봉초의 교장 선생님은 참으로 행복하시겠습니다.

그런 공유가 있기까지 교장 선생님의 노고가 무척이나 많으셨으리라 생각됩니다. 세상만사 거저 얻어지는 게 있겠습니까? 꽃도 흔들리면서 필 것이며 사랑도 흔들리면서 더 진실한 사랑이 되겠지요. 2학기에도 좋은 자리 나누어 주시기 바랍니다.

- 조동화의 「나 하나 꽃피어」 생략 -

대구대봉초등학교 교육가족 여러분!

혼자 하면 기억이 되고 둘이 하면 추억이 된다고 합니다.

혼자 가면 길이 되고 함께 가면 역사가 된다고 합니다.

함께하는 길 추억이 되고 역사가 되길 기원합니다.

수업은 즐겁고 행복해야 합니다.
선생님이 행복하고 학생도 행복해야 합니다.
우리 대구대봉초등학교 선생님들을 응원합니다.
우리 대구대봉초등학교 선생님들의 수업을 응원합니다.
늘 좋은 날입니다!

2018.06.29.(금)

대구광역시남부교육지원청 초등교육지원과장 김영호 드림

2018년 7월 17일 화요일 오후에 대구대봉초등학교 박경애 교장 선생님과 통화를 했습니다. 앞의 내용을 졸저에 싣는 것을 허락해 달라는 내용이었습니다. 초복에 복달임하지 않아도 힘이 나는 행복한 통화였습니다.

김영호: 김영호입니다. 교장 선생님, 잘 지내시지요?

박경애: 예, 과장님. 어쩐 일로…….

(교육지원청에서 학교에 전화를 하면 대부분 어떤 사안이 생겨서 전화를 한다는 생각을 많이 합니다.)

김영호: 초복인데 잘 지내시지요. 많이 덥지요.

박경애: 교장실 에어컨과 불을 끄고 있어서 전화번호를 잘 보지를 못했어요.

김영호: 교실에는 에어컨 잘 틀고 있지요.

박경애: 아침부터 돌리고 있어요.

김영호: 덥다고 굳이 단축 수업을 할 필요는 없겠네요.

박경애: 맞아요. 교실은 시원합니다. 그나저나 무슨 일로…….

김영호: 교장 선생님. 부탁 하나 하려고 하는데요.

박경애: 부탁이라면.

김영호: 6월 29일에 안은정 프로젝트 수업 참관하고 제가 드린 파일을 제 졸저에 싣기 전에 허락을 받으려고 하는데요.

박경애: 당연히 허락하지요.

김영호: 안은정 선생님께도 말씀드려 주세요.

박경애: 전화 안 드리면 허락하는 것으로 아세요.

김영호: 고마운 일입니다.

박경애: 그리고 5학년 3반 아이들이 교장 보고 2학기에 수프젝 함께 하자고 해요.

김영호: 무슨 말인가요?

박경애: 아이들에게 수프 함께 먹는 것이냐고 물으니 수학 프로젝트를 함께 하자는 것이네요.

김영호: 학습자 중심의 아주 바람직한 현상이네요.

박경애: 아이들이 안은정 선생님께 수학 성취기준을 달라고 했대요. 자기들끼리 짜 본다고.

김영호: 대단한 일입니다. 선생님과 아이들이 함께 만들어 가는 아주 바람직한 교육과정이네요.

박경애: 그러게 말입니다. 학년말이 되고 아이들이 좀 산만해지기도 하는데 안은정 선생님 반에는 전혀 그런 게 없어요. 아이들도 아주 신이 나 있어요.

김영호: 교장 선생님 복입니다. 복날에 복달임하지 않아도 힘이 나겠어요.

박경애: 여름방학 전에 교육과정 워크숍을 계획하고 있어요.

김영호: 어떻게 하는가요?

박경애: 교장, 안은정 선생님, 최순나 선생님 3팀으로 나누어서 워크숍을 진행해요.

김영호: 구체적으로 어떻게 한다는 건가요.

박경애: 교장팀에서 선생님이 성취기준 교육과정의 실제 운영 사례를 공유하고, 학교장은 2학기의 수업장학을 프로젝트 중에서 1차시를 참관하는 것으로 합니다. 안은정팀은 학생의 요구가 반영된 교육과정 운영 사례입니다. 즉, 프로젝트 운영 사례를 공유합니다. 1학기에 안은정 선생님 반에서는 7개의 프로젝트를 운영했습니다. 최순나팀에서는 선생님이 먼저 협력의 기쁨을 맛보는 연수로 운영됩니다. 팀장인 교장, 안은정, 최순남나 옮겨 가면 모든 내용을 전 선생님과 공유하게 되지요.

김영호: 교장 선생님 행복하시겠습니다.

박경애: 행복합니다.

아이들과 선생님이 함께 만들어 가는 수업입니다.

선생님과 아이들이 공동의 주인공인 교실입니다.

언제라도 누구라도 주인공인 수업이자 교실입니다.

수업문이 활짝 열린 교실입니다.

이런 교실을 꿈꿉니다.

수업문!

우리 모두의 바람이자 소망인 행복문입니다.

뱀발

필자는 오래 전부터 화사첨족이나 사족 대신에 '뱀발'이라는 용어를 사용했습니다. '뱀발'이라는 말이 처음에는 어색했지만, 자꾸 사용을 하니 익숙해지고 사족이 더 어색하게 되었습니다.

화사첨족(畫蛇添足)은 뱀을 다 그리고 나서 있지도 아니한 발을 덧붙여 그려 넣는다는 뜻으로, 쓸데없는 군짓을 하여 도리어 잘못되게 함을 이르는 말입니다.

이런 뜻이 있음에도 불구하고 군짓을 하는 데는 그만한 이유가 있습니다. 여는 글에서도 밝혔듯이 '김영호의 수업 이야기 3'인『수업. 너 나하고 결혼해』는 뱀발에서 시작해서 마무리를 했다고 해도 과언이 아닙니다.

이번의 졸저의 어떤 글은 이전의 졸저인 1, 2권에도 있고, 태현행복수업 만들기나 교대부초 절차탁마에도 있는 내용입니다. 그런 내용을 그대로 가져오기도 하고 생각이 바뀐 것은 수정을 해서 실었습니다. 원문의 마지막에 참고표(※)를 하고 '김영호의 수업 이야기 3'의 소제목을 넣었습니다. [예시: (※조금만 더 기다려 주세요)]

『수업? 너를 기다리는 동안』 차례

『수업? 너를 기다리는 동안』, 2014년 4월에 발간한 '김영호의 수업 이야기 1'의 차례입니다.

제3장 나
나의 의미를 찾아서
너는 나의 그림자일까?
- 즐거운 수업을 위한 조건은
·일주일에 한 번
·나는 최고의 교사인가
그림자 만들기 또는 그림자 찾기
- 만남이라는 그림자를 찾아서 (※조금만 더 기다려 주세요)
·해후, 그 아름다운 기억을 찾아서
·여인천하를 꿈꾸며
·교육 삼형제 (※여는 글)
일본 교육 바로 알기
- 가깝고도 먼
·일본은 왜 강한가?
·낯섦과 익숙함을 오가며

제4장 맘
마음과 마음을 나누는 (※선생님이 행복하면 수업도 행복할까?)
마음 나누기의 시작, 교단일기
- 다시 쓰는 교단일기
- 교감일기-학생들과 가까워지기
- 교감일기-선생님들과 가까워지기

제5장 산
산을 오르는 것은 (※교육실습 수업에서 평생의 수업을 디자인하다. 수업준비가 철저하면 수업이 여유로운가?)
절차탁마의 길이다
- 좋은 수업은 하루아침에 이루어지지 않는다
· 좋은 옥 만들기
· 가르치는 기쁨을 느끼는 선생님의 수업을 보고 (※수업 분위기는 수업행복의 척도일까?)
- 내 눈으로 수업 보기
· 역사, 태현 행복수업 만들기 17
· 역사, 태현 행복수업 만들기 18
· 역사, 태현 행복수업 만들기 19
- 장학사라는 이름으로
· 내 수업 들여다보기 (※행복은 마음도 건강해야 한다)
· 수업 컨설팅과 수업발표대회
· 품앗이장학
· 장학자료 (※수업발표대회, 선택은 선생님 몫일까?)
- 교감이라는 이름으로 252
· 역사, 태현 행복수업 만들기
· 수업 일기 공유하기
· 수업 서적 공유하기 (※모든 수업에 의미를 주자. 아이의 눈으로 수업을 보자. 수업을 통해서 학교를 혁신하자)
· 우수 교사 수업 참관하기
· 교내 수업 장학하기
· 보결 수업하기
· 우수 교사 초청 연수하기
· 수업 동영상 시청 및 생각 공유하기
· 우수 학교 사례 안내하기

제6장 멋
좋은 수업을 하는 날
27년 만의 수업 (※27년 만의 수업, 누구를 위한 것인가?)
최근 수업 보기 운동을 생각하면서 (※수업철학 역량은 수업이론과 동행한다)
좋은 수업은 어떤 수업인가?
수업? 너를 기다리는 동안
수업은 선생님의 □ (※수업발표대회, 선택은 선생님의 몫일까?)

『수업, 너를 만나 행복해』 차례

『수업, 너를 만나 행복해』, 2016년 2월에 발간한 '김영호의 수업 이야기 2'의 차례입니다.

두 번째 이야기 / 사람과 따뜻한 만남

수업에 대한 생각을 나눌수록 좋은 수업을 만나요
인생의 나침반이 되어 주세요
될성부른 나무는 떡잎부터 달라요
아이는 어른의 거울이다
너무 가까워도 너무 멀어도 안 돼요 (※조금만 더 남아주세요)

세 번째 이야기 / 수업을 바꾸는 생각

길 따라 마음 따라 청암사 가는 길
노래와 함께하는 어느 겨울의 시정 (※수업준비가 철저하면 수업이 여유로울까? 27년 만의 수업, 누구를 위한 것인가?)
아이들과 동행하면 즐겁습니다

네 번째 이야기 / 행복수업 하는 학교

역사, 태현 행복수업 만들기
사제동행
수업 참관 어떻게 하면 좋을까?
동행
평가
학교 공개일
협력학습
먼저
스승의 날
학교 탐방기

다섯 번째 이야기 / 절차탁마 하는 학교

교대부초
명불허전
~답다
적자생존
가족
수업실습 II 소감

어린이 보호 구역 (※차보다는 사람이 먼저다)
행복한 수업, 행복한 인생
수업 공유 현황
교대부초 수업
교실수업개선 연수
평가를 평가하면
역량 전성 시대

[어느 겨울의 시정(試程)] 목록

2009년 3월 1일부터 2010년 2월 28일까지는 대구광역시교육과학연수원 교육연구사로 근무를 했습니다. 연구학교와 평가 관련 업무를 담당했습니다. 2010년 3월 초에 전국의 초중학생들이 동시에 실시한 진단평가 문제를 대구에서 출제를 했습니다. 그때 문항 출제를 위해 대구교육해양수련원에서 6박 7일 동안 합숙을 했습니다.

6박 7일 동안 출제 본부에서 잠도 물리칠 겸 이것저것을 기록했습니다. 치열한 문항 제작 작업을 보면서 많은 생각이 들었습니다. 그리고 부모님 간병을 하면서 병원의 간이침대에 누워서는 또 다른 세상을 보았습니다. 아픈 이를 돌보는 아프지 않은 이들이 몸을 뒤척이는 모습이 안쓰럽기도 하고, 아름답기도 하였습니다. 간이침대에 누운 이들이 언젠가는 또 아픈 이들이 잠든 침대로 갈지도 모른다는 생각에, 음악을 들으면서 생각을 정리해 보았습니다.

당시의 평가문항은 아주 타당하고 객관적이고 신뢰도가 높은 것으로 자부합니다. 하지만 그런 대구진단평가 과정의 편린(片鱗)을 적은 이 글은 지극히 주관적이고 편협(偏狹)한 시각임을 밝혀 둡니다. 그리고 그런 편린들로만 글을 채우기에는 제 한계가 있어서 음악 가사를 오른쪽에 넣었습니다. 이것 또한 매우 주관적이고 개인적인 것으로 주로 제가 즐겨 부르거나 듣는 노래들입니다. 이런 과정을 거쳐서 교과별 팀장님들께 공유한 글입니다.

※ 시정을 엮으면서
1. 연어
2. 사랑하게 되면
3. 너라면 좋겠어
4. 동행
5. 소금인형
6. 들꽃
7. 킬리만자로의 표범 (※수업준비가 철저하면 수업이 여류로운가?)
8. 상록수
9. 거위의 꿈
10. 향수 (27년 만의 수업, 누구를 위한 것인가?)
11. 내가 만일
12. 천 개의 바람
13. 동백 아가씨
14. 갈대의 순정
15. 파랑새
16. 만남
17. 아름다운 구속
18. 파초
19. 사노라면

[역사, 태현행복수업 만들기] 목록

2013년 9월 1일부터 2014년 8월 31일까지 대구태현초등학교 교감으로 근무를 했습니다. [역사, 태현행복수업 만들기]는 수업에 대한 여러 가지 생각을 선생님들과 나눈 것입니다.

1. 역사, 태현 행복수업 만들기 (2013.09.05.목.)
2. 사제동행 (2013.09.09.월.)
3. 교수·학습안 작성을 통한 좋은 수업 방안 (2013.09.24.목.)
4. 수업참관 어떻게 하면 좋을까? (2013.10.02.수.)
5. 칠판과 분필, 학습문제 (2013.10.07.월.)
6. 취사선택 (2013.10.16.수.)
7. 동행 (2013.10.28.월.)
8. 자리 (2013.10.31.목.)
9. 모둠구성 (2013.11.04.월.)
10. 평가 (2013.11.08.금.)
11. 학습자료 및 매체 활용 (2013.11.14.목.)
12. 창의·인성 모델학교 방문기 1 (2013.11.20.수.)
13. 창의·인성 모델학교 방문기 2 (2013.11.22.금.)
14. 창의·인성 모델학교 방문기 3 (2013.11.28.목.)
15. 수업 바로 보기(내 눈으로 수업 보기) 1 (2013.11.29. 금.)
16. 수업발표대회 (2013.12.04.수.) (※수업발표대회, 선택은 선생님의 몫일까?
17. 수업 바로 보기 (내 눈으로 수업 보기) 2 (2013.12.05.목.)
18. 수업 바로 보기 (내 눈으로 수업 보기) 3 (2013.12.11.수.)
19. 수업 바로 보기 (내 눈으로 수업 보기) 4 (2013.12.13.금.)
20. 2013. 종합 및 2014. 계획 (2013.12.17.화)
21. 자리 (2014.02.25.화.) (※자리만 바꾸어도 행복할까?)
22. 웃으면서 (2014.03.03.월.)
23. 공감, 경청, 홈페이지 (2014.03.11.화.)
24. 도서관과 독서교육 (2014.03.17.월.)
25. 제29회 초등교사 수업발표대회 (2014.03.18.화.)
    (※수업발표대회, 선택은 선생님의 몫일까?
26. 학교공개일 (2014.03.24.월.)
27. 수업, 5대 역량 10대 가치 기르기 (2014.04.03.목.)
28. 협력학습 (2014.04.14.월.) (※대구협력학습은 철학이다)

29. 먼저 (2014.04.17.목.)
30. 세월이 약인가요 (2014.04.20.일.)
31. 산 자의 몫 (2014.04.26.토.)
32. 어버이날 (2014.05.08.목.)
33. 기다려지는 수업 (2014.05.10.토.)
34. 스승의 날 (2014.05.15.목.)
35. 듣기 (2014.06.10.화.)
36. 수업 분위기 (2014.06.21.토.) (※수업 분위기는 수업행복의 척도일까?)
37. 평가 (2014.06.23.월.)
38. 협력학습 (2014.06.30.월.) (※대구협력학습은 철학이다)
39. 시도교육감 취임사 (2014.07.04.금.)
40. 학교 탐방기 (2014.07.07.월.)

[교대부초 절차탁마] 목록

2014년 9월 1일부터 2016년 8월 31일까지 대구교육대학교대구부설초등학교 교감으로 근무했습니다. [교대부초 절차탁마]는 '수업에서 행복을 만나다'라는 비전을 가지고 대구교대교대부초 교육가족과 공유한 내용입니다.

1. 교대부초 (2014.09.15.월.)
2. 명불허전 (2014.11.24.월.)
3. 목민심서 (2014.12.08.월.)
4. 평가문항 (2014.12.10.수.)
5. 명심보감 (2014.12.16.화.)
6. 진 (2014.12.17.수.)
7. 답다 (2014.12.18.목.)
8. 정리 (2014.12.20.토.)
9. 수업장학 (2014.12.24.수.)
10. 본립도생 (2015.01.17.토.) (※대구교대구부설초 교수학습안에 철학을 더하다)
11. 철저마침 (2015.01.30.금.)
12. 주마가편 (2015.02.03.화.)
13. 불치하문 (2015.02.05.목.)
14. 아전인수 (2015.02.07.토.)
15. 종오소호 (2015.02.17.화.)
16. 무사성사 (2015.02.23.월.)
17. 적자생존 (2015.03.01.일.)
18. 의금상경 (2015.03.09.월.)
19. 촌철살인 (2015.03.13.금.)
20. 초선종선 (2015.03.16.월.)
21. 유비무환 (2015.03.18.수.)
22. 가지 않을 수 없는 길 (2015.04.01.수.) (※수업철학을 홍보하고 공유하다)
23. 참 좋은 당신 (2015.04.03.금.)
24. 그물에 걸리지 않는 바람처럼 (2015.04.18.토.)
25. 가족 (2015.04.22.수.)
26. 운동회 (2015.05.06.수.)
27. 어버이날 (2015.05.07.금.)
28. 타산지석, 반면교사 (2015.05.16.토.)
29. 전통 (2015.05.19.화.)
30. 수업과 글쓰기 (2015.05.28.수.)

31. 평가문항 (2015.06.23.화.)
32. 2015 수업실습 2 (2015.06.26.금.)
33. 2015 수업실습 2 소감 (2015.06.29.월)
34. 지극정성 (2015.07.16.목.)
35. 적자생존 (2015.07.20.월.)
36. 맹자 엄마와 한석봉 엄마 (2015.09.01.화.)
37. 교원평가제도 개선 방안 (2015.09.03.목.)
38. 약속 (2015.09.10.목.)
39. 어린이 보호 구역(스쿨존) (2015.09.14.월.) (※차보다는 사람이 먼저다)
40. 숙고 및 의견 수렴 (2015.09.21.월.)
41. 의견수렴 (2015.09.22.화.)
42. 본립도생+숙고 및 의견 수렴 (2015.10.02.금.)
43. 바쁠수록 돌아가라 (2015.10.05.월.)
44. 행복한 수업, 행복한 인생 (2015.10.23.금.) (※행복은 마음도 건강해야 한다)
45. 즐겁고 안전한 등하교 (2015.10.28.수.) (※차보다는 사람이 먼저다)
46. 수업공유 현황 (2015.11.03.화.)
47. 교생이 본 교대부초 수업 (2015.11.13.금.)
48. 교실수업개선 연수 (2015.11.26.목.)
49. 평가 (2015.12.01.화.)
50. 인사만사 (2015.12.02.수.)
51. 근평자료 정리 (2015.12.08.화.)
52. 평가를 평가하면 (2015.12.10.목.)
53. 말 한마디부터 (2015.12.14.월.)
54. 2016 대구부초 교육 (2015.12.21.월.)
55. 2015 마무리 (2015.12.30.수.)
56. 끝이 좋으면 다 좋다 (2016.01.25.월.)
57. 2016학년도 시작 (2016.02.15.월.)
58. 팀보다 위해한 선수는 없다 (2016.03.02.수.)
59. 솔선수범 (2016.03.07.월.)
60. 지리 (2016.03.25.금.)
61. 왜 (2016.05.03.화.)
62. 이름 (2016.05.08.일.)
63. 교육은 신뢰다 (2016.05.14.토.)
64. 실습 (2016.05.15.일.)
65. 김병조의 마음공부 (2016.05.21.토.)
66. 스승의 길을 찾다 스승을 꿈꾸다 (2016.05.28.토.)

67. 용기 (2016.06.04.토.) (※이순신, 용기와 두려움의 한 이불을 덮다)
68. 행복 (2016.06.11.토.) (※행복은 마음도 건강해야 한다)
69. 중국 (2016.06.30.목.)
70. 정리-전개-도입 (2016.07.04.월.) (※교수·학습안을 현문우답하다)
71. 하인리히 법칙 (2016.07.20.수.)
72. 교육감 서한문 (2016.07.21.목.)
73. 수업행복지수 (2016.07.21.목.) (※선생님이 행복하면 수업도 행복할까?)
74. 교대부초 교육가족에게 (2016.08.26.금.)
(※차보다는 사람이 먼저다, 학교에서는 학생이 먼저다, 조금만 더 남아주세요)

[대구남부교육] 목록

2016년 9월 1일부터 대구광역시남부교육지원청 초등교육지원과장으로 근무하고 있습니다. 초등학교 66개교를 지원하고 있습니다. [대구남부교육]은 66개교 초등학교 교육가족과 공유하고 있는 내용입니다. 내용에 따라서 한두 분의 선생님에게 공유하거나 전체 교육가족과 공유하는 등 대상은 다양합니다.

1. 배움의 공동체는 철학이다 (2016.09.08.목.)
   (※수업을 통해서 학교를 혁신하자. 자리만 바꾸어도 행복할까?)
2. 용기와 두려움은 한 이불을 덮고 잔다 (2016.09.12.월.)
   (※이순신, 용기와 두려움의 한 이불을 덮다)
3. 밤 새 안녕하셨습니까 (2016.09.20.화.)
4. 수업, 왜 하지? (1) (2016.09.29.목.)
   (※대구교대대구부설초 교수학습안에 철학을 더하다. 행복은 마음도 건강해야 한다)
5. 수업, 왜 하지? (2) (2016.10.14.금)
   (※이순신, 용기와 두려움의 한 이불을 덮다. 교황의 역사용은 무엇인가? 수업은 정성 가득한 집밥이다)
6. 단원 김홍도의 서당에서 공부하기 (2016.10.27.목.) (※서당 훈장님은 영호의 마음을 아실까? 자리만 바꾸어도 행복할까?)
7. 단원 김홍도의 씨름과 씨름하기 (2016.11.14.월.)(씨름과 씨름을 하면 어떻게 될까?)
8. 단원 김홍도의 새참에서 여유 찾기 (2016.12.01.목.) (※새참의 역사용은 무엇일까?)
9. 공명정대 (2016.12.26.월.)
10. 절차탁마 (2017.03.28.목.)
11. 우리 선생님 (2017.05.22.월.) (※행복은 마음도 건강해야 한다)
12. 역지사지 (2017.07.21.금.) (※프로젝트학습의 성지, 남대구초등학교)
13. 교장 선생님들께 (2017.08.21.월.)
14. 교감 선생님들께 (2017.08.21.월.)
15. 유비무환과 청백교육 (2017.09.11.월.)
16. 일맥상통 (2017.10.11.수.)
17. 우리 학교 협력학습 (2017.10.24.화.) (※대구협력학습은 내실화 단계이다)
18. 나의 수업(협력학습) (2017.10.24.화.) (※신규 교사의 협력학습은 시작이 반이다)
19. 협력학습 (2017.11.08.수.) (※신규 교사의 협력학습은 시작이 반이다)
20. 끝이 좋으면 다 좋다 (2017.11.30.목.)
21. 공명정대 (2017.12.14.목.)
22. 마무리와 시작 (2017.12.27.수.)